maya™ fox

SILVIA BRENA IGINIO STRAFFI

maya™ fox

Il quadrato magico

MONDADORI

Rainbow S.p.A.

La serie Maya Fox è stata ideata da Silvia Brena e da Iginio Straffi.
Le immagini dei personaggi sono state create da Iginio Straffi.

www.mayafox.com

Prima edizione ottobre 2009
Stampato presso Mondadori Printing S.p.A.
Stabilimento N.S.M., Cles (TN)
Printed in Italy
ISBN 978-88-04-59323-2

A Francesca

CAPITOLO 1

— Mamma, li ho visti. Ho visto quei maledetti nei.

— Dove, dove li hai visti?

— Ce li ha sulla pancia, attorno all'ombelico. Che vuol dire?

— Non ora, Trent. Non è ancora arrivato il momento delle spiegazioni. Abbi pazienza, presto capirai.

— Ma io devo sapere. Mamma, io voglio sapere.

— Se solo tu ti fidassi di Kyle, lui potrebbe spiegarti tutto. Penso che dovresti raccontarglielo, di Maya e dei suoi nei, voglio dire.

— Questo mai. Non gli consegnerò Maya.

— Trent ma tu proprio non capisci. Stavolta la posta in gioco è troppo alta. Te ne rendi conto? Con certe cose non si può scherzare.

CAPITOLO 2

Accovacciata sul vecchio divano che campeggiava nel soggiorno, Maya tremava.

Tutta la paura di quella notte stava tracimando dal profondo della sua angoscia. E non voleva lasciarla.

— È passata, tesoro. È finita. Ci sono qui io, ora. Non ti lascerò mai più, piccolo fiore di loto. Ti ricordi? È così che ti chiamava papà.

Megan Fox accarezzava piano la testa della figlia accucciata nel suo grembo: le gambe ripiegate, le braccia strette attorno al petto e la testa reclinata. Maya sembrava non riuscire a scacciare i fantasmi che l'avevano aggredita quella notte.

Con gli occhi carichi di tenerezza e preoccupazione, Megan osservava il pianto leggero della figlia, i lunghi capelli neri che le scivolavano tra le dita, il petto che si sollevava a ogni singhiozzo, fasciato in un corpetto bianco e nero malamente chiuso da una miriade di stringhe e di ganci molli e penduli. Tutto in quel momento, in Maya, era stropicciato.

Come la sua anima, che la vita aveva iniziato troppo presto a mettere alla prova.

Megan guardava e, per una volta, non giudicava. Si lasciava solo trasportare dall'amore e dal rimorso. E pensava a quel dannato killer, Michael Gacy, l'assassino di suo marito David, che ora aveva tentato di portarsi via anche sua figlia.

"Non sono uno psicopatico schizofrenico paranoide del cazzo, idiota di una profiler.

Sono un Predestinato.

E l'ora si avvicina.

Sai che ti dico, presuntuosa di una Megan?

Per adesso, mi prendo tua figlia.

Così impari, stronza."

Megan non riusciva a cancellare dalla sua mente esausta il ricordo di quell'ultima, orribile lettera che il killer le aveva spedito. E che lei aveva letto, realizzando in un soffio di terrore, che Gacy stava andando a uccidere il suo piccolo fiore di loto.

Era successo tutto così in fretta. Il tempo, quella notte, sembrava aver galoppato. Troppo tardi si era accorta che le minacce di quello psicopatico erano in realtà dirette contro sua figlia. Troppo tardi aveva capito che Gacy stava giocando con lei al gatto col topo. Troppo tardi aveva percepito che le farneticazioni dell'assassino di suo marito erano drammaticamente e inesorabilmente reali. Che quel pazzo stava già mettendo in atto il suo piano demenziale e folle. E che lei in quel piano si era conquistata il posto d'onore, preda elettiva. Ma per sferrarle il colpo finale, l'assassino aveva scelto di distruggerla in ciò che di più prezioso le restava, dopo la morte di David: sua figlia Maya.

— Mamma, tornerà?

— No, tesoro. Ti prometto che faremo di tutto perché non torni. Mai più.

Il pensiero corse al tenente Lawrence Garret, che aveva intuito il pericolo mentre lei, la più grande profiler del Regno Unito, aveva ignorato i segnali. Una fitta da senso di colpa le perforò il respiro.

— Mamma, chi è Michael Gacy? Perché ce l'ha con me?

Megan respirò a fondo. E capì che non avrebbe più potuto nascondere la verità a sua figlia. Così iniziò a parlare. Le raccontò delle sue indagini, di come avesse scoperto con orrore che il killer di David, suo marito, fuggito dal carcere dove avrebbe dovuto scontare un'infinita condanna, era l'assassino spietato di almeno sei adolescenti: sei ragazze che quel pazzo aveva immerso in vasche di azoto liquido nell'insensato tentativo di cristallizzarne la bellezza.

Tacque, però, a Maya, un particolare: tutte le vittime erano nate nel 1991. E Maya era nata il 6 febbraio 1991. Diciott'anni, tra pochi mesi. Se...

Megan scacciò il pensiero inquietante di un Michael Gacy ancora in libertà, si alzò e andò in cucina, cercando di dribblare i cocci dei vasi e le schegge dei bicchieri che coprivano il pavimento, muti testimoni della guerra che aveva avuto luogo in quella casa solo poche ore prima. Ci rimase il tempo necessario per preparare una camomilla e subito tornò sul divano con due tazze fumanti. Maya prese la sua, osservando con nostalgia i disegni delle formiche viola e blu di *Bug's life*. Gliel'aveva regalata David, quella tazza, un giorno che l'aveva "rapita" per portarla a Parigi, a Eurodisney. «Una fuga io e te, bacinibelli. Solo io e te.» Dicendolo David aveva avvicinato l'indice alla bocca, a indicare di fare silenzio, quel segnale che suo padre usava sempre con Maya quando volevano nascondersi dallo sguardo severo di mamma-mastino-Megan.

Maya sorrise a suo padre, alzando la tazza di camomilla in un brindisi solitario. Grazie, mormorò tra sé.

— Mamma...

— Sì, Maya?

Megan posò gli occhi stanchi sulla figlia e per la prima volta, si concesse di vedere la ragazza con uno sguardo diverso. Non era più la piccola irresponsabile da inondare di raccomandazioni e divieti. Era una donna. Nella paura e nel dolore di quella notte, Megan capì che la sua piccola Maya era diventata una ragazza coraggiosa.

— Mamma, lo sai come mi sono salvata?

— Mmm...

— Mi ha aiutato papà.

— ...

— Sì, davvero. Mi ha guidato lui. Mi ha avvisato che quel mostro stava arrivando, mi ha indicato i posti dove nascondermi e fuggire mentre quel pazzo mi stava addosso.

Lo sguardo di Maya era fermo. Fisso negli occhi della madre, ne scrutava le reazioni alla ricerca di un guizzo di inevitabile disapprovazione.

— Maya, ancora con questa storia.

— Non è una storia. I O S E N T O P A P À. Mi parla, ne avverto la presenza.

— E adesso sarebbe qui?

Megan si pentì subito della leggera ironia con cui aveva caricato la domanda.

— No, chiaro che no — le rispose la figlia cercando di controllare il fastidio.

— Ne parleremo in un altro momento, tesoro. Ora Maya, ascoltami, hai capito come mai a un certo punto Gacy ti ha lasciato stare ed è scappato?

— No, mamma, parliamone ora. Tu ti rifiuti di accettare la mia "dote". Invece di aiutarmi a capire, mi fai sentire un'idiota. Peccato che la-grande-profiler-Megan quando ne ha bisogno ricorre all'aiuto delle fattucchiere. O sbaglio?

Megan avvertì una fitta di dolore pensando a Deborah Grave, la sensitiva che il suo dipartimento e lei stessa interpellavano di continuo, e capì che la discussione stava inesorabilmente degenerando. No, una scenata quella notte non avrebbe potuto reggerla.

— Ok, Maya. Se davvero vuoi un aiuto, affronteremo seriamente il problema. Prima però dovrai spiegare alla polizia che cosa è successo questa notte. Domani sarà una lunga giornata. Ora vieni qui.

Megan allargò le braccia, ad accogliere la sua bambina.

— Maya...

— Mmm.

— Forse non sono stata un granché di madre.

— Dai, mamma...

— No davvero, io... ecco, ti chiedo scusa Maya. Non sono stata una mamma molto presente.

— In effetti.

— Ecco, vedi. Quindi, sono stata una pessima madre. Come l'altra notte, quando ti ho lasciata sola.

— Oooommmm.

— Non far finta di non volere ascoltare.

— Ma no, che dici, sto tentando di "trasformare il veleno in medicina"...

— E va bene, hai vinto con le tue citazioni zen. E a proposito di Oriente, non sarà grazie al tuo corso di *shaolin* che sei riuscita a far scappare Michael Gacy?

Maya si lasciò sfuggire un sorriso.

— Magari, mà. Non sono riuscita neanche a sferrare un attacco come si deve, l'ho solo colpito con la paletta della cenere. Poi sono scappata: ma questo l'ho imparato a dovere. Dice lo zen: "Se non puoi affrontare una situazione, fuggi..." No, mamma, Gacy se ne è andato perché ha ricevuto una telefonata. Io mi ero nascosta, ma lui mi aveva individuato. Sentivo sua la voce stizzita e un po' in falsetto che si avvicinava, ed ero certa che stesse per raggiungermi. Ma poi se n'è andato, all'improvviso. E alla fine siete arrivati voi, tu e il tenente Garret, a sirene spiegate.

— Purtroppo noi siamo arrivati dopo un bel po'.

— Non ce l'ho con te per questo, mà. Tranquilla, so che hai fatto quel che potevi.

E non è stato abbastanza, pensò Megan con dolore.

— Ma qualcuno è arrivato prima di noi, mi sembra.

Megan strizzò l'occhio a sua figlia, sorvolando sul corpetto slacciato e i jeans infilati in fretta sulla pelle nuda. E sulle mutande nascoste sotto al cuscino del letto sfatto nella camera di Maya.

Maya si concesse il primo sorriso storto della serata.

— Trent è...

— Trent? Maya, ma lo sai chi è Trent vero?

— No eh, mamma non cominciare!

— È il figlio di Deborah Grave, quella che tu chiami la fattucchiera, quella cui ci rivolgiamo ogni tanto per le indagini del dipartimento. E Trent è... ecco, lui è... un gran bel ragazzo.

Maya stirò le labbra in un altro, stentato sorriso. Perché mastino-Megan aveva rinunciato all'attacco? Poteva fidarsi?

— E, Maya...

— Sì?

— I jeans infilati sulla pelle senza mutande sono poco igienici.

— Uff.

— E, Maya...

— Sì?

— Le mutande usate vanno nel cesto della biancheria sporca, non sotto il cuscino.

— ...

— E, Maya...

— Ti prego mamma, invoco pietà!

— Sono contenta che quel ragazzo fosse qui, ad aiutarti a scacciare la paura.

Rannicchiate sul divano, strette in un insolito abbraccio, le due donne si sorrisero.

CAPITOLO 3

Maya... Maya. Che razza di nome, eppure...
Kyle Zafth, Università di Londra, medico di fama, si rigirava tra le mani la mappa della costellazione delle Pleiadi.

In piedi davanti a un tavolo ricolmo di mappe, illuminato dalla luce di una vecchia lampada austera, immerso tra pergamene dai segni indecifrabili e disegni di spirali e di fiori, il professor Zafth, uno dei massimi studiosi di DNA, un mago del ringiovanimento cellulare corteggiato da legioni di donne in cerca della formula dell'eterna giovinezza, era perplesso.

Il suo volto affilato, i capelli appena brizzolati e cortissimi, che scoprivano un collo lungo e due orecchie perfettamente modellate, la bocca troppo sottile, una fessura inespressiva a solcare un viso severo: tutto in lui esprimeva tensione e potere.

Girò lo sguardo attorno, abbracciando il pacato disordine del suo rifugio segreto, la stanza cui si accedeva da una porta nascosta nel suo studio, invisibile anche agli occhi della sua scrupolosissima segretaria. Lì, Kyle Zafth era solo il Prof.

Lì, aveva una Missione.

Sto perdendo tempo prezioso, pensò stizzito. Il calendario avanza e noi non abbiamo ancora la chiave, dannazione!

Si rigirò la cartina delle Pleiadi tra le mani. Le sette sorelle, così venivano chiamate le stelle più amate dagli antichi Maya. Sette, si sorprese a pensare, un numero magico, il numero sacro per eccellenza.

"Quando l'Agnello aprì il settimo sigillo, si fece silenzio nel cielo per circa mezz'ora. Poi vidi i sette angeli che stanno in piedi davanti a Dio, e furono date loro sette trombe."

Il Prof recitò a memoria dalla sua lettura preferita: il Libro dell'Apocalisse, la descrizione degli ultimi giorni della Terra.

Posò di nuovo lo sguardo sulla mappa stellare: al centro della costellazione delle Pleiadi, brillava la stella Maya. Come quella ragazza, pensò, quella contro cui si è accanito il cretino. Kyle Zafth non aveva mai sopportato Michael Gacy, ma aveva dovuto farsene una ragione: gli serviva, quel killer idiota. Gli serviva per portare a termine il suo piano, un piano ambizioso. E mancava poco.

Infastidito, gettò la mappa a terra.

— Il tempo sta per finire, maledizione. Mancano solo 1490 giorni alla data finale. Siamo in ritardo: quel cretino ha fatto casino, dannazione. E ora tocca a me, rimettere a posto le cose.

Si sporse verso un mobile antico, istoriato con fregi di fiori geometrici. Ogni lato era occupato da una miriade di cassetti, rigorosamente chiusi a chiave. Fece scattare la serratura di destra e aprì il primo cassetto dall'alto. Si infilò un paio di guanti bianchi ed estrasse una vecchia pergamena. Osservando quelle linee colorate che si inseguivano a formare uno strano intreccio, il Prof si fece pensieroso.

Poteva sembrare un disegno astratto, o il tentativo di tracciare una nuova figura geometrica, ma lui sapeva che quelle linee e quei punti allineati in modo strano, due linee rette e una sorta di quadrato leggermente asimmetrico al centro, avevano ben altro significato.

Posò la carta, si tolse i guanti, aprì un altro cassetto e ne tirò fuori il diario che era appartenuto a David Fox. Per fortuna, almeno lì, quell'incapace di Gacy non aveva fallito: era riuscito a sottrarre il prezioso diario dallo studio dello scienziato, dopo averlo ucciso.

"Il 21 dicembre 2012 il nostro Sole sarà perfettamente allineato al centro della Via Lattea, è un evento che si verifica una volta ogni 25.800 anni!"

Leggere della Profezia gli dava ogni volta un brivido di emozione.

Il diario proseguiva addentrandosi in quello che, a tutti gli effetti, restava uno dei più inquietanti misteri nella storia dell'umanità. "Precessione equinozi = rotazione della Terra attorno al suo asse. 21 dicembre 2012 = la Terra conclude il giro attorno al suo asse e si allinea col Sole + allineamento Sole con il centro della galassia. Grande energia dal centro della galassia! Cosa accadrà il 21 dicembre 2012?"

Kyle Zafth sorrise alle domande senza risposta formulate dal dottor Fox.

Il *Codice di Dresda*, si disse pensieroso, uno dei tre libri Maya scampati alla furia dei *conquistadores* spagnoli, il più misterioso di tutti, quello che contiene la Profezia. Quello che mostra la fine dei tempi, quando il calendario Maya smette di contare e termina con un'ultima immagine: l'acqua che, fuoriuscita dai vulcani, dal mare e dalla luna sommerge il mondo. Il 21 dicembre 2012, e io non so ancora nulla. Poi riprese a leggere.

"*Popol Vuh*, libro sacro dei Maya: l'allineamento apre un portale. Verso l'*underworld*, il mondo sommerso. Inferi? Che cos'è *underworld*?"

Zafth richiuse il diario e si accese un sigaro toscano, un antico vizio che si concedeva appena poteva, a dispetto della furente campagna antifumo che conduceva con le sue pazienti. Fumava solo sigari toscani: forti, dal sapore acre, e dall'inconfondibile fascetta tricolore, come la bandiera italiana, che li avvolgeva.

Stupido, disse tra sé, "*underworld*" è un nome criptato. Io so cosa nasconde. E conosco il potere che può regalare.

Socchiuse gli occhi e aspirò con voluttà una lunga e profonda boccata di fumo. Un pensiero improvviso gli folgorò la mente. E se? E se quel demente di Michael Gacy ci avesse per puro caso azzeccato? Se le coordinate per scoprire l'esatta ubicazione del portale, il luogo dove il 21 dicembre 2012 si sarebbero dischiuse le porte dell'eternità, fossero celate nella formula perfetta che era diventata l'ossessione di Gacy?

Zafth si mosse veloce verso la libreria alle sue spalle. Ripiano otto, fila tre, calcolò, complimentandosi con se stesso per il perfetto ordine con cui aveva catalogato i suoi numerosi volumi. Eccolo, pensò, prendendo in mano un volume polveroso dalla copertina di marocchino rosso. Il titolo recitava: *Liber abbaci*, ed era firmato da Leonardo Fibonacci, il matematico italiano che nei primi anni del 1200 aveva scoperto alcune inquietanti proprietà della natura. Per esempio, una serie di numeri in misterioso rapporto tra di loro: 1, 1, 2, 3, 5, 8, 13… Ciascun numero era il risultato della somma dei due precedenti. E questi numeri si trovavano ovunque. Nei girasoli, nelle pigne, nelle spirali che componevano le galassie, nelle conchiglie del mare e in quelle di terra.

Nervoso, Zafth tentò di mettere assieme le idee. Prese carta e penna e iniziò a scarabocchiare, tentando di tracciare un senso per ciò che fin lì sapeva.

1. La Profezia si compirà il 21 dicembre 2012.
2. Il *Popol Vuh* indica il luogo dove si aprirà il portale, che mette in comunicazione i mondi e regala il potere sulla vita.
3. Il luogo è indicato da una serie di simboli.
4. Esistono alcuni messaggeri in ogni epoca, esseri predestinati che portano su di sé le tracce della Profezia. E che probabilmente ci possono condurre al traguardo.
5. Io ho individuato dei simboli ricorrenti nel *Popol Vuh*. David Fox, nelle sue lunghe interviste all'ultimo sciamano Maya, ha individuato gli stessi segni.
6. I segni potrebbero apparire sulla pelle dei messaggeri.

Quindi disegnò una colonna a destra, e ricominciò a scrivere.

Dubbi: che significano quei simboli? Chi li porta? Perché? C'è un solo Predestinato o ce ne sono molti? Che rapporto hanno con la sequenza di Fibonacci?

Sovrappensiero, tracciò il disegno che lo ossessionava da mesi: due linee rette, con un quadrato asimmetrico al centro.

Ma quel cretino di Gacy, si interruppe, ha rovinato tutto. La mania di cristallizzare la bellezza, pensò con rabbia il Prof. E quella stupidaggine delle date di nascita delle ragazze che dovrebbero contenere la sequenza di Fibonacci. Tutte dell'Acquario, tutte del '91. Ma nessuna che sia davvero quella giusta: niente disegno, nessun segnale. Gacy aveva fallito. Quel dannato idiota!

Zafth scosse la testa e chiuse il blocco degli appunti. Poi aprì piano la porta segreta, allungando lo sguardo nella sala d'aspetto del suo studio.

Non aveva alcuna voglia, quel giorno, di dedicarsi alle fantasie morbose di bellezza di una massa di donne invecchiate presto e male.

Seduta in punta alla scomoda sedia di design blu elettrico che il suo arredatore gli aveva fatto scegliere, vide una figurina minuta, fasciata in un tailleur rosso troppo strizzato sui fianchi. Un'improbabile borsa finta-Kelly-di-finto-coccodrillo giallo dava il tocco finale alla fastidiosa volgarità della donna.

Deborah Grave, sospirò Kyle Zafth. Quella tizia gli stava addosso, che voleva ora?

No, non era ancora il momento di incontrarla. Kyle Zafth chiuse piano la porta e ritornò alla sua scrivania. Poi alzò il telefono.

— Ciao, sono io.

— Prof, che piacere sentirla.

— Il tempo sta per finire, lo sai. Tu mi aiuterai?

Sprofondato sul suo divano preferito, di velluto vermiglio, Hector Parravicini de' Giorgi si godeva il silenzio della sua grande casa. Sulla parete di fronte un dipinto dominava la stanza. Firmato da Albrecht Dürer, il grande pittore alchimista, matematico e maestro, si suppone, di arti occulte. Compiaciuto, il ragazzo osservava quell'opera famosissima: *Melencolia I*. E circondato dai cuscini, si divertiva a decifrare i simboli arcani del dipinto che avrebbe dovuto trovarsi nelle sale del British Museum.

La sua, però, era una famiglia potente.

CAPITOLO 4

Buttato sul letto, il cellulare non smetteva di ronzare. Aveva appena tolto la suoneria: *Teenagers*, My Chemical Romance. Troppo vecchia, pensò Maya. Mi ha stufato. Meglio il silenzio. Con il suo Mac aperto, protetta dalle tende a fiori che aveva voluto attorno al letto a baldacchino, gambe incrociate e pacco di biscotti a portata di mano, Maya cercava di distrarsi.

Erano già passati dieci giorni dalla Notte.

Dieci giorni trascorsi a farsi fare stupide domande dalla polizia, a farsi indagare da un insulso psicologo che mastino-Megan le aveva messo alle calcagna, a tentare di riempire il vuoto che l'aveva schiantata. Quella Notte.

Guardò il display: madre.

Ancora!

— Sììì.

— Maya, tesoro, tutto a posto?

— Sììì.

— Maya, non ti irritare subito. Mi sto solo preoccupando, è normale.

— Sììì, il report alla trentaduesima telefonata della giornata è il medesimo di otto minuti fa. Per ora non mi hanno ancora sgozzata, violentata, fatta a pezzi, buttato il mio corpo nel Tamigi.

Megan non replicò. Dava per scontato che la figlia avesse in quei giorni dei "cali di umore". E Maya non si pentì del tono acido. Sua madre, a volte, le faceva prudere le mani dalla rabbia. Dio, perché non riusciva a controllare la sua ansia?

Gettò un'occhiatina soddisfatta alla borsa H&M che giaceva ai piedi del letto e fece mentalmente il calcolo del contenuto: 3 paia di jeans, uno viola e due nero acido, 1 paio di *décolleté* tacco 17 (le porterò mai?), 1 corpetto di velluto nero con un'infinità di stringhe, 1 corpetto in seta viola tramonto-di-ogni-speranza, 4 magliette nere, 4 magliette blu, 2 pullover allacciati davanti larghi. Sì, la collezione "Stella McCartney" per H&M non era niente male. Poi allungò una mano verso un altro sacchetto, più piccolo, e osservò l'esplosione di colori psichedelici di un nuovo marchio spagnolo. Sbirciò dentro: 2 maglie in tulle e cotone, graffiti, ogni manica diversa dall'altra.

Le era venuta una strana voglia di colore, dopo la Notte. Solo per il momento, si giustificò con se stessa. Rigirandosi la maglia psichedelica tra le mani pensò al progetto di un weekend a Barcellona con Flo: lei e l'amica da sole. Se solo il mastino avesse mollato il morso. Impossibile, per ora, sospirò Maya, consolandosi con la vista di un altro piccolo sacchetto. Per fortuna ha almeno un po' di senso di colpa, pensò, congratulandosi con se stessa per aver saputo sfruttare con maestria i sentimenti addolorati di sua madre.

Avviò iTunes. M.I.A, *Paper Planes*. La adoro, pensò, e aprì Facebook. Nessun amico on line, tutti a scuola. Lei ci sarebbe dovuta tornare il giorno dopo. Ansia. I ragazzi sapevano? Tutta la scuola sapeva? Cercò di buttar via l'angoscia interrogando il futuro. "Oroscopoonline." Data di nascita: 6 febbraio 1991. No, pensò. Non ne ho voglia. Non voglio sapere niente del mio futuro.

Accantonò il computer e prese un taccuino nero e rosso con un piccolo elastico a chiudere le pagine. Gliel'aveva regalato David vedendo quanto al suo piccolo fiore di loro piacesse disegnare.

Papà, sospirò Maya, papà, io non sono, non voglio essere una Predestinata del cazzo.

Faticava a liberarsi dell'angoscia che il Maledetto, il killer, le aveva rovesciato addosso la Notte. Ma sapeva che la sua vita avrebbe dovuto tornare a scorrere "normalmente". Impossibile, si sorprese a pensare.

Avvertiva, forte, il peso della mancanza di David. Dalla notte in cui l'aveva salvata non l'aveva più "sentito". David aveva fatto ritorno nelle sue tenebre. E l'aveva abbandonata un'altra volta.

Maya si allungò, contorcendosi sul letto per arrivare ad aprire lo sportello del comodino tondo: fece scorrere l'antina di plastica di quel cilindro che lei odiava, ma che mastino-fashionist-Megan considerava un «pezzo-di-design-autenticamente-italiano-assolutamente-fa-vo-lo-so» e ne trasse una vecchia scatola di matite colorate. Era da molto tempo che non disegnava. Ricordava alla perfezione il giorno in cui aveva smesso. 28 maggio 2005. Il giorno in cui suo padre era stato ammazzato.

Maya sapeva disegnare molto bene e spesso i suoi disegni ricevevano i complimenti del padre, il suo più grande fan. Lui le aveva insegnato l'arte delle proporzioni, le aveva trasmesso il gusto per i colori. E le aveva parlato di quanto le forme, in natura e nell'universo, avessero sempre un significato. Le aveva raccontato anche una storia affascinante a proposito di un matematico italiano del

Cinquecento, un frate, tale Luca Pacioli, che aveva scoperto l'esistenza del Rapporto Aureo, una proporzione delle forme, che sottende a tutti gli elementi della natura: dalle foglie alle stelle, tutto ciò che ci regala la vita è costruito secondo le leggi del Rapporto Aureo, le aveva spiegato David con il suo solito tono sognante.

Poi quel killer maledetto era entrato nella loro vita, le aveva strappato il padre e lei aveva smesso di disegnare. Ora però, dopo l'incubo della Notte, aveva sentito il bisogno di riprendere in mano le sue matite e aveva ripreso a schizzare il vecchio blocco che le aveva regalato David.

Maya aprì la prima pagina e osservò il disegno che aveva tracciato durante il primo interrogatorio della polizia. Una piccola se stessa. Una mini Maya arrabbiata. L'aveva divertita fare quel disegno. E per un po' aveva sentito che la rabbia e la tensione se ne svaporavano via.

Ora era tempo di rifinirlo. Rivide il corpetto, che nella prima versione era solo abbozzato. E disegnò con precisione tutti i lacci. Poi si dilungò sulle calze. A righe, precise. Maya adorava essere precisa. Infine, il tocco da maestra, sorrise compiaciuta a se stessa. Una sciabola in miniatura. Mondo, stammi alla larga, pensò divertita.

Riprese il computer e cambiò il suo profilo su Facebook, caricando la sua mini Maya al posto della foto che la ritraeva in compagnia di Phoebe e Flo davanti a scuola. Levò tutte le sue foto dalla galleria, quelle con Flo al parco e quelle prese a Camden Road. Tentò di cancellare la sua immagine dal mondo virtuale, sperando di cancellare le impronte di quegli ultimi, terribili giorni anche dalla sua vita.

Le sostituì con la sua nuova alter ego, una piccola Maya arrabbiata e vendicativa. Nel frattempo il segnale della chat la distolse dai suoi pensieri.

FLOG: Ciao.
MAYA91: Flo, ma non sei a scuola?
FLOG: Bigiata l'ultima ora. Quando torni?
MAYA91: Domani.
FLOG: Ansia?
MAYA91: Yeaap.
FLOG: Ci siamo noi.
MAYA91: Chi? Lui no.
FLOG: Dov'è?
MAYA91: ... ☹
FLOG: Quello, a volte, mi fa andar giù di testa.
MAYA91: Trent è sparito, Flo.
FLOG: Codardo, al solito.
MAYA91: Flo, però è stato incredibile. Come attraversare la morte e la vita in una sola notte.
FLOG: I N V I D I A!
MAYA91: Flo, fare sesso con lui è stato, è stato...
FLOG: *Like walking on the moon togetheeeeeer...*
MAYA91: È stato troppo!
FLOG: Troppo, è stato quella Notte. Eddai, Maya, hai fatto sesso con Trent appena scampata da un pazzo assassino. Tu sì che sei grande.
MAYA91: Ancora non so come ho fatto. Ma quando l'ho visto... Dio, Flo, non ho saputo resistere. Me lo sarei fatto sul pianerottolo, dovevi vedere com'era figo con i capelli bagnati e gli occhi di ghiaccio-celeste-fuoco! E quell'aria così preoccupata. L U I E R A P R E O C C U P A T O P E R M E, capisci Flo?
FLOG: Celeste fuoco???? Maya, sei proprio andata.
MAYA91: E poi mi ha portato in camera. Non abbiamo detto quasi una parola. E poi ha iniziato a baciarmi. Dopo tutto quel gelo, e quasi ci morivo, sai Flo, i baci caldi di Trent mi hanno riportata in vita.

FLOG: L'inizio della vostra favola-ke-nn-avrà-mai-fine.

MAYA91: Flo, non mi sfottere. E stammi a sentire.

FLOG: Allora, com'è stato?

MAYA91: Lo volevo, lo volevo con tutta me stessa. È stato bellissimo. Flo, non te lo so nemmeno raccontare...

FLOG: Maya, io non l'ho ancora fatto con John.

MAYA91: Dovresti, non sai che ti perdi.

FLOG: Ma forse non c'è più tempo.

MAYA91: Ma che dici?

FLOG: Mi evita. Non so, è strano.

MAYA91: Siamo messe bene io e te.

FLOG: Amika, bello che ci sei tu. L'amicizia posta un sorriso dove l'amore lascia una lacrima.

MAYA91: Ohhh Flooooo.

Maya spense il suo Mac e si accarezzò la pancia, nel ricordo caldo dei baci di Trent sul suo corpo. Poi sollevò la maglietta. E vide quella strana, odiosa conformazione di nei: due righe dritte attorno a un neo più grande, proprio di fianco all'ombelico, come un quadrato sghembo. E pensò, con un istintivo moto di paura, alle parole che Trent le aveva detto alla vista dei nei.

«Dio mio Maya, sei fregata! Kyle non ti lascerà andare!»

Sono passati dieci giorni, pensò Maya. E lui è sparito.

CAPITOLO 5

MESSAGGIO N.1

NONDIRENIENTE!
Ficcati quel tuo sorrisetto presuntuoso dove so io. Lo so cosa pensi, cara la mia profiler del cazzo, cosa credi?

"Sta perdendo i colpi. È in crisi. La fine è vicina."

E qui ti sbagli! Anche stavolta: quante volte ti sei sbagliata con me Miss Perfettina?

Lasciamo perdere. Non voglio infierire.

Ma ti sbagli.

Non ho voluto prendere tua figlia, non è che non ho potuto.

Già, ho lasciato perdere.

Ormai ce l'avevo in pugno. Ma che gusto c'era? Potevo sgozzartela lì, come un polletto.

Uh, dovevi sentire come tremava: bum bum bum, quel suo povero cuoricino sembrava volarle fuori dal petto.

Stupida, anche lei. Come te, del resto.

Quante volte te l'ho detto, mia dolce profiler? A volte bisogna rassegnarsi: non puoi sempre dominare le situazioni.

Adesso ascoltami. Dai, ti rubo solo un pochino del tuo preziosissimo tempo. Ne hai bisogno anche tu lo sai.

Cosa credi, che la tua vita sarebbe stata diversa con quel pusillanime di Daaaaavid-ooooh-Daaavid accanto?

Quando capirai che ti ho fatto solo un gran favore a levartelo di torno?

Ma tu sei cocciuta, tenera Meg.

E che mi combini ora? Fai gli occhi da rana innamorata a quell'altro abominevole del tenente Garret! Dio, Meg, non imparerai proprio mai cos'è la vita!

E sei proprio cretina. Cosa stai insegnando a quella stordita di tua figlia?

Meg, lasciatelo dire. Hai sbagliato tutto come madre.

Come profiler, poi.

Ah, ah, ah, sì Meg, sei proprio un fallimento del cazzo.

Comunque. Te l'ho lasciata.

Per questa volta.

Mi ha fatto pena, sì ho un cuore, non lo sapevi dottoressa?

Aspetta, solo un attimo.

Ecco, un pezzo di buona musica: ci voleva.

Curiosa, eh? Testolina, vuoi sapere cosa ascolto? Devi rifinire il tuo profilo del cazzo su di me?

Eccola servita, dottoressa Moore. O Fox? Già, non ho mai capito perché non ti fai chiamare col cognome del pusillanime quando lavori.

La *Sagra della Primavera* di Stravinskij, questo ascolto.

Sì lo so, sono un raffinato.

Ma ti spiego, perché da sola non ci arrivi, ormai è chiaro che hai qualche.... chiamiamolo deficit.

La *Sagra della Primavera* è un brano superbo. Stravinskij l'ha composta basandosi sulle regole del Rapporto Aureo. Sì, vedi, guarda la partitura: le note sono in successione perfetta, seguono la sequenza di Fibonacci e il rapporto tra di loro è uguale a 1, 618.

Sì, il Numero Aureo, che rappresenta la legge dell'armonia universale.

Ma che ne sai tu di armonia?

Tu, che adori i conflitti?

Tu, che vivi in trincea?

Dio, Meg, non so perché mi ostino a perdere tempo con te. Delle volte, mi fai diventare pazzo. Proprio non capisci.

Anche quella tua orribile creatura. Tu mica sei così brutta: ma come hai fatto a partorire quello sgorbietto di ragazza?

Mi faceva un po' schifo dovertela prendere. Io, lo sai, cerco la perfezione.

E... be' sì, insomma, non avertene a male. Ma la tua come si chiama, non è proprio perfetta.

E alla fine, lo sai, sono un artista.

Meglio che sia andata così.

Che me ne sono filato via, dico.

Non ho sporcato l'opera.

Vedi, qui, tra le mie ragazze... belle, dovresti vederle. Sono bellissime, stanno tutte qui, alle mie spalle, mentre ti scrivo. Ah, il mio teatro privato.

Dicevo, la tua come si chiama, qui avrebbe sfigurato.

No, davvero.

Anche a Lui non andava a genio la cosa.

Uff, sì va bene, mi ha chiamato.

Lui rompe, però. E quel tono del cazzo che usa sempre. Ma che cosa crede? NON SONO IL SUO SCHIAVO!

Io ho una dignità.

E una sensibilità.

E non ci fossi stato io, Lui non avrebbe scoperto niente.

«Fuori di lì o sei morto» mi ha urlato al telefono. Maccheccazzo si crede?

Quel lurido bastardo sfruttatore, di me non ha capito niente.

Vabbè, non ci tenevo. Però avrei anche potuto completare il lavoro, lo sai che non mi piace lasciare le cose a metà, io sono un Professionista e un Artista!

Farmi abbandonare così, in fretta e furia, la tua bella casa, come fossi un qualsiasi ladro del cazzo.

Ma giuro, gliela faccio pagare. E gliela faccio vedere. Io la troverò, la sua Predestinata!

E poi, intanto, la gente si è accorta. Della mia maestria, dico.

Ma l'hai letto il "Sun"? E il "Mirror"?

Aspetta, ecco.

"Londra, 1 novembre 2008. La paura ha aleggiato ieri sera, in una graziosa villetta nel quadrilatero dietro a Brick Lane, al nnumero 3 di Flower and Dean Walk. Un pericoloso assassino si è introdotto nell'abitazione della nota profiler Megan Moore Fox e, armato di coltello, ha tentato di ucciderne la figlia Maya di diciassette anni. L'uomo, evaso qualche tempo fa dal carcere di Wandsworth, è accusato dell'omicidio del marito della Moore, lo scienziato David Fox, avvenuto tre anni fa. Una sorta di persecuzione, dunque, a prima vista, anche se la dottoressa Moore si è rifiutata di rilasciare dichiarazioni. La ragazza, dimostrando una notevole dose di coraggio, è riuscita a sopravvivere alla furia dell'assassino, molto ben organizzato, e a farlo fuggire: la polizia, infatti, ha potuto arrivare solo a eventi conclusi."

Molto ben organizzato, hai sentito Meg?

CAPITOLO 6

Maya chiuse Facebook con un sospiro, rifiutandosi di commentare i deliri affettivi che Flo continuava a postare sul suo status. Prese il cellulare e cercò il numero dell'amica.

— Pronta? — le rispose la voce squillante di Flo.

— Claro que no. Ma tanto devo...

— Dai, io sono con te. Tra cinque minuti alla fermata della metro?

— Ok.

Maya afferrò la borsa nera su cui aveva appena disegnato la sua piccola alter ego arrabbiata, e si ripeté il mantra del rientro tra i vivi, cazzo-chi-ha-voglia-di-tornare-a-scuola: "Se conosci la tua forza e sei cosciente della tua debolezza sei la profondità del mondo."

Sì, per fortuna c'era Flo, in quella fastidiosa mattina, ad accompagnarla.

La intravide, mentre armeggiava con le cuffie dell'iPod, i capelli ricci arruffati e legati con una matita, un maglione a righe troppo largo sopra una gonna a fiori troppo lunga.

Per fortuna che esiste lei, sospirò Maya.

L'amica si voltò in quel momento, e il suo volto luminoso si allargò in un sorriso, appena velato dalla preoccupazione di quello che le attendeva: il rientro di Maya a scuola.

Nel cortile innevato, il bianco dei giorni precedenti aveva ormai lasciato spazio al grigio che, insieme alla facciata in mattoni dell'antico edificio, regalava alla scuola un aspetto austero e triste. A pochi metri dal patibolo, Flo strattonò Maya, per proporle una sosta corroborante da Starbuck's: un Frappuccino per ammazzare l'ansia. Ma Maya tirò dritto, aveva fretta. Allungò lo sguardo, strinse gli occhi per mettere a fuoco, afferrò Flo per un braccio, poi scese con le dita nervose a cercarle la mano per stringergliela forte. Flo sentì la mano di Maya afflosciarsi tra le sue, guardò l'amica e le vide una lacrima arrabbiata rigarle il volto.

— Ti voglio bene — le sussurrò.

E con una leggera pressione la spinse dolcemente oltre il cancello aperto, nel cortile affollato di studenti. Maya fece due respiri profondi, e decise di avere coraggio. Avanzò sicura, a testa alta, cercando ancora la mano di Flo.

— Vai benissimo, e lui non c'è.

Ma questo Maya già lo sapeva. I suoi occhi febbrili l'avevano cercato senza successo tra quella massa di ragazzi troppo curiosi e invadenti. No, Trent aveva evidentemente deciso che quella non era la giornata giusta per farsi rivedere a scuola: lui, del resto, ci andava solo quando gli pareva. Un'altra lacrima di tensione e delusione scese piano sulla guancia di Maya, fino a quando la mano dell'amica l'asciugò con un gesto veloce.

— Vai benissimo, ti dico.

Maya sorrise al maldestro tentativo consolatorio di Flo. E pensò allo studiato look che le era costato un'ora di sonno: camicia bianca con *ruches* di pizzo; sopra, gilè nero di velluto strizzato in vita; sopra, corsetto di pizzo nero aperto; sopra, redingote grigia di velluto, con alamari d'oro. Ma gli sguardi dei ragazzi della scuola non si soffermavano su di lei per il suo abbigliamento. Volevano conoscerla. Volevano sapere chi era la ragazza del quarto anno sopravvissuta alla furia di un pericoloso killer.

Maya sospirò, e si concentrò sull'esercizio raccomandato da Maestro Chang, il suo insegnante di *shaolin*: prese un respiro profondo, chinò la testa fino a che il mento non toccò la base del collo, tre respiri forti con gli addominali contratti, sollevò il capo, un respiro finale. Per i monaci buddisti questo è l'esercizio della consapevolezza.

— Ehi, ma sei proprio tu, questa della foto?

Un biondino perfettino del secondo anno si avvicinò alle due ragazze, stringendo tra le mani la pagina che il "Mirror" aveva dedicato alla Notte. Maya cercò di scansarsi: troppo tardi, intuì in un soffio. La folla di zaini, e guanti, e giacconi che le si stava stringendo addosso, era ormai inarrestabile.

Intravide un ragazzo della classe di fianco alla sua, uno di quelli su cui lei e Flo avevano puntato gli occhi, che le si avvicinava con uno sguardo azzurro, sognante e speranzoso. Si faceva largo tra la calca a forza di spintoni. Maya lo osservò, curiosa. Il ragazzo scansò Flo e le si parò davanti allungando verso Maya un taccuino rosso fuoco con tanto di cifre dorate: JFB, JAMES FREDERICK BEAVER.

— Firma — le intimò, dopo averle sottoposto una pagina aperta.

Flo gli strappò il taccuino di mano e lesse, divertita: "A James F. Beaver, perché anche lui vive con coraggio e determinazione, la sua Maya."

— Ma sei pazzo? — rise Flo. — Vuoi una dedica prefabbricata?

— Una dedica? — domandò Maya stupita. — Da me? E per quale motivo?

Non ottenne risposta, perché una massa di mani si allungò rapace verso di lei. Volevano toccarla, strapparle una firma, attirare la sua attenzione: inaspettatamente, inevitabilmente, era l'eroina del giorno.

Flo le si buttò addosso, e la spinse verso il bordo del cortile d'ingresso, accanto alle finestre dei laboratori del pian terreno. Lì, nascosti dalle siepi di rose coltivate con amore dalla signorina Tillerman, la segretaria tuttofare della scuola, Maya e Trent erano soliti rifugiarsi. E lì, in quella delirante mattinata, Maya e Flo si concessero di riprendere fiato.

— Wow, Maya, finalmente ho un'amica famosa.

— A quanto pare.

— Sei un mito, ragazza. Ma hai visto che roba?

— Flo, non ci sto con la testa in questa storia. Ho voglia di far sparire la scuola, di far sparire tutta questa gente. E poi....

— E poi non ci pensare nemmeno. N O N D I R L O. Guai a te se ti sento pronunciare il suo nome. Quel bastardo che non si è più fatto sentire. Figurati se veniva a scuola.

— A proposito, e John? Non l'ho ancora visto.

— Lascia stare. Ultimamente è così strano, a volte sembra che io gli dia fastidio. Dice che faccio la maestrina. Che si fotta anche lui... Ehi, guarda là in fondo. Ecco chi non poteva mancare.

Facendosi largo tra la folla, con incedere griffato e smaltato, l'inconfondibile falcata di Stacy catturò lo sguardo delle due amiche. Dietro di lei caracollava Liz, con un passo reso instabile da un paio di décolleté tacco 16, che Stacy aveva già provveduto a stroncare con un'occhiata di fuoco in perfetto stile ma-sei-scema-ma-come-diavolo-ti-presenti-a-scuola-in-pieno-inverno-sotto-la-neve-razza-di-trucida?

Le due ragazze passarono con finta indifferenza accanto a Maya e Flo.

Troppo alte, troppo griffate, troppo odiose.

Alla sentenza di Maya fece eco il sussurro sprezzante di Stacy.

— Certa gente non sa proprio come fare pur di attirare l'attenzione. Certa gente, che non ha né classe né mezzi, sarebbe capace di inscenare qualsiasi buffonata pur di poter per una volta, per una misera, sola volta, catturare la scena.

— Lasciala perdere, Maya.

Flo tentò di bloccare la rabbia dell'amica e le fece notare una terza figurina che seguiva a passetti veloci e timidi Liz.

— Guarda, si chiama Yukiko Takahashi. È una *exchange student*, viene da Kyoto...

Maya guardò la nuova compagna di classe con curiosità. La colpirono soprattutto i capelli neri e lucidi come l'inchiostro che la giovane giapponese portava lunghi fino alla vita. E poi il viso, un ovale quasi perfetto, labbra disegnate e appena carnose, e lo sguardo enigmatico e inaccessibili degli orientali. Maya notò anche che Yukiko non guardava nessuno in faccia. Procedeva a occhi bassi, cercando di tenere dietro alla falcata arrogante delle *mean girls*.

— È amica di quelle due? — chiese stupita Maya.

— Sì, be', non so. A dire il vero, non è che la conosca tanto. È arrivata la settimana scorsa e sai com'è, io ero troppo occupata a pensare a te e ai tuoi guai. E lei è troppo esotica per sfuggire alle attenzioni di Stacy che l'ha subito risucchiata tra le *mean*. Per quel che durerà.

— Ecco, appunto. Mi sembra così timida. Poveretta, tra le grinfie di quelle stronze. Magari possiamo invitarla una sera fuori con noi.

— Magari, Miss io-ti-salverò...

— Uff, Flo. Quanto starà qua?

— Sei mesi, credo.

— Se Stacy non la fa scappare prima.

— Già, ma a molti non sta simpatica. Credono sia presuntuosa, sai, è così riservata. Anche Phoebe...

— Ehi, Flo, ma dov'è Phoebe?

Le due ragazze non fecero in tempo a darsi una risposta, perché Harry, il ragazzo di Stacy, si avvicinò a Maya e le sventolò sotto il naso una foto, ripresa davanti a casa Fox, mentre, in pigiama, Maya ritirava il giornale che tutte le mattine mastino-Megan si sorbiva con la colazione.

— Guarda, piccola Maya, sei diventata proprio famosa. Attiri persino i paparazzi adesso, come una staaaar...

— Che roba è, Harry? Dove l'hai trovata?

— Ma come, mia principessa degli zotici gotici, non lo sai? Digita il tuo dolce nome su Google...

— Harry, pezzo di...

Flo tentò di strappare la foto dalle mani di Harry, ma fu sopraffatta dalla mischia dei ragazzi che volevano vedere la foto.

— Lasciatela stare!

L'urlo della Saunders, la prof di inglese, gelò la curiosità collettiva e i ragazzi si ritirarono, iniziando a scemare verso le rispettive classi.

— Maya, bentornata. Lo so, adesso sembra dura. Ma puoi contare su tutti noi, i tuoi professori, per ogni cosa.

Maya strizzò un occhio a Flo: e se la Notte avesse prodotto almeno un effetto positivo? E se la Saunders fosse improvvisamente diventata umana?

— Andiamo in classe — le disse Flo, prendendola per un braccio. — E non pensiamo più a quel pezzente di Harry. Da quando ha messo incinta Phoebe, è diventato insopportabile con tutte noi. Un vero cretino.

Nella paura di quei giorni, Maya si era completamente dimenticata del dramma di Phoebe, la loro nuova amica. Una notte, una sola notte aveva ceduto all'insistenza molesta di Harry, che per di più era anche fidanzato con Stacy. Una notte, che aveva per sempre cambiato la sua vita. E per di più Stacy l'aveva anche cacciata dal gruppo delle *mean girls*. Per questo, era stata "raccolta" da Maya e da Flo, che l'avevano adottata quale nuova amica, scoprendo che non era poi così stronza come avevano sempre sospettato vedendola in mezzo alle *mean*.

Maya e Flo si avviarono verso la loro classe, e trovarono Phoebe al suo banco, china sui libri. Da lontano, la scrutava Yukiko.

— Ciao, Maya! Scusa se non ti ho chiamata in questi giorni... ma sai com'è.

Phoebe mostrò la pancia alle due amiche, che per la verità non colsero nulla di diverso dalla solita piattezza che la ragazza amava esibire quale trofeo di magrezza assoluta.

— Avete visto quella lì?

Phoebe fece cenno con un leggero movimento del mento a Yukiko, che non le toglieva gli occhi di dosso.

— Per me è scema. O è cattiva, come le sue nuove amiche. Non smette un attimo di guardarmi. Ma cosa vuole?

— Forse ti pianta gli occhi addosso perché, per la sua cultura, sei un Ufo.

— Ehi, Miss Sapientona Flo, occhio a quel che dici.

— Intendevo solo che una sedicenne che si fa mettere incinta, in Giappone è una bestia rara.

— Primo, non sono una bestia. Secondo, ho quasi diciassette anni. E scusa se sono avanti un anno e ho iniziato la scuola prima di voi...

— Intendevo solo che... O insomma, Phoebe non rompere. Lo sai cosa voglio dire.

Maya spostò lo sguardo su John, che si stava avvicinando. Il fidanzato di Flo era strano, ultimamente: assente, distratto.

Che cosa stava succedendo a tutti loro, si chiese Maya? Forse che la Notte aveva lasciato addosso a tutti un brutto incantesimo? Perché si stavano allontanando?

— Ciao Maya. Flo...

John non le chiese nulla, non le rivolse alcuno sguardo da gran supporter come avrebbe fatto in passato, si limitò a sedersi nel banco esattamente dietro a Phoebe, posò a terra lo zaino, si infilò le cuffie dell'iPod e iniziò con esasperante meticolosità a posizionare sul banco le matite, poi le penne, una rossa e una blu, poi il libro di matematica, poi il dizionario di inglese, poi il quaderno, poi il diario. Flo lo guardò con disapprovazione, fino a quando il ragazzo non si tolse le cuffie. Si alzò, girò attorno alla sua postazione e si avvicinò al banco davanti. Si chinò su Phoebe e iniziò a sussurrarle qualcosa: la ragazza lo guardò riconoscente, lui allungò una mano timida verso di lei nel tentativo di accarezzarle il viso, ma la ritirò all'improvviso. Poi la avvolse con uno sguardo preoccupato e le sfiorò i capelli con le dita. Infine, riprese il suo posto.

Flo assistette alla scena con un misto di rabbia e di frustrazione. Furente, lo fulminò con il peggiore degli sguardi che aveva a disposizione.

— Ma cosa mi guardi a fare? — si difese John. — Sto

solo cercando di tirare su il morale a un'amica in difficoltà. Un'amica, di cui tu non ti stai occupando, mi sembra. Tutta presa come sei a pensare alla tua Maya.

— Che cazzo dici, John? — ringhiò Flo.

— Dico che Phoebe ha bisogno di me, di noi, adesso. Dico che è rimasta vittima di un abuso, un odioso abuso da parte di quello là.

John rivolse due occhi disgustati a Harry, seduto defilato in fondo all'aula.

— E dico — proseguì — che mi stai rompendo. Cos'è, adesso fai anche la gelosa?

L'ingresso in aula della Saunders interruppe fantasie e discussioni. Fino alla fine delle lezioni. Quando la campanella diede finalmente lo stop alla giornata del gran rientro di Maya.

I ragazzi raccolsero libri e quaderni e si avviarono verso l'uscita. Maya si avvicinò al cancello della scuola, mentre con la coda dell'occhio seguiva Flo che si era bloccata sulla porta in attesa di John.

— Stupida — scuoteva la testa Maya — dovrebbe lasciarlo in pace. John ha bisogno di aria.

Non si accorse, così, di un'ombra che le teneva gli occhi addosso.

Appoggiato in posizione defilata proprio dietro al cancello, seminascosto dalla folla dei ragazzi che si accalcavano per uscire, una gamba appoggiata al muro, i capelli che gli ricadevano spettinati sul volto accigliato. Le labbra inconfondibili, carnose ma contratte, disegnavano un'espressione inquieta sul suo viso. E poi gli occhi, di ghiaccio-celeste-fuoco, con una leggerissima sfumatura di viola nel sinistro.

Quando la scorse, Trent mosse due passi cauti verso di lei. Poi si fermò. E, titubante, tornò indietro. Fu allora che Maya lo vide. E iniziò a correre per raggiungerlo. Senza dar retta al suo cervello che le imponeva prudenza, Maya iniziò a chiamarlo.

— Trent, fermati.

Trent si voltò. La guardò per un lunghissimo secondo. Poi si voltò e accelerò il passo.

Maya rimase in mezzo alla strada, da sola. Tutto il rumore della scuola che si stava svuotando non riusciva a raggiungerla. In lei c'erano solo silenzio e delusa incredulità.

Si voltò, a sua volta, e si diresse a passi pesanti verso la fermata della metropolitana.

Così, avvolta nella sua negatività, non percepì il rumore che si avvicinava dietro di lei.

Fu questione di un solo fulmineo momento, e si sentì afferrare una spalla. Non oppose resistenza, rassegnata a non reagire a un altro stimolo troppo forte per quella giornata. Però la stretta si fece più stretta. E sentì una mano che le afferrava anche l'altra spalla. Poi le mani la fecero girare su se stessa. Si ritrovò a un centimetro dal volto di Trent, dai suoi occhi che le scrutavano l'anima. Le mani scesero dalle sue spalle e le afferrarono le braccia. Poi la spinsero verso quel viso. E Maya sentì le labbra calde di Trent schiudersi sulle sue.

Si abbandonò al bacio. Fino a quando il ragazzo si staccò da lei. E, tenendola sempre per le braccia, le sussurrò in un soffio: — Non riesco a fare a meno di te. Non più, da quando ti ho conosciuto. Da quando sono entrato per sempre dentro di te. Ma devo. Non posso, Maya. Amore mio, non voglio farti del male.

Poi Trent lasciò la presa. Si girò e se ne andò. Senza voltarsi indietro.

CAPITOLO 7

La stanza di Megan Fox Moore, al commissariato, era piccola e ordinata. Una grande scrivania, una poltrona ergonomica nera dallo schienale alto, due o tre sgabelli bianchi, imbottiti. Sopra la scrivania, in legno chiaro e metallo, una lampada di design italiano dalle forme dure e squadrate, la luce sempre accesa, diretta sulla miriade di riviste e rapporti accumulati sul tavolo. Uno scintillante Mac argentato, e una serie infinita di portamatite perfettamente allineati, che contenevano matite, biro e pennarelli rigorosamente divisi per colore. A Megan piaceva che le cose fossero al loro posto. Due foto: lei e Maya, davanti alla loro casa di Flower and Dean Walk. E nell'altra l'intera famiglia, lei, David e Maya, durante uno dei loro ultimi viaggi: New Mexico, piana di San Augustin, route 60, in mezzo al deserto e davanti alle 27 antenne giganti del Very Large Array puntate sull'universo, uno dei centri per l'osservazione delle stelle più attrezzato al mondo, una fissazione di David. Megan guardò di sfuggita la foto e si lasciò scappare una fitta di nostalgia.

Poi riprese il pezzo di carta che aveva stritolato tra le mani. Era arrivato il giorno prima, ma le era stato recapitato con la posta del mattino. Al commissariato, non a casa, per fortuna.

Allungò lo sguardo sulla scrivania: cercava, in mezzo alla pila di post-it di colori differenti, quello della tonalità più adatta a evidenziare l'orribile missiva che teneva tra le mani. Megan non scriveva mai direttamente sui documenti. Prendeva migliaia di diligenti appunti su migliaia di post-it. I post-it, del resto, segnavano tutta la sua vita e le sue giornate. Erano la sua agenda, il memo inevitabile che le ricordava scadenze e impegni.

Scelse un rosso cupo.

— Ma che cavolo ascolti? Hai perso definitivamente il controllo?

La voce allegra del tenente Garret coprì le note di un canto orientale diffuse dal computer.

— Avalokitesvara Boddhisatva, per gli ignoranti Avalokitesvara è il Boddhisatva, una sorta di semidio della compassione.

— Ah, be'.

— Me lo ha suggerito Maya, lo usano al corso di *shaolin* per concentrarsi. In effetti...

— Se le nenie ti aiutano a focalizzare la mente, dottoressa... Benvenuta nel mondo degli abbindolati.

— Garret! Non sono credenze sciocche. È una sapienza più antica della nostra, materialista occidentale. E comunque sì, ho bisogno di concentrarmi. E ogni metodo è buono.

Lawrence Garret, tenente di Scotland Yard, squadra omicidi, esperto di casi difficili, due sole debolezze: una vera passione per gli abiti di Saville Row, la via dei sarti chic, e una inesorabile gentilezza d'animo. Poi c'era una terza passione, ma quella non la confessava quasi nemmeno a se stesso.

Garret si sedette su uno degli sgabelli davanti alla scrivania della profiler e allungò una mano a prendere il pezzo di carta sgualcito che Megan gli stava tendendo.

— Accidenti, Meg. Quando ti deciderai a cambiare questi dannati sgabelli? Lo fai apposta a far sentire gli ospiti sulle spine?

Il tenente alzò lo sguardo sul volto di Megan Fox. Non vi scorse altro che angoscia. Poi si concentrò sul foglio che lei gli aveva appena passato e lesse.

"Vedi, qui, tra le mie ragazze... belle, dovresti vederle. Sono bellissime, mi stanno tutte qui, alle spalle, mentre ti scrivo. Ah, il mio teatro privato."

Quando si è rifatto vivo?

— Me l'hanno consegnato solo stamattina. Ma credo sia arrivato ieri.

"Dicevo, la tua come si chiama, qui avrebbe sfigurato. No, davvero.

Anche a Lui non andava a genio la cosa.

Uff, sì va bene, mi ha chiamato.

Lui rompe, però. E quel tono del cazzo che usa sempre. Ma che cosa crede? NON SONO IL SUO SCHIAVO!"

Garret piantò due occhi scuri e profondi addosso alla profiler.

— Chi è questo lui, Megan? Di chi sta parlando?

— Non lo so.

— Meg, stai studiando questo pazzo da quattro anni e vuoi dirmi che in tutto questo dannatissimo tempo non ti sei mai accorta dell'esistenza di un "mentore", chiamiamolo così?

— Da come lo descrive Gacy, più che un mentore, sembra un manipolatore, qualcuno in grado di tenerlo in scacco, qualcuno che in un certo senso lo sta usando. Sicuramente ha del potere su di lui. Molto potere, direi, a giudicare dai goffi tentativi di affermare la sua autonomia mentale. Leggi il seguito, Lawrence.

"Io ho una dignità.

E una sensibilità.

E se non ci fossi stato io, Lui non avrebbe scoperto niente."

— Vedi? Come tutti i soggetti mentalmente deboli o disturbati, Gacy sta tentando disperatamente di emanciparsi da questo misterioso e potentissimo maestro.

— Senti qua, Meg.

"'Fuori di lì o sei morto' mi ha urlato al telefono. Maccheccazzo si crede?

Quel lurido bastardo sfruttatore, di me non ha capito niente.

Ma giuro, gliela faccio pagare. E gliela faccio vedere. Io la troverò, la sua Predestinata!"

— Megan, a che gioco sta giocando? Che cos'è questa storia della Predestinata?

— Non riesco a capirlo. Se non avessi studiato Gacy così a lungo, ti direi che si tratta della tipico profilo che riscontriamo negli appartenenti alle sette. Idolatria per il capo, fede cieca nella missione di fondo, con punte di resistenza e di forte antagonismo quando ci si rende conto di perdere il controllo. Punte, inevitabilmente smussate dall'intervento rassicurante del capo. È chiaro, Garret. È come se Gacy ci stesse dicendo, o meglio stesse dicendo a se stesso, che lui è più forte di questo presunto capo. Una sensazione ovviamente destinata a sciogliersi come neve al sole. È l'estrema resistenza che una psiche fragile mette in atto per tentare di autoconvincersi della sua possibilità di autonomia. È chiaro che, in casi come questi, il danno, per così dire, è già compiuto. L'autonomia non esiste. E la sottomissione alla setta è già totale.

— E Gacy, il Michael Gacy che conosciamo farebbe parte di una setta? Questo scenario è del tutto nuovo.

— Infatti. Non combacia, guarda qui. Ho ritirato fuori la diagnosi che gli ho fatto a suo tempo. E che non è mai stata smentita, nemmeno in sede di processo: "Psicopatico, affetto da grave schizofrenia paranoide con ideazione delirante ben strutturata e momenti di grave perdita di controllo e passaggio all'atto: si notano allentamento dei nessi associativi, pesante anaffettività, autismo, ambivalenza." Non è compatibile, Garret. Questa diagnosi non è compatibile con l'appartenenza a una setta. Ricordi i deliri di Gacy sulla bellezza perfetta, la sua ossessione per le formule matematiche che racchiuderebbero la perfezione, come il Rapporto Aureo?

— Sì, certo. E questo potrebbe escludere la sua appartenenza a una setta?

— Ecco, credo di sì. Lui è già convinto di avere una missione. E sente di doverla condurre in porto da solo. Perché è un illuminato, una mente superiore: nella sua percezione, lui ha avuto accesso a livelli di conoscenza elevati, sconosciuti alla massa bruta degli ignoranti quali noi siamo. È convinto di poter portare a termine un compito quasi "divino": liberare la bellezza assoluta.

— Qui però fa intendere di avere un altro tipo di missione. Una missione superiore. Non a caso cita la storia della Predestinata. Chi sarebbe, secondo te?

— Non ne ho idea. Quello che so, è che se Gacy è implicato in una setta, la faccenda si complica. Si complica tremendamente.

Megan si grattò l'avambraccio, scavando attorno a un piccolo neo che segnava l'esatta distanza tra il polso e il gomito. Era una sorta di tic, che la coglieva nei momenti di vera preoccupazione. Poi allungò una mano verso il blocchetto viola dei post-it, quelli con il colore del dubbio che venivano riempiti ogni qual volta la situazione si presentava poco chiara. Schizzò due o tre disegni, frecce che si rincorrevano, acuminate e nervose. Non era mai stata brava a disegnare, e aveva sempre invidiato la capacità che Maya aveva ereditato da David.

Le serviva, però, tracciare frecce. La aiutava a riflettere.

— Lawrence — disse sollevando la testa con un movimento improvviso.

Il tenente la guardò con aria interrogativa, concentrato com'era nel tentativo di decodificare la lettera del killer.

— C'è dell'altro. Gira la lettera...

Il tenente Garret ubbidì. Girò il foglio e intravide una scritta vergata a lettere verdi, con un inchiostro scadente, già sbiadito. Riuscì, tuttavia, a leggere la breve frase che il killer aveva aggiunto evidentemente a lettera già conclusa.

"Meg, dolce Meg. Lo conosco bene quel ragazzino, quel Trent che sta appresso alla tua Maya. Vogliamo parlarne?"

Guardò la profiler, riuscendo a malapena a dissimulare il fastidio per il tono fin troppo sdolcinato usato dal killer nei confronti della "sua" Megan.

— Lawrence, Trent è il ragazzo per cui Maya ha perso la testa. Che cosa sta succedendo?

— Dobbiamo scoprire dove si nasconde quel figlio di puttana. Stavolta, non lo lascerò scappare.

CAPITOLO 8

FLOG: Maya?

MAYA91: Sì, ci sono.

FLOG: Allora? Sopravvissuta al primo giorno?

MAYA91: Tu piuttosto. Che mi dici di John? Va tutto bene tra voi due?

FLOG: No, non lo so. Ultimamente fa lo stronzo. Nn so xké.

MAYA91: Sembra arrabbiato.

FLOG: Tutti gli uomini lo sono. Noi siamo la specie vincente... Ci odiano.

MAYA91: Ma allora mi odia anche...?

FLOG: Quello è un altro caso.

MAYA91: E quale sarebbe il caso?

FLOG: Nn so. Te l'ho sempre detto. Quello è strano. Ti sta nascondendo qualcosa.

MAYA91: Mi fa paura, Flo.

FLOG: xké?

MAYA91: Mi ha detto ke nn può stare con me. Ke per me sarebbe pericoloso.

FLOG: Sììì, tutti uguali. Certo che sarebbe pericoloso. Per la sua "libertà". ☹

MAYA91: No, davvero. Sembrava angosciatissimo.

FLOG: E tu ci credi? Come quel codardo di John. Lo mollo, se va avanti così.

MAYA91: Ma Trent è diverso. Cosa mi sta nascondendo, Flo?

— Maya, sei in casa?

L'arrivo di mastino-Megan provocò il solito effetto a valanga. Maya si staccò da Msn, chiuse il computer e lo infilò sotto il letto, prese i quaderni, aprì il libro di inglese e lo posizionò accanto a sé. Poi si infilò le cuffie dell'iPod, selezionò un brano e lo mise a tutto volume.

"You cry out in your sleep, all my failings exposed. And there's a taste in my mouth, as desperation takes hold." Love Will Tear Us Apart, Joy Division. Un po' di tristezza made by Trent. E il volume a palla, l'ideale per non farsi travolgere dalle ansie di mastino-Meg.

— Mayaaaaaaa, ma ci seiiiiii?

Con un sospiro rassegnato, Maya si tolse le cuffie. Avrebbe voluto chiudere le tendine a fiori del suo letto a baldacchino, blindarsi dentro il suo guscio e bloccarne tutti gli ingressi. Prese il cellulare e per un istante fu tentata di chiamare Trent. Ma Megan irruppe nella stanza.

— Ah sei qui, perché non rispondi? Che fai, studi? Hai mangiato? Vuoi che facciamo una passeggiata insieme? Hai tutto per la scuola? Dobbiamo comprare qualcosa? Com'è andato il rientro in classe?

Il solito diluvio di ansiosi interrogativi materni non ebbe risposta. Come sempre, del resto. Maya sapeva che la madre tentava di sedare le sue ansie con una batteria di domande di controllo. E che non era molto interessata a conoscere le risposte.

Megan si avvicinò a Maya e allungò lo sguardo sui libri.

— Brava la mia piccola Maya.

Ma l'occhio indagatore della madre cadde inevitabilmente sul display del cellulare della figlia e scorse quel nome. Le parole di Gacy, trascritte sul retro della lettera, ritornarono angoscianti nella sua testa. Megan avrebbe tanto voluto essere calma, quel giorno. Se l'era imposto come esercizio necessario per il ritorno alla vita normale: suo e di sua figlia. Lo aveva promesso anche al tenente Garret, a Lawrence, che non perdeva occasione per tentare di tenere a freno le ansie di Megan.

Solo che non ce la fece.

— Maya, ancora? Ancora con quel dannato ragazzo.

— ???

— E va bene, te lo devo dire stavolta. L'altra sera, quando ne abbiamo parlato, ho voluto sfumare. Eri ancora troppo sconvolta. Adesso sei in grado di capire. E ti dico basta. Basta con questa storia, basta con quel ragazzo, basta, basta, basta. F I N E, hai capito? Non lo voglio più vedere in casa, non voglio più sentire il suo nome, non voglio più vederti triste per lui. N O N M I P I A C E. E tu sei ancora minorenne. E finché stai sotto questo tetto, decido io per te. Che è meglio. E lui non fa parte dell'arredo di questa casa e della nostra vita. Sciò, aria. Via, lui e quella sua terribile madre!

Maya guardò con occhi tristi e delusi la propria terribile madre. Cercò di parlare, avrebbe voluto spiegare. Invece dalla sua bocca uscì una sola parola.

— Perché?

— Perché te lo dico io. Punto.

CAPITOLO 9

— Quando, di grazia, ti deciderai a svuotare questo luogo delle tue orribili e inutili vasche?

— Te l'ho già chiesto, Prof, non mi trattare così. Per favore.

— E io ti ho già detto, mi sembra, di smetterla con le tue scemenze. Rischi di rovinare tutto, te ne rendi conto o siamo troppo stupidi?

— Prof, ma tu mi avevi detto che...

— Prof, ma tu mi avevi dettooo. Non fare il bambino! Il tempo sta giungendo. E io non posso più sprecarlo a correre dietro alle tue idiozie.

— Ma Prof, tu ci credevi nella perfezione. E mi avevi detto che avevo avuto una buona intuizione quando avevo collegato le ragazze al Rapporto Aureo, magari la chiave poteva essere quella.

— Ora basta, Michael. È l'ultima volta che te lo dico. Sono stufo. E la mia pazienza, come sai, non è molta. Ti ho già tirato fuori dai guai una volta, non voglio doverlo fare una seconda. Lascia stare questa storia. E queste stupide vasche: o te ne sbarazzi tu, o ci penso io. Sappilo. E lascia stare quella ragazza, quella Maya. La madre è l'unica che ti può rintracciare. Ma quanto sei stupido, andarti a cacciare nella tana del lupo, con il rischio di farci scoprire. Hai un'idea della posta in gioco, signor mente-criminale-perfetta? Piantala! Te lo dico perché una piccola parte di me ha ancora fiducia nel tuo operato. Attento, Michael, è una piccolissima parte di me. Ora sei sotto la mia lente, ragazzo. Non puoi permetterti di sbagliare ancora.

— Prof, ce la sto mettendo tutta.

— Non abbastanza. Hai fallito, finora, ragazzo. E io detesto i fallimenti. E i falliti, ovvio.

Il Prof si accese un sigaro, senza levarsi i guanti di pelle nera che amava portare per proteggere le sue preziose mani. Quel posto gli faceva un po' schifo, inutile contaminarsi rischiando di toccare qua e là. E poi, rifletté, prima o poi questo scemo si farà beccare, meglio non lasciare alcuna traccia. Aspirò una boccata nervosa. Detestava dover fumare per cacciare l'insofferenza nelle situazioni che non riusciva a controllare del tutto. E quella situazione gli stava sfuggendo di mano, il ragazzo non rispondeva come avrebbe dovuto. Come il piano prevedeva.

Girò leggermente il capo, mise a fuoco le vasche, i trofei della missione privata che Michael Gacy portava avanti in nome della Bellezza Perfetta. Disgustato, tornò a osservare i suoi guanti lucidi. I corpi di quelle sei ragazze immerse nel liquido di quelle improbabili vasche lo inquietavano. Non perché fossero morte, questo no. Il Prof in fondo era un grande medico, flirtava con la morte da quando era studente. No, lo inquietava il modo in cui Gacy le aveva scelte: sulla base della loro data di nascita, che riportava sempre la sequenza di Fibonacci. Una stupida e inutile traccia, che il cretino aveva voluto mettere in piedi. E che però si era curiosamente incrociata con la pista che lui stesso aveva scoperto nel *Codice di Dresda*: data di nascita, 1991. Segno zodiacale, Acquario.

Ma erano le ragazze sbagliate, la Predestinata non c'era.

E poi quel demente si era messo in testa di conservarle. In vasche di azoto liquido. Dove diavolo se l'era procurato tutto quell'azoto? Su Internet, gli aveva spiegato lo scemo. Bell'affare, aveva pensato il Prof. Prima o poi lo scoprono.

Già, si disse, spegnendo il sigaro sotto la suola della sua lucida Church, prima o poi...

Si chinò a raccogliere il mozzicone spento e incrociò lo sguardo di Gacy. Quel ragazzo non gli era mai piaciuto. Se ne era dovuto servire, questo sì. Ma c'era qualcosa in lui che davvero non andava. In ogni caso, il compito a cui era chiamato esigeva personaggi di prima grandezza. E Michael Gacy non era proprio un gigante.

— Dunque, ragazzo, mi spiace se sono stato un po' duro, prima. Ma sai, queste vasche non mi garbano per niente.

— Perché Prof? Non vedi? Ci guardano. Lo vedi come sono perfette? Ne manca solo una, la nostra Predestinata. Ora la trovo, Prof, lo giuro. Fidati di me.

— Certo, certo. So che farai del tuo meglio, vero?

Il Prof allungò la sua mano guantata e diede un rapido buffetto sulla guancia grigia e floscia di Michael Gacy.

— A proposito, ragazzo. Dovresti andare a trovare Deborah, Debbie te la ricordi? Ho come la sensazione che mi nasconda qualcosa. L'altro giorno era nel mio studio, l'ho intravista con la coda dell'occhio ma avevo da fare. Poi è sparita. Forse c'è qualche problema. Debbie è una brava donna, a suo modo ci è fedele. Ma suo figlio, quel Trent, andrebbe rimesso sulla strada giusta.

Il Prof pronunciò le ultime parole quasi sovrappensiero e non si accorse dello sguardo venato di odio che Gacy gli lanciò.

— Dovresti dare una ripulita, a questo posto, prima o poi. Be', è tardi. Chiamami dopo aver incontrato Debbie, ci conto. Arrivederci ragazzo.

Il Prof girò sui tacchi e si diresse a passi veloci verso la porta blindata della cantina. Girò la chiave nella toppa e, alzando una mano a mo' di rapido saluto, scomparve dalla vista di Michael Gacy. Il killer restò lì, annientato dalla frustrazione e dalla rabbia.

Si precipitò a chiudere a chiave la porta lasciata incautamente aperta dal Prof. E a passi lenti e pesanti si avviò al centro della stanza. Poi si buttò sulla sua poltrona preferita, una vecchia Chippendale, probabilmente finta, l'unico reperto che aveva salvato dalla vecchia casa di Soho della madre. L'aveva fatta rivestire in pelle rosso vermiglio e ora campeggiava al centro della stanza, proprio in mezzo alle "sue" vasche.

Accese l'impianto stereo, due casse Magneplanar "il miglior sistema al mondo di casse acustiche" e sintonizzò il tasto di selezione su *L'arte della fuga*, Bach. Il Rapporto Aureo, racchiuso negli intervalli delle battute di questo famosissimo pezzo, sorrise tra sé il killer. Poi girò la poltrona e ammirò i suoi cadaveri: le sei ragazze che aveva soffocato e immerso in quel liquido trasparente, per ibernarne la bellezza.

Ma né la musica né la contemplazione della sua opera riuscirono a placare la sua ansia.

Andò a procurarsi carta e penna. Scelse con cura la penna, di solito usava solo matite o stilografiche, non c'è classe nella volgarità delle biro. Aprì il cassetto della scrivania, bianca immacolata, che aveva posizionato in un angolo della sua tana. Allineate, una decina di stilografiche attendevano di essere usate. Accanto, otto boccettine di inchiostro nero 100 per cento perfettamente sigillate.

Il killer scelse con cura e optò per la più piccola: bianca, sfaccettature regolari. Più aggraziata e gentile, pensò.

Poi tornò sulla sua poltrona e iniziò a scrivere.

"Quello stronzo, Meg. Stavolta ha esagerato."

Rilesse il foglio, lo appallottolò con un moto di fastidio e lo gettò a terra. Ne prese un altro.

"Meg, il tempo sta per giungere, non posso più fare errori."

Ma ancora una volta, appallottolò il foglio e lo gettò a terra. Ne prese un terzo.

"Ehi, cretina di una profiler-che-non-hai-mai-capito-un-cazzo, la sai la novità? Il Prof è pazzo!"

Gettò a terra anche questo foglio.

E iniziò a urlare. Urlò forte, con tutto il fiato che aveva in gola, si alzò in piedi per urlare. Si rivolse alle sue vasche, alle sue bellissime ragazze e gridò loro addosso tutta la sua disperazione.

Poi si ricompose. Spense la musica, rimise a posto la poltrona, raccolse i fogli da terra.

L'occhio gli cadde su una piccola fascetta tricolore, scivolata di fianco alla scrivania, larga appena qualche millimetro: era bianca, rossa e verde, i colori della bandiera italiana. Gacy sorrise tra sé, raccogliendo la fascetta e ricordando il vezzo del Prof, che amava arrotolare tra le mani il simbolo dei suoi sigari toscani. Ripose la fascetta nel cassetto della scrivania, salutò le ragazze e uscì, chiudendo bene la porta.

Sì, si disse, il Prof sta perdendo colpi. Non è più in grado di riconoscere il talento. E mi vuole far perdere tempo prezioso dietro a quei due poveracci della medium e di suo figlio. A me. A me che ho una Missione. No, caro Prof, non cado nelle tue trappole. Tiro dritto per la mia strada. E vado dove mi pare. Dove c'è bisogno di me.

CAPITOLO 10

— Eddai, Maya. Dimmelo come succede. Tanto lo so, l'ho letto.

Il ragazzo, molesto, non la lasciava in pace. Dal tavolino di Starbuck's Maya guardava gli studenti accalcarsi davanti al cancello della scuola, infastidita dalle chiacchiere di Peter Bradley, quello del secondo banco, capelli rossi e una passione forsennata per il calcio e l'esoterismo. Un tipo strano, taciturno, uno che aveva sempre evitato Maya e i suoi amici.

Gomiti appoggiati al tavolo, Maya rigirava con lentezza annoiata il cucchiaino di plastica nella tazza di caffè alla vaniglia. Bradley, che non aveva ancora toccato il suo Frappuccino, la guardava ansioso. Quello strano invito postato su Facebook la sera precedente, aveva incuriosito Maya: ma ora si stava rivelando un incubo.

— Non lo so come succede. Capita e basta. E poi, perché lo vuoi sapere?

— Mi interessa, lo sai. I morti mi affascinano, mi piacerebbe frequentarli, ecco tutto. E si dice in giro che tu abbia certe doti.

— Io non ho certe doti, io so che esiste una dimensione che va oltre quella da noi percepita con i nostri miseri, poveri, limitati cinque sensi.

— Ok, ok, non ti alterare. Ma tu li vedi? E cosa senti, quando li senti? E, dimmi, ce ne sono qua in giro?

— Sì, guarda. Ce n'è uno proprio seduto qui, su questa sedia, ti sta strizzando l'occhiolino. Chissà che non voglia trascinarti con lui.

Il ragazzo scrutò la sedia accanto a lui, perplesso. E Maya ne approfittò per alzarsi e salutare. Con la coda dell'occhio, aveva intravisto Phoebe, in arrivo su una Vespa 50 nuova di zecca, azzurro Capri. La ragazza si tolse il casco rosa, e con un leggero movimento del capo liberò i lunghi capelli biondi. Ripose il casco sotto il sellino e si avviò verso l'ingresso della scuola, avvolta nel suo nuovo giaccone griffato che inaspettatamente la copriva fino alle ginocchia.

Maya sorrise, osservandola da lontano sospirare con aria contrita. No, Phoebe non si sarebbe adattata facilmente a una maternità, pensò Maya. Troppo complicato. E troppo rovinoso per il suo look. La conferma, le arrivò guardando più da vicino il nuovo stile dell'amica: ballerine basse al posto dei soliti tacchi 16 cm, un maglione di Zara decisamente oversize. Niente Gucci, niente Miu Miu, niente Vuitton. Phoebe era decisamente sotto tono. Maya si mosse in direzione dell'amica.

Ma non arrivò in tempo per bloccare un ragazzo alto, biondo, zigomi appuntiti e sguardo arrogante, che si era piantato di fronte a Phoebe, a sbarrarle il cammino.

Maya guardò, impotente, il film della catastrofe che si stava avvolgendo. Harry puntò il suo sguardo cattivo su Phoebe, poi alzò le braccia e le posizionò una di fianco all'altra all'altezza dello stomaco. E con un gesto rapido e inaspettato fece il segno di una sventagliata di mitra. Phoebe si bloccò, incapace di credere a ciò che stava vedendo: Harry le stava sparando addosso??? Dopo quello che aveva fatto? Dopo averla messa-incinta-lurido-bastardo-mi-ha-rovinato-la-vita-e-adesso-fa-lo-stronzo-e-continua-a-negare-e-guarda-come-mi-ha-ridotto-ad-andare-in-giro-sembro-un-dannato-uovo-di-pasqua-io-che-ero-la-più-fashion-della-scuola.

Maya la vide trattenere a stento le lacrime che premevano per rovesciarsi sul suo viso attonito. Si fece largo tra la folla dei ragazzi cercando di raggiungere Phoebe, spintonò un po' di zaini e di borse trendy e si infilò il più velocemente possibile nell'aula dove l'amica si era rifugiata.

Ma ancora arrivò troppo tardi per proteggere Phoebe da Stacy, che le stava sibilando: — Te la sei cercata, cara. Il tuo piccolo bastardo, chissà da dove arriva. Potresti chiederlo alla tua amichetta veggente. Non certo al mio Harry. Lascialo stare, troietta. Mi hai capito?

Accompagnata da una tronfia Liz e da un'esitante Yukiko, Stacy si voltò e lasciò l'aula.

Maya accorse e circondò Phoebe tra le braccia.

— Non piangere, non ne vale la pena.

— E perché non dovrei? La mia vita è rovinata. Non so che fare con questa cosina qui che mi sta crescendo dentro. I vestiti iniziano a tirare, ingrasserò come una mongolfiera. E non ho neanche uno straccio di fidanzato, hai visto? L'hai visto quel codardo che non è neanche in grado di dire la verità? Certo che è lui il padre, chi dovrebbe essere?

Gli occhioni scuri di Phoebe si posarono preoccupati e lucidi su Maya, la quale evitò di infierire, ricordandole che, in effetti, prima di Harry, più o meno nello stesso periodo, il carnet di Phoebe era stato piuttosto affollato. Il che comunque non sollevava quel bastardo di Harry dalle sue responsabilità.

— E come farò con la scuola? Guarda qui — disse indicandosi la pancia che in realtà aveva solo perso di poco la sua assoluta e proverbiale piattezza. — Tra un po' non potrò più nemmeno vestirmi in modo normale, sarò uno schifo. E poi chi glielo dice a mia madre? E ai prof? Oh, Maya, come sono infelice.

La valanga Phoebe aveva ripreso a tracimare. Maya circondò con un altro abbraccio l'amica, la fece alzare, le asciugò le lacrime. Poi si diresse verso la cattedra, dove il professor Jones, l'insegnante di ginnastica, si accingeva a fare l'appello.

— Prof, Phoebe non sta bene, oggi non può davvero fare ginnastica. La accompagno in infermeria?

— Fox è una scusa o che?

— No davvero, prof. Si sente svenire.

— Fox, ho sentito delle strane voci sulla tua amica. Perché diavolo si sente svenire? Mangia, si nutre a sufficienza? O forse c'è dell'altro?

Maya sostenne lo sguardo severo, sfidando quel giovane professore che si presentava in aula in tuta da ginnastica e fischietto al collo e che non aveva mai sopportato le squadre femminili.

— Ok, andate. Meglio avervi fuori dal campo, oggi. Ma ricorda Fox, un altro "errore" e ti sbatto fuori dal campionato di volley, chiaro?

Maya alzò un sopracciglio, leggermente.

Poi si diresse verso il banco dell'amica, la prese per il braccio e la accompagnò fuori. Appena arrivate in corridoio, vennero intercettate dalla Saunders.

— Che succede? Dove state andando?

La prof di inglese non era soltanto l'insegnante più temuta, era anche la vice preside e la scuola era il suo campo di battaglia.

— Phoebe non si sente troppo bene, prof. La accompagno in infermeria.

— Fox, dovresti essere tu a non sentirti troppo bene.

— Ho molte risorse, prof. Adesso ci lascia andare?

Lo sguardo di Phoebe era sempre più vitreo e il suo colorito andava ingrigendosi di minuto in minuto. Maya si stava preoccupando davvero, aveva paura che l'amica le svenisse tra le braccia: eventualità che avrebbe inesorabilmente rivelato il suo stato di gravidanza al mondo intero.

— Fox, intuisco che c'è qualcosa che non va. Non voglio costringervi a parlarne. Ma, Phoebe, la mia porta è aperta, ricordalo. E adesso voi due andate. Ma avrete bisogno di un aiuto, immagino — concluse la Saunders osservando Maya farsi carico del peso di Phoebe, ormai in fase di crollo conclamato.

— Posso, io, accompagnare loro?

La vocina, timida e sottile, arrivava da dietro le spalle della Saunders. Maya allungò il collo e intravide la nuova compagna.

— Grazie, signorina Yukiko. Fox, conosci già, immagino, la nostra nuova compagna, Yukiko Takahashi. Yukiko, queste sono Maya Fox e Phoebe Grant. Grazie per la tua offerta di aiuto.

Yukiko si avvicinò a passetti veloci, accostò piano una mano al braccio di Phoebe e si incamminò con le due. Appena la Saunders ebbe svoltato l'angolo, Phoebe parve riprendersi.

— Scordatevi di portarmi in infermeria. Sto meglio. Me ne torno a casa

— Phoebe, non stai affatto bene. E io non mi fido a lasciarti andare così. E poi, chi ti firma il permesso di uscita?

— 'Fanculo il permesso. Me ne vado e basta.

— Sì, brava. Così rischi la condotta. Miss Furbizia, qualche altro guaio di cui andare a caccia?

Yukiko le osservava in silenzio, mostrando di non capire i toni che le due stavano usando.

— E questa, perché mi guarda così? Ehi, Sol Levante, che vuoi da me? Perché non vai con le tue amichette?

— Phoebe, non fare così. Yukiko voleva solo essere gentile.

— Io gentile. Io preoccupata.

La giovane giapponese non riusciva a trovare le parole per cercare di addolcire il terreno di scontro con Phoebe.

— Io no capire — concluse sconsolata.

— Che cosa non capisci? Eh, che cosa non capisci? Che sono incinta? Che sono dannatamente, inesorabilmente, fottutamente incinta?

Phoebe stava davvero perdendo il controllo, osservò Maya. Ci voleva un break, qualsiasi cosa.

— Io... Impossibile essere inconta.

— Incinta, si dice incinta. Inconta sono le pecorelle di notte, cara. E poi, che cazzo me ne frega se tu lo sei o no, sto parlando di me.

— Io... Io capire tu preoccupata, cazo. Giusto, sì?

Yukiko sorrise, arrossendo leggermente. Phoebe si rilassò. E Maya ne approfittò per proporre alle due ragazze un caffè per siglare la pace.

Sedute al tavolino, attesero chiacchierando la fine della mattinata. Quando la campanella dell'ultima ora finalmente suonò, Maya si alzò e si diresse verso l'ingresso della scuola. Voleva intercettare Flo, quella mattina non l'aveva ancora vista, doveva essere arrivata in ritardo.

Maya allungò il collo per riuscire a scorgere l'amica, cambiò postazione e si spostò sull'altro lato del marciapiede. Peter Bradley, di fronte a lei, si stava sbracciando per attirare la sua attenzione. Maya fece un balzo: una seconda dose di Bradley per quella mattinata poteva risultare letale, doveva evitarlo a tutti i costi. Si nascose dietro a una vetrina della libreria di fronte a scuola e lì attese Flo. Ma i suoi occhi, vagando in cerca dell'amica, si posarono su qualcosa d'altro.

Giubbotto nero e jeans neri stretti alla caviglia, cuffie infilate nelle orecchie.

La stava osservando. Meglio, se la stava mangiando con gli occhi, esplorando ogni centimetro della sua pelle. Trent era così, non le lasciava scampo.

Maya abbassò lo sguardo. Poi lo rialzò e si diresse verso di lui.

— Ciao.

— Ciao.

— Che cosa ascolti?

— *Should I Stay or Should I Go*, The Clash. Te l'ho postata ieri su Facebook. Non l'hai ascoltata?

— Mollami, Trent. Lasciami in pace. O ci sei o non ci sei. Che cosa cerchi?

— Te.

— Balle. Cerchi te stesso, cerchi una gratificazione al tuo stupido, gigantesco ego. Ti piace prendermi e poi mollarmi.

— Ti sbagli, bacinibelli.

— E non chiamarmi così. Non sei tu, che mi puoi chiamare così. E a proposito, c'è una cosa che ti voglio chiedere da parecchio. Ma sai com'è, non abbiamo avuto molto tempo per stare insieme, ultimamente...

— Fox, che vai cercando? Ti ho già detto, è meglio che non ci vediamo troppo.

— Certo, Mr Strong. Come vuoi tu. Allora dimmelo subito. Mi devi spiegare che significa: «Maya sei fregata,

Kyle non ti lascerà andare.» Perché quando abbiamo fatto l'amore te ne sei uscito con quella frase? E chi è Kyle?

— Frena, Fox.

— Non chiamarmi Fox, cazzo!

— Sì, Maya. Lasciamo perdere, davvero. È meglio così. Dimenticami, Fox.

Maya lo guardava senza parole, poi si sentì chiamare.

— Maya, ehi Maya.

Flo agitava la mano verso l'amica. Era appena uscita dal portone della scuola e aveva intravisto Maya di spalle. Stava parlando con qualcuno, ma Flo non riusciva a vedere con chi.

Maya si voltò di scatto, e si mosse verso l'amica. Trent non la seguì. Neanche con lo sguardo.

— Maya, Peter Bradley mi ha fatto una testa così tutta la mattina. Ma che è successo?

— Un sacco di cose.

— Mi ha detto che vorrebbe la tua dote anche lui, che cretino!

— Già.

— A proposito, lo sai che esiste una scuola per medium proprio qui a Londra, famosa in tutto il mondo? Che dici, ci andiamo?

— Flo, non ti ci mettere anche tu.

CAPITOLO 11

A qualche chilometro di distanza dal commissariato dell'East End, al di là della Torre di Londra, uno dei luoghi più misteriosi e inquietanti della città, dove da generazioni si dice che si aggirino pericolosi spettri, comincia la zona dei Saint Katharine's Docks, gli ex moli destinati al carico e scarico merci per i brigantini che, nei secoli passati, attraversavano l'Atlantico. Moli, banchine, che hanno visto decine di diseredati, di avventurieri, di disperati, accalcarsi tra le vie strette e le locande malfamate in cerca di una vita migliore. Al di là del fiume, attraversato dalla lunga Tower Bridge Road, vi è il quartiere di Bermondsey, che le guide trendy definiscono la nuova Hoxton. Tradotto, la zona ex fatiscente, abitata da creativi e artisti a caccia di stimoli tra vecchi loft splendidamente ristrutturati e nuove gallerie.

Sopravvivono, a regalare il fascino del brivido, alcune tortuose viuzze abitate ancora dalla popolazione originaria della zona, tutta gente poco avvezza a vivere alla luce del sole. Il tocco indispensabile, quel pizzico di senso del pericolo, che contribuisce a conferire al quartiere la sua fama chic. Il luogo giusto, anche, per chi abbia voglia di mimetizzarsi.

Lamb Walk, un budello che si dipana dalla frequentatissima Bermondsey Street, è un unico cantiere. La zona, anche in vista delle Olimpiadi che si terranno a Londra nel 2012, dovrà essere completamente ripulita. Ma il numero 17, un vecchio edificio di mattoni rossi, resiste coraggioso alla furia dei bulldozer e delle ruspe. È abitato da poche persone, che occupano gli ex magazzini mal ridotti: gente per lo più arrivata da lontano, che non ha il tempo né le parole per interessarsi alle vite altrui.

Nel secondo cortile, defilato, c'è un piccolo appartamento, una stanza con un cucinino, 35 metri quadrati di muri scrostati e polverosi e di parquet dissestato. Tuttavia c'è una grande cantina. Sotto, si sentono pochi rumori, quasi nulla, dopo che il nuovo inquilino ha fatto fare dei lavori. Veramente, ha notato Parvez Ali Aziz, che ogni giorno si arrampica su per le scale pericolanti e puzzolenti dell'edificio, il nuovo inquilino non ha fatto proprio nessun lavoro. Vive lì solo da tre mesi. I lavori li ha fatti quell'altro signore elegante, che ogni tanto, nel corso dell'anno, si vedeva in mezzo agli operai. Ma a Parvez tutto questo non importa. Lui detesta fare domande.

CAPITOLO 12

Aveva bisogno di rilassarsi. Di distendere i suoi nervi stanchi. E c'era solo un posto dove poteva andare. Il molo. Saint Katharine's Docks. Il Tamigi nero e sporco, carico di mille ricordi, scorreva sotto i suoi piedi che penzolavano dalla banchina di legno.

Non lo vedeva, perché era assorta nella lettura. La sua lettura preferita. Nel suo luogo preferito.

"Sì. Uno va avanti. E il tempo pure va avanti, finché ci si scorge di fronte una linea d'ombra che ci avverte di dover lasciare alle spalle anche la regione della prima gioventù."

La linea d'ombra, Joseph Conrad.

Il display del telefonino segnava tre chiamate perse e quattro sms in arrivo. Non aveva avuto voglia di rispondere. Tanto sapeva.

E, tuttavia, alla quarta telefonata, premette il tasto di risposta.

— Maya, ma dove diavolo ti sei cacciata? Sono le 8 di sera e non sei ancora a casa. Sono a pezzi, Maya. Non puoi farmi questo. Lo sai, mi devi avvisare quando ritardi.

— Hai ragione, mamma. Scusa. Non mi sono accorta del tempo che passava.

Maya chiuse il libro e si alzò per tornare a casa. Senza accorgersi che qualcuno, poco distante, non aveva smesso un istante di osservarla.

CAPITOLO 13

MESSAGGIO N.2

Meg, mia dolce, mia divina Meg.

Credimi, così non può funzionare. Davvero, Meg.

Ho fatto di tutto, di tutto, credimi.

Ma Lui non capisce. Non sa.

E mi rende la vita difficile.

Chi è Lui, piccola Meg? È questo che vuoi sapere?

Già, non te l'ho mai presentato. Ma sì, una volta te ne ho parlato. Lui, l'ho incontrato tanto tempo fa in una libreria. Si è interessato a me, ai miei studi, al Rapporto Aureo. Ha capito che ho una Missione. E che sono un Predestinato.

Mi era sembrato uno capace.

Uno che sa quel che dice. E quel che fa. E vedessi il suo studio. E le sue pazienti.

Ma no, adesso non ho più certezze.

Cazzo, Meg. Mi ha deluso.

Cazzo, Meg, il Prof è andato.

E come faccio senza di Lui? Senza la sua guida? Senza i suoi consigli?

L'altro giorno, quando è venuto qui, ci sono rimasto male, Meg. Proprio male.

L'avessi visto, com'era conciato. Non capisce più una mazza.

Andato.

Parla solo di quella sua Profezia.

Sì, ma la Predestinata, la Perfetta, dico io. Dove la lasciamo?

Si è scordato la Missione, Meg, te lo devo dire.

Ascolta, questo è un segreto. Se lo riveli, ti faccio a fette.

Sì, faccio a pezzi quella tua deliziosa testolina.

No, non ci pensare. Quella di tua figlia, no. Eddai, non ho più voglia.

Che schifo!

N O N M I P I A C E!

Te l'ho già detto. Tua figlia non mi piace.

L'ho osservata bene sai? No, non mi piace proprio.

Vabbè, lo so. Mi dovrò sacrificare. Dovrò venire a prendertela lo stesso.

Forse.

Vedremo.

Lo sai, per me è un sacrificio.

Lui manco vuole.

Ma che cazzo ne sa Lui, mi domando. Ha perso la testa, Meg. Non capisce proprio più niente. Allora, il Segreto.

Manca poco, Meg.

Me ne manca solo una. E sarà quella giusta, io lo so. Stavolta niente errori.

Errori, li chiama Lui.

Macchecazzo!

Mica sono errori. Ti sembrano errori quelle bellezze, quelle stupende crisalidi che conservo così bene?

Ah, ah, Miss Profiler, vorresti sapere dove, eh?

Fuochino, fuochino...

No! Acqua, oceano! Idiota e presuntuosa di una profiler! Non mi troverai mai!

A meno che...

A meno che, cara dottoressa Megan Fox Moore...

O Moore Fox?

Chi viene prima, la moglie o il marito?

Chi veniva prima, il tuo Daaaaavid, ooohhhh Daaavid, o tu, la tosta Meg?

Scommetto tu, anche se non lo ammetterai mai, molliccia come sei.

Ti ci vuole un po' di forza, Meg, su con la vita. Così mi deludi, ecchecazzo. Su, su emancipati.

Il Segreto, dicevo. Cazzo, continui a distrarmi.

Lo sai che sei proprio stronza?

Se penso a quando mi hai catturato. A cosa è servito poi?

Solo a rallentare il compimento dell'opera.

Rassegnati, dolce Meg. È scritto.

L'opera si deve compiere. La Missione andrà a buon fine. Anche se Lui non ci crede.

Non mi crede. Non mi crede capace. Mette in dubbio le mie capacità.

Ma adesso gliela faccio vedere, Meg. Per fortuna che ci sei tu. Che mi aiuterai, io lo so che alla fine tu mi aiuterai.

Vedi? Ancora non lo sai. Ma il solo fatto di avere messo al mondo lo sgorbietto significa che mi hai voluto aiutare.

Magari te la devo sacrificare.

Eddai, non farne una tragedia.

Il tempo sta per arrivare, cara, dolce Megan.

E io sono pronto.

A proposito, Meg. L A S C I A Q U E L C R E T I N O F U O R I D A L L A N O S T R A S T O R I A!

Sai di chi sto parlando. Di Garret, ooohhh Garret.

Ma come cazzo fa a piacerti uno così?

Dio, Meg, bisogna dirti tutto. Tu sei meglio degli uomini che ti scegli. Avresti bisogno di qualcosa di più. È per quello che sei così ansiosa, così incattivita, così frustrata.

Ho indovinato, eh? Loro non ti soddisfano. Non ti hanno mai soddisfatta.

Provassi con me, dottoressa Moore?

CAPITOLO 14

PHIPHI: Ma le avete viste?

MAYA91: Lascia perdere, Phi. Hai altro a cui pensare.

JOHN: Cazzo.

FLOG: Bentornato tra i vivi, John.

JOHN: Nn sono mai partito. Me ne sto qui. E osservo.

PHIPHI: No, dico, le avete viste?????

MAYA91: Una scuola di stronzi.

JOHN: Una scuola di figarri.

FLOG: Fighetti zarri, *right*?

PHIPHI: E io sono tagliata fuori.

FLOG: ☹☹☹☹☹☹☹☹☹☹☹☹☹☹☹☹☹☹☹☹☹☹☹☹📫☹☹☹☹☹☹☹☹☹☹

PHIPHI: Sì, lo sono.

JOHN: Ma noi siamo qui.L'amicizia nn muore mai.

FLOG: Mio poeta.

JOHN: Okkio, *mi amor*.

PHIPHI: Lo tengo.

JOHN: *El mi amor*?

FLOG: Idiota.

PHIPHI: La cosina. La tengo. La faccio nascere.

MAYA91: ???

FLOG: Oddio, qs nn ci voleva!
JOHN: Belle Amike. L'amicizia nn muore mai.
FLOG: *Shut up!*
PHIPHI: Nn litigate, nn x me, nn ne vale la pena.
MAYA91: Come hai deciso?
PHIPHI: La giap. Mi ha fatto capire.
FLOG: Ma ke dici? Se la odiavi.
PHIPHI: Nn fa skifo. Mi ha detto ke io posso farcela.
FLOG: Vero.
JOHN: Sì, verissimoooo.
PHIPHI: Xké io sn importante.
MAYA91: *Tag your life.*
FLOG: Già.
JOHN: Sn orgoglioso di te.
FLOG: *Fight for honor, fight for your life. Pray to god that our side is right.*
JOHN: Nn citare gli Avenged. Nn tu!
PHIPHI: Basta voi 2. Pensate a me. Faccio bene?
JOHN: Hai ragione. *Miss Revolution* ha il potere di distrarmi. Sì, fai bene. E io ti aiuterò.
MAYA91: Sei sicura Phi? È la tua vita. E CI dovrà essere un padre accanto a un bambino, no?
JOHN: Io ci sarò.
FLOG: Kretino! Tu nn sei il padre.
JOHN: Ma sn un uomo.
FLOG: *O-man-are-you-sure-you-are-a-man*????
MAYA91: Ma nn potrai finire la scuola.
PHIPHI: Sì, ke potrò.
FLOG: E nn potrai lavorare.
PHIPHI: Sì, ke potrò.
MAYA91: E nn potrai più venire alle feste. E uscire di sera quando ti pare.
PHIPHI: Quello, forse no. Ma avrò degli amici.

JOHN: Kontaci! Io, almeno, ci sarò.

FLOG: Ke vuol dire? Ke noi nn ci saremo?

JOHN: Ki vivrà, vedrà.

FLOG: MA QUANTO SEI STRNZ. Nn ti sopporto. Ma chi credi di incantare?

JOHN: Hai rotto, Flo. Lascia in pace Phoebe! Non capisci che ci sono situazioni che vanno oltre il tuo ego e la tua stupida "etica"?

T: «Il giorno prima tutto mi andava a genio. E il giorno dopo tutto era sparito: incanto, gusto, interesse, piacere, tutto. Era uno di quei momenti. Era penetrato in me il malessere nuovo della tarda gioventù e mi portava via.»

JOHN: XMAS, sei tu? Hai cambiato nome?

Maya non replicò. Si sconnesse dalla chat e spense il computer.

CAPITOLO 15

— Si bussa, nelle case educate.

— Sì, scusa. Ma tanto non mi avresti sentito con le cuffie appiccicate alle orecchie. Hai fame?

— No. E cosa ci fai a casa così presto? Sensi di colpa o sindrome da controllo?

— Basta, Maya. Non ho niente da farmi perdonare. E rifatti il letto. E metti in ordine il bagno. Questo posto fa schifo. E basta con questa storia dei banchetti notturni, anche stamattina ho trovato due pacchi di biscotti sotto il letto. Che c'è Maya, me ne vuoi parlare?

La ragazza lanciò alla madre uno sguardo obliquo e replicò solo: — Chiudi la porta per favore, devo studiare.

Megan accostò la porta, ma rimase in ascolto, nascosta dietro lo stipite color lilla, protetta dalla libreria lungo il corridoio vicino alla stanza di sua figlia. Non sapeva come aiutarla. Incapace di stabilire una connessione, un qualsiasi contatto. Frustrata, di fronte al fallimento di tutti i suoi tentativi di riconciliazione: le inutili corse per poter essere a casa a un'ora decente e poter cenare insieme a lei, le bugie raccontate ai colleghi per ritagliarsi quella mezz'ora utile a prestare ascolto alla sofferenza di Maya.

Avvicinò l'orecchio alla porta e, con dolore, sentì singhiozzare.

— Papà, oh papà. Dove sei finito? Perché non ci sei, perché non mi rispondi? Papà, che cosa faccio ora? Mi posso fidare di lui?

Megan stritolò il foglio che teneva in mano. E tornò nella sua stanza, illuminata dalla fioca luce della lampada da comodino. Si diresse verso lo scrittorio piccolo e bombato che le aveva regalato David. Posò il foglio che aveva accartocciato in mano e lo rilesse. Per la quarta volta, quella sera.

"Il Segreto, dicevo. Se penso a quando mi hai catturato. A cosa è servito poi?

Solo a rallentare il compimento dell'opera.

Rassegnati, dolce Meg. È scritto.

L'opera si deve compiere. La Missione andrà a buon fine."

Il giorno prima era arrivata un'altra lettera di Gacy. No, non ne veniva a capo. Il Segreto di cui farneticava quel folle non era riferito alla bellezza assoluta. C'era qualcosa d'altro, Megan ne era certa. Aprì un piccolo cassetto sulla destra della scrivania e ne estrasse una scatolina di velluto blu. Sollevò appena il coperchio, prese la chiave dorata che vi era nascosta.

Se la rigirò davanti agli occhi, pensierosa. Era una delle ultime sorprese che le aveva fatto David: lo scrittoio a cui lei aveva fatto il filo per anni. Adorava quel mobile così rotondo, senza angoli, senza punte. E poi era pieno di cassetti, perfetto per riporre in buon ordine le sue carte e i suoi ricordi.

Infilò la chiave nel cassetto proprio sotto il piano, aprì ed estrasse un quadernetto nero con le pagine fitte di brevi frasi e immagini chiuse da un elastico. Non era il diario di David, quello non l'aveva più trovato: erano i suoi appunti, lui non smetteva mai di scrivere e disegnare. Iniziò a sfogliarlo nervosa, in cerca di una risposta. Formule matematiche. Disegni. Trascrizioni di conversazioni con antichi sciamani Maya. La sua fissazione per la Profezia del 2012, pensò Megan con nostalgia.

Sospirò. Rimise a posto il quaderno. Non c'era che una soluzione. Prendere Gacy, chiudere una volta per tutte la partita con lo psicopatico. E scoprirne i segreti.

Dio mio, pensò, David, ti prego aiutami. Ho paura, sento che Maya è di nuovo in pericolo. Però manca il tempo, David. Le cose stanno precipitando. E io non riesco a trovarlo.

In testa, un pensiero cattivo le rosicchiava il cervello. Perché Gacy aveva detto di conoscere bene "quel ragazzo"? Chi era davvero Trent?

CAPITOLO 16

— Sono io.

— Lo so. Sono a buon punto, te lo giuro.

— Bravo, ma non ti ho chiamato per tenerti sotto controllo.

— ???

— Volevo solo dirti di lasciar perdere. Con quel ragazzo e sua madre, intendo.

— ???

— Sveglia, Michael! Ieri ti ho chiesto di andare a trovare Trent e sua madre. Be', ci ho ripensato. Lascia perdere. Non ne vale la pena. Sono solo mie fantasie. Meglio concentrare le forze sulla Missione. E sulla ricerca della Predestinata, giusto?

— Giusto, Prof.

— Bene.

— Bene. Ci sono quasi, Prof.

— Certo, ragazzo, certo.

CAPITOLO 17

Sdraiato sul letto, le mani incrociate sotto la testa, Trent non stava pensando a nulla. Ascoltava, senza sentirla, la musica che usciva dal suo iPod Touch montato su casse Zeppelin B&W: *Sunday, Bloody Sunday*, U2. Ascoltava il suono purissimo. 163 sterline su eBay per l'iPod. Un po' di più, molto di più, per le casse: 391 sterline, i suoi risparmi di una vita. Ma ne era valsa la pena. Il ragazzo si guardò intorno. Il panorama della sua stanza, come del resto della sua casa, era desolante. A parte le casse. E l'iPod, ovvio. E le sue cuffie Skullcandy nere.

Impiegati-villette-impiegati-villette-caseinmattonirossi-giardinibencurati-impiegati-villette.

Trent sbuffò, odiava il quartiere di Ealing.

E detestava le camelie e le rose di sua madre. E la sua libreria piena di volumi di Jane Austen e di testi esoterici. E la tovaglia in pizzo di plastica sul tavolo di finto legno. E le poltrone sfondate di velluto giallo davanti al camino che nessuno si prendeva mai la briga di accendere. E le scale ricoperte di linoleum rosso ormai consumato. E quel bianco, tutto quel bianco alle pareti, che ormai si era inesorabilmente tramutato in grigio. E le tendine di pizzo alle finestre. E quella vita.

Il vecchio computer era acceso sulla sua scrivania ed emetteva un ronzio sordo e fastidioso. Non aveva voglia di alzarsi a spegnerlo.

Ai muri, per porre un freno a quel desolante biancore, aveva appeso pezzi della sua esistenza: foto, scritte, disegni, biglietti, cartine di sigarette, tutti sovrapposti in un ordine casuale. Sulla parete davanti al letto, invece, aveva voluto strafare e aveva appeso le cover degli LP anni Ottanta che amava di più: una lunga sinfonia di titoli imperdibili, quegli stessi che si rincorrevano nella colonna sonora del suo iPod. Accanto al letto, uno sgabello a forma di lattina di birra rovesciata accoglieva un posacenere pieno e due libri: *La linea d'ombra* e le poesie di Byron. Sotto il letto, libri di scuola, scarpe, quaderni, calzini usati, caramelle scartate, pacchetti di sigarette semi vuoti. Insomma, la sua vita. Quella che sua madre riduceva a una stupida parola: disordine.

Si tirò su dal materasso e allungò una mano verso l'ultimo biscotto rimasto in una busta mezza accartocciata. Lo assaggiò, ma in fondo non aveva fame. Il biscotto si sbriciolò sul copriletto verde e viola, che la madre gli aveva rifilato. Odiava anche quello. Sospirò. Si girò su un fianco e chiuse gli occhi.

Cercò di visualizzarla. Vide i suoi seni, grandi e perfettamente rotondi. La sua pancia piatta. I capelli neri che le accarezzavano la schiena. E quel delizioso incavo, a fine schiena, dove si era fatta disegnare una piccola stellina a 4 punte. «La stella del mattino, un simbolo magico per gli indiani delle praterie» gli aveva spiegato con quella sua voce calda e lievemente rauca. Già, la sua voce. Ne ricordava ogni sfumatura, ogni vibrazione.

Aprì gli occhi, la nostalgia iniziava a fargli male.

Ma li richiuse subito, non voleva perdere il piacere del ricordo. Si soffermò sulla sua pelle, diafana e trasparente. E proseguì con la bocca, carnosa e imbronciata. Arrivò agli occhi. Marroni, circondati da pennellate perfette di nero a evidenziarne la profondità. Poi soffiò sull'interno del polso, lei adorava essere solleticata lì e osservò il piccolo fiore di loto che spuntava sotto il palmo della mano: un ricordo del padre, morto tempo prima. Si concentrò, i ricordi di chi amiamo a volte ci scappano via, pensò. E lui non voleva lasciarla andare. La voltò sulla schiena, le piegò leggermente le lunghe gambe e le scoprì i piedi piccoli. Le dita, allineate in scala, come cinque nanetti: sorrise al ricordo dell'imbarazzo di lei per quella buffa conformazione. Risalì ai glutei torniti e forti. Poi la rigirò sulla pancia e le guardò l'ombelico, un tondo quasi perfetto, con quel bottoncino in mezzo un po' sporgente. E poi li rivide. Aprì gli occhi. No, di quei nei non ne voleva sapere.

Si tirò su dal letto con un sospiro arrabbiato. Voci sulle scale, rogne in arrivo. I passi si avvicinarono e Trent maledisse quella vecchia casa e la sua mancanza di chiavi nelle serrature.

La maniglia della porta della sua stanza si abbassò con un rumore secco e la porta si aprì, rivelando l'ombra di sua madre sovrastata da un'altra ombra, assai più imponente.

— Trent, dobbiamo parlare.

— Non credo proprio. Non con lui.

Il ragazzo sfidò l'uomo, ficcandogli addosso due occhi infuocati.

— Trent, smettila. Ti ho già detto che stavolta non si tratta di un gioco e la posta è alta.

— Cazzi vostri, non miei. Continuate con i vostri stupidi giochi.

— Trent, per l'amor di Dio. È importante. Diglielo, ti prego. Devi dirglielo.

— Dire cosa?

— Trent...

Deborah Grave non poté concludere la frase che aveva appena iniziato. Non per le lacrime che le stavano impastando la voce. No, fu perché venne travolta da un corpo che sembrava magro e fragile ma era un concentrato di rabbia. Suo figlio le fu sopra in un attimo e si avventò sulla porta, la spintonò di lato, saltò l'ombra di Kyle che si stagliava dietro di lei e infilò le scale di corsa. Si dileguò tra le villette e gli impiegati di Ealing.

CAPITOLO 18

Il cellulare del Prof iniziò a vibrare, muto, nella tasca dell'elegante cappotto.

Prese la chiamata, aveva riconosciuto il numero. Si allontanò appena un po' dalla donna che, sprofondata nel divano consunto di quello squallido soggiorno, si teneva la testa tra le mani.

— Ragazzo…

— Parlo io, tu taci.

— Ragazzo, calmati.

— Stai cercando di abbindolare mia madre? La stai manipolando come fai con tutti Kyle, o dovrei chiamarti Prof?

— Buono, ragazzo, a te, lo sai, io tengo parecchio. Ho dei progetti su di te.

— Ti ho chiesto di tacere. Che cosa ti ha detto mia madre? Sei ancora lì con lei?

— Calma ragazzo, come dicevo, penso che tu ci possa aiutare. Se solo ti fidassi di me.

— Basta! Taci e ascoltami. I O N O N V O G L I O M A I P I Ù V E D E R T I A C A S A M I A O I N T O R N O A L L E P E R S O N E A C U I T E N G O! È chiaro?

Kyle Zafth chiuse con uno scatto il cellulare. Fece un respiro profondo per tentare di scacciare la rabbia che gli scoppiava nel petto. Si allontanò ancora un po' da quella insulsa donna, che lo supplicava con gli occhi. E fece una telefonata.

CAPITOLO 19

Quel quadro lo affascinava. *Melencolia I* di Albrecht Dürer. Non finiva mai di guardarlo. Ogni volta che passava da Londra, e si fermava nella sua splendida casa nella ricca zona di Kensington, Hector si concedeva una pausa davanti al suo dipinto preferito.

Il suono del cellulare, insistente, lo stava proprio infastidendo.

Non rispose. Aveva le mani occupate. Stava sfogliando un libricino che aveva appena preso dalla sala di lettura del padre, il duca italiano Uberto Parravicini de' Giorgi. La libreria, in massiccio legno di noce, correva per tutte e quattro le pareti della grande stanza, che si affacciava sui giardini all'inglese della villa. Il libro che Hector teneva in mano era antico, foderato di marocchino bordeaux, con il titolo vergato in lettere dorate. *SATOR AREPO, DE QUADRATO MAGICO ARCANO.*

Il libro conteneva alcune parti in latino ma per lui, studente modello a Lettere Classiche dell'Università di Cambridge, questo non era certo un problema. Dopo quella prima laurea Hector aveva deciso di proseguire gli studi. Cambridge. Istituto di Astronomia.

SATOR
AREPO
TENET
OPERA
ROTAS

Hector si rigirava tra le mani il quadrato magico più famoso della storia. Composto di 5 parole, ciascuna di 5 lettere, avvolto nel mistero.

"Il quadrato è palindromo, si può leggere da destra o da sinistra. E messe in fila, una sopra l'altra, le parole formano un quadrato perfetto 5 x 5."

Leggeva con avidità, quella storia lo affascinava. Poi alzò lo sguardo verso il dipinto. Sulla destra, appariva il quadrato magico che Dürer aveva voluto dipingere e che, si pensa, nasconda una formula alchemica.

16	3	2	13
5	10	11	8
9	6	7	12
4	15	14	1

Hector rifece il calcolo per l'ennesima volta. La simmetria lo affascinava. La somma dei numeri che si trovavano su ogni riga, ogni colonna e ogni diagonale dava invariabilmente 34. Così come 34 era il risultato della somma dei 4 quadrati agli angoli e del quadrato al centro.

Perfetto, pensò il ragazzo. E io adoro la perfezione.

Anche il Sator presentava lo stesso livello di perfezione. E nascondeva qualche mistero in più.

Il ragazzo prese un evidenziatore verde e iniziò a tracciare alcune lettere.

SATOR
AREPO
TENET
OPERA
ROTAS

Eccola, si disse. Una croce perfetta. Ma cosa significava? Il quadrato appariva in molti dei luoghi mistici più significativi della vecchia Europa. Per esempio, sul Duomo di Siena. O inciso su una pietra esterna della chiesa di San Lorenzo a Rochemaure in Francia da un eretico cataro. E su una Bibbia carolingia, o dipinto in una cappella risalente all'epoca dell'Inquisizione in Spagna. O, ancora, scolpito sul fondo di una coppa d'argento trovata sull'isola scandinava di Gothand. Hector continuò a sfogliare il libricino che pretendeva di rivelare i misteri del Sator, il cui significato rimaneva oscuro e intraducibile. "Qual era la funzione del Sator?" si chiedeva il manualetto. "Perché è stato creato? Per taluni era un talismano erotico, per altri un rimedio contro la rabbia. Ma la verità è che contiene un sapere antico: le rivelazioni nascoste contenute nel Libro dell'Apocalisse."

Il cellulare riprese a suonare. E stavolta Hector, seccato, prese la chiamata.

— È perduto, ora conto su di te.

— Professore, chi è perduto?

— Il ragazzo. Non lo recupero più. Ma tu sei pronto?

— Veramente ho da fare.

— Non dicevo ora.

— È tardi Zafth, e io sono stanco.

— Domani?

— Forse.

— C'è un'emergenza, Hector, solo tu mi puoi aiutare.

CAPITOLO 20

Quella notte Maya non riusciva proprio a prendere sonno. Era preoccupata per Phoebe. E aveva un gran peso sul cuore, un enorme macigno che la stava schiacciando sotto la pressione inesorabile del ricordo: "Il giorno prima tutto mi andava a genio. E il giorno dopo tutto era sparito." *La linea d'ombra,* il libro che Trent le aveva regalato prima di sparire. La sua citazione preferita. L'aveva postata così, come niente, sul suo profilo di Facebook. Che cosa voleva Trent da lei?

Si alzò, il pigiama troppo lungo la fece inciampare. Se lo tirò in vita, si riaggiustò la canotta leggera rosa bebè: dormiva in quel modo, avvolta nel colore che di giorno non avrebbe mai osato vestire. Aprì piano la porta e guardò fuori. Una luce debole filtrava da sotto la porta accanto, quella di mastino-Meg.

Starà leggendo i suoi dannati rapporti.

Maya fece un passo, sperò che fosse il più leggero possibile. Se mi sente, pensò con orrore, è la fine. Maya, piccolina, che c'è? Hai-bisogno-della-tua-mamma-dimmi-cara-posso-aiutarti-come-posso-aiutarti-sputa-il-rospo-qual-è-il-problema-ma-con-te-è-proprio-impossibile-tene-stai-lì-chiusa-a-riccio-sempre-imbronciata-ma-che-ti-ho-fatto-io-Maya-eh-me-lo-vuoi-dire-una-buona-volta???

Maya annotò mentalmente il profluvio inarrestabile di inutili e colpevolizzanti parole materne, l'epilogo inevitabile se solo Megan fosse uscita dalla sua stanza.

Perciò fece piano, il più piano possibile.

La dannata scala cigolava sotto i suoi piedi. La moquette di velluto verde di cui era ricoperta non attutiva i rumori. Maya si appoggiò al muro, gradino per gradino. La cucina era lì, a portata di passo. Aveva bisogno della sua camomilla per scacciare i pensieri negativi. Un piede messo male. Lo scricchiolio le invase il cervello.

— Maya, sei tu?

La ragazza girò su se stessa e tornò veloce sui suoi passi. Aveva in testa un solo pensiero: chiudere al più presto il mondo fuori dalla sua stanza.

Non rispose.

— Maya?

Al secondo tentativo senza risposta, sentì la porta della camera di Megan aprirsi e ascoltò gli zoccoli di gomma della madre procedere felpati davanti alla sua stanza, fermarsi, girarsi, tornare indietro e finalmente allontanarsi.

Maya aveva spento la luce e se ne stava sotto le coperte, protetta dalla tenda tirata del suo letto a baldacchino. Allungò la mano sul suo iPod e fece per infilarsi le cuffie. Ci ripensò, accese la funzione iBlackout e trasformò l'iPod in una lampada notturna, luce verde soffusa. Poi prese i fogli e le matite che teneva sul comodino e iniziò a schizzare un disegno: se stessa. Il suo arrabbiatissimo alter ego, la mini Maya più cattiva che conoscesse.

Provò una nuova versione: piedini rivolti all'interno, sguardo cattivo, capelli spettinati. Schizzò l'abito: nero, con dei leggeri voile che ne disegnavano i contorni. Perfetto, si congratulò con se stessa, sembra proprio un modello Camden doc. Poi passò agli accessori. Provò con dei cuoricini volanti. Allontanò il disegno, lo guardò bene, cancellò i cuoricini. Disegnò un coltello. Volgare, si disse. E poi le ricordava la Notte. Si grattò il mento con la matita e, con una leggera punta di esitazione, iniziò a disegnare dei contorni: impugnatura larga, tre viti sul manico, lama lucida, quasi ci si poteva specchiare; e larga, molto larga. Maya posizionò l'oggetto tra le manine paffute del suo alter ego di carta. Poi allontanò il disegno e lo rimirò divertita: perfetto, pensò, una mini mannaia per fare a fette il mondo.

Posò il disegno sul comodino, e si mise nella posizione del loto, schiena eretta, gambe incrociate, bacino in avanti. La lingua batteva sul retro del palato. Uno, due, tre respiri profondi. Le mani sulle ginocchia, indice e pollice chiusi a formare due piccoli cerchi. Quel rito la faceva sorridere, a dire il vero. Sembrava una caricatura della miriade di buddha che affollavano i mercati della paccottiglia globale. Ma Maestro Chan insisteva sempre. Prima di ogni azione, bisogna prendersi il momento della calma, fare il vuoto dentro di sé, ascoltare il proprio respiro. A Maya quell'esercizio all'inizio dava sui nervi. Solo che poi ci si era abituata, e aveva verificato che poteva funzionare. In effetti aveva il potere di aumentare la sua concentrazione e di calmarla nei momenti peggiori. Lo sforzo più grande era quello di fare posto nella sua mente, troppo affollata di pensieri e di emozioni. E su questo Maestro Chan era inflessibile: «La concentrazione è tutto, se volete attingere alle vostre energie più profonde.»

Iniziò col primo respiro, veloce. Trent. Secondo respiro. L'aria entra, scende fino ai polmoni. Phoebe e il suo bambino. Terzo respiro, l'aria scende fino allo stomaco, invade la pancia, oddio e se mi bocciano? Quarto respiro, l'aria esce calda, svuota i polmoni, certo che mia madre rompe proprio. Quinto respiro, l'aria esce dalle narici, dio, com'era buffo il video di Mr. Clean postato su You Tube.

Niente, non riusciva a non rincorrere i pensieri che si accartocciavano nel suo cervello.

Sciolse le gambe e riaccese la luce.

Poi si bloccò. Perché sentì una musica dentro di sé. Un suono che le arrivava dallo stomaco o forse più in giù. Dal plesso solare, quell'intreccio di nervi sotto allo stomaco che Maestro Chan citava sempre.

"See the stone set in your eyes. See the thorn twist in your side. I wait for you."

Maya ritrovò la posizione del loto e ricominciò a respirare. Un leggero rivolo di sudore le si stava formando sulla fronte e iniziava a scenderle sul viso. Quella, era la canzone di David.

Cercò di riprendere il controllo del respiro. Ma sentì una fitta al fianco. Un bruciore che le tolse il fiato. Poi ne percepì una seconda, più forte, sul torace proprio sotto il cuore. Questa volta le sembrò che le stessero strappando a brandelli la carne. Tentò di concentrarsi sul suo respiro. Ma le sembrava che il fiato la stesse abbandonando. La terza sferzata la colpì alla base del collo, di fianco. A Maya si annebbiò la vista e quasi svenne. Sentì dentro di sé un dolore cupo e sordo, che si diffondeva a cerchi concentrici. Cattivo. Inesorabile. Maya si ripiegò su se stessa, piegò il capo verso lo stomaco, e con una mano si premette la base del collo, a destra, sotto al tatuaggio a spirale di cui andava orgogliosa. Doveva bloccare quel dolore, quella cosa sconosciuta e maligna che la stava assalendo. Tentò di respirare. Ma l'aria non voleva entrarle nei polmoni.

Sto, sto morendo? si chiese prima di sentirsi cadere in una spirale nera e profonda, risucchiata da una forza alla quale non poteva opporre resistenza.

Alla fine di quella caduta, un abbraccio la riportò su. Maya ricominciò a respirare. Il bruciore dell'aria che entrava nei suoi polmoni le diede la consapevolezza di essere viva.

E poi si sentì invadere da un calore benefico, un'ondata calda e vitale. Sentì, alla base dello stomaco, una marea calda che le saliva fino al cuore, e le invadeva il petto. E la mente. E le ossa. E le sue cellule. E tutto il suo essere. Sentì un amore inarrestabile e profondo salirle in gola. Gli occhi le si riempirono di lacrime. E il suo cervello, la sua anima, tutta se stessa percepirono una voce.

"Ciao bacinibelli. Scusami, piccolo fiore di loto. Sono stato io. È la sofferenza del mio ricordo, che non sono riuscito a bloccare."

— Papà?

"Sì, amore mio. Sono io."

— Papà, che cos'era?

"Era... Era il ricordo della mia morte, amore mio. Scusami. Ti ho invaso con il mio dolore. Quella sensazione di soffocamento che hai sentito, alla fine, è stata la pugnalata finale alla giugulare: 12 secondi per morire. Ci ho messo solo 12 secondi."

— Perché, papà? Perché a me?

"Amore mio, tu hai una dote. Perché sei una persona speciale. Bacinibelli e adorati, sei speciale. E a volte, le persone speciali soffrono di più."

— Ma perché mi hai fatto rivivere la tua morte?

"Non io, amore mio. Non riesco a controllare il ricordo. Succede, all'inizio. Quando il portale si apre. E i vivi e i morti si parlano. Io non sono ancora bravo. A controllare i miei ricordi, intendo. E tu non sei ancora capace di aprire e chiudere il portale, di difenderti dalla sofferenza. Ne abbiamo di strada da fare, io e te bacinibelli."

— Papà, ma c'è sofferenza di là?

"No, amore mio. La sofferenza è solo nel ricordo. Nel ricordo del passaggio da una dimensione all'altra: del momento della morte, come dite voi vivi. Qui non c'è sofferenza, c'è solo amore."

— Perché sei tornato papà?

"Non sono tornato, bacinibelli. Ci sono sempre stato. Noi viviamo nello stesso universo. Senza tempo, senza spazio. Solo che la gente normale non ci vede, noi che abbiamo fatto il salto al di là della barricata, intendo. Tu, invece, sì. Perché tu hai una dote."

— Ma io non ho chiesto di averla.

"Lo so amore. Ma ce l'hai. E hai un compito. E devi imparare a controllare la tua dote."

— Perché sei tornato papà?

"Perché tu mi hai cercato."

— ???

"Non sono i morti che cercano i vivi, sono i vivi che hanno bisogno di risposte."

— Io ho un sacco di domande, pa'. Ma non credo che tu mi possa dare risposte.

"Bacinibelli, mai dire mai."

— Pa'...

"Sì, fiore di loto?"

— Grazie.

"Per cosa?"

— Per la Notte, mi hai protetta.

"Ti ho guidata, è l'unica cosa che posso fare da qui."

— Grazie comunque.

"Maya, c'è una cosa di cui dobbiamo parlare."

— ???

"Stai in guardia, bacinibelli. Il pericolo non è passato."

— Oh no, quel mostro tornerà?

"Maya non scherzo. Tu sei una persona speciale. E qualcuno potrebbe venire a cercarti. Stai in guardia."

— Pa'?

"Maya..."

— Pa', perché mi hai abbandonato?

"Piccola Maya, io sono sempre qui."

CAPITOLO 21

— Tu! Tu e quel tuo figlio bastardo. Lo sapevo che non dovevo fidarmi. Me lo sentivo. Tu, donna incapace.

Tornato sui suoi passi, l'uomo stava investendo la figurina rannicchiata sul divano consunto, con l'esplosione della sua rabbia.

— Kyle, ti prego. Hai visto, il ragazzo era sconvolto, non è da lui comportarsi così.

— Non è da lui, dici, donna inutile! Ma che razza di madre sei? Non sei neanche in grado di farti ubbidire da un ragazzetto presuntuoso. Ma guardati, sei lì che tremi tutta.

Kyle Zafth non stava urlando. Sfogava la sua rabbia con delle sciabolate taglienti e sorde: un tono apparentemente pacato, che lasciava Deborah Grave senza forze.

— Kyle, ti prego. Lascialo stare. È solo un ragazzo senza padre, lo sai.

— Sììì, e senza madre, mi sembra. Ma lo capisci, stupida, qual è la posta in gioco? E io dovrei bloccare tutta l'operazione per colpa di un ragazzino viziato? Non scherziamo, Debbie. Stavolta sei nei guai. Se lo copri, ti considererò colpevole come lui.

— No, Kyle, per favore. Lui non c'entra. Protegge qualcuno, ma solo per amore. È un bravo ragazzo, lo sai.

— No che non lo so. E non mi interessa. Ormai è tardi, Deborah. Troppo tardi. Il tempo sta per giungere. E noi non possiamo più aspettare. Se non sei con noi, te ne assumerai le conseguenze. Tu e quel tuo figlio demente. Perché tu sai, vero Debbie?

— Io, io....

Deborah Grave non riuscì a completare la frase. Scoppiò in lacrime, sperando di evitare in questo modo il disastro che si stava profilando all'orizzonte.

— Non piangere, cretina. Sai o non sai? Adesso basta scherzare! Te lo vuoi ficcare in quella piccola testa che possiedi? È questione di vita o di morte: la tua, innanzitutto, per essere precisi. E quella di quel tuo figlio bastardo!

— Kyle ti prego, lascialo stare. Lui non c'entra niente. Lui ti è fedele. È solo un ragazzo innamorato, avrebbe solo bisogno di un padre. Ti prego, non fargli del male.

— Se lo vuoi salvare, parla tu.

— Non posso.

— Allora, sei sua complice. Vuoi essere la causa della sua morte, signora medium?

— Kyle lascialo stare, ti supplico. Io non posso tradirlo.

Deborah si ripiegò su se stessa: in preda ai singhiozzi, sembrava un giunco piegato dalla furia degli elementi. Prima o poi, Kyle Zafth ne era sicuro, si sarebbe spezzata. Il medico decise di sospendere il suo giudizio. La donna, era evidente, stava crollando.

— Va bene, non sono un mostro, dopo tutto. Su, alzati.

Zafth tese la mano a Deborah che, impaurita e riconoscente, la prese.

— Vieni qui, asciugati le lacrime. Troveremo un rimedio: lo abbiamo sempre trovato, vero?

La donna alzò lo sguardo sul Prof: temeva quell'uomo, i suoi repentini cambi di umore, la sua diabolica capacità di sedurre il prossimo.

— Ecco, siedi qui.

Il Prof si chinò sulla donna, cingendole le spalle con un abbraccio.

— Ora rilassati. E scusami per prima. A volte perdo un po' il controllo.

— Non fa niente, Kyle, non fa niente.

— Vieni qui, piccola Deborah. Lo so, hai avuto una vita difficile. E io a volte non me ne ricordo.

Zafth prese il polso della donna e iniziò a contarne i battiti. Poi le passò una mano leggera sulla guancia, sfiorandogliela con il palmo della sua, forte e nodosa.

— Tutto bene, mia principessa. Lo sai che resti sempre una gran bella donna?

— Oh, Kyle, non credo proprio così come sono ridotta.

— Vieni qui, sciocchina. Appoggiati a me. Lo sai che io ci sono. E per te ci sarò sempre.

— Sì.

— Sì, cosa?

— Sì, Kyle. Lo so.

— E?

— E mi fido di te, Kyle.

— E?

— E so che le tue scelte per me sono le migliori possibili.

Il Prof la cinse con un braccio e, sollevandole il mento con l'altra mano, le guardò l'anima, attraverso gli occhi.

— Non te lo dimenticare mai. Tu per me sei importante. Sei la mia perla preziosa, non ti farei mai del male.

Il Prof posò le sue labbra fredde su quelle della donna: le sfiorò appena, ritirandosi subito. Deborah Grave chiuse gli occhi e sospirò.

— Fammi finire questa operazione, Debbie. Poi ce ne andremo. E il tuo Trent, se lo vorrà, potrà venire con noi.

— Davvero?

— Certo, ti ho mai mentito? Ma prima devo portare a termine il compito. È troppo importante, lo sai. Per questo a volte perdo la testa, manca così poco. E così tanto.

— Scusa, Kyle. Scusami per prima. Non avevo colto l'importanza della tua Missione.

— Della nostra Missione, sciocchina.

— Sì, della nostra.

— Un compito che cambierà le sorti dell'umanità.

— E aprirà la strada a un mondo migliore.

— Il mondo per il quale lottiamo.

Il Prof sospirò, si liberò delicatamente dell'abbraccio della donna, si alzò e si accese un sigaro.

— Non ti dispiace, vero?

La donna fece cenno di no. Lo sguardo riconoscente posato sull'uomo elegante e rassicurante.

— Kyle?

— Sì?

— Devo dirti una cosa.

— Dimmi, piccola.

— Quella cosa, quella che Trent non vuole dire....

— Sì?

— Be' ecco...

— Deborah, non sentirti in dovere. Lo capisco, se lo vuoi proteggere.

— No Kyle, mi hai convinto. La nostra Missione è più importante delle fantasie di un ragazzo.

— Penso di sì, in effetti.

— Ecco, Trent ha visto quel segno, quello che cerchi da tempo.

— Ah sì? Ma quale segno?

— Quei nei. Due linee dritte e un quadrato in mezzo.

— Ah, quello. Sì, si tratta, te l'ho mai detto? Si tratta del simbolo di un antico popolo, i Maya.

— Lo so, Kyle, mi hai mostrato i disegni, ricordi?

— Certo, piccola, certo. Come potrei non condividere con te le mie scoperte?

— Be', ecco. C'è una ragazza, un'amica di Trent, che porta quel segno.

— Davvero?

— Sì. Ce l'ha sulla pancia, mi ha detto Trent. Proprio vicino all'ombelico.

— È strano, Debbie. Ne sei proprio sicura? Quel segno indica una personalità superiore, una sorta di messaggero. Strano che si trovi sulla pancia di una ragazza londinese, amica di tuo figlio...

— Kyle...

— Scusa, non volevo prendermi gioco di te. È che la faccenda è dannatamente seria...

— E infatti il mio Trent è scappato, pur di proteggere il suo segreto.

— Non sa che l'unico modo per proteggerlo è rivelarlo a noi.

— Infatti.

— Chi è la ragazza, Debbie?

— Non so se...

— Debbie, piccolina...

— Si chiama Maya, Maya Fox.

CAPITOLO 22

— Sono io.

— Prof, come va?

— Poche palle, Gacy. Ci sono novità.

— …

— Nel tuo delirio, forse ci avevi azzeccato.

— …

— Può essere lei, Gacy. Devi andare a prenderla.

— Chi, Prof?

— La ragazza, quella ragazza.

— Ma chi, Prof?

— Cretino! La Predestinata!

— L'hai trovata, Prof? Io c'ero quasi a un passo…

— Non ne sono sicuro. Ma potrebbe essere. E tu devi andare a verificare.

— Ok, Prof. E chi sarebbe?

— Si chiama Maya Fox. Ti dice niente, eh, Michael?

— Ma Prof, noooo. Non può essere lei.

— …

— Ma Prof, lo sgorbietto?

CAPITOLO 23

MESSAGGIO N.3

Meg, cazzo, stavolta sei fatta.

Giuro Meg, che ho cercato di tirarti fuori dai guai, ma il compito è troppo. Troppo per me.

Cazzo, Meg, l'ha beccata. Dice che è lei. Massì, cretina di una profiler, aguzza il cervello.

S T O P A R L A N D O D E L L A T U A M A Y A.

Sì, dello sgorbietto.

Lui vuole che te la prenda.

È un cretino, Meg, te l'avevo detto. Non ci sta più con la testa. Si è brasato il cervello.

Come fai a pensare, dico solo a ipotizzare, che la tua disgraziata figlia sia la Predestinata?

Ma ci pensi Meg? Tra tante ragazze perfette che gli ho messo a disposizione, perché proprio quello sgorbietto?

Secondo me ce l'ha con te.

Dolce Meg, anche questa ti tocca affrontare. Quel pazzo, quell'assatanato. Quel, quel...

Vabbè, lascio perdere.

Però ora il problema ce l'ho io.

E già, che cazzo te ne frega a te?

Tu, tu hai solo il compito di proteggere il tuo sgorbio.

Io, invece.

Devo venire a prendertela. E sporcare l'opera, proprio ora che sono alla fine, ora che la perfezione è quasi raggiunta.

Lo detesto. Quello stronzo. Presuntuoso. Spaccone.

La perfezione, lui, non sa neanche che cosa sia.

Ah, e adesso ha una nuova passione, lui.

Certo, facile scaricarmi, adesso.

Adesso è il tempo di HECTOR, sir Hector.

Chi è?

Ecchecazzo ne so? Uno.

Hector di qua, Hector di là, Hector ha detto, Hector ha fatto, Hector ha studiato.

ECCHECCAZZOMENEFREGA!

A me di Hector, non me ne frega un cazzo.

Io ho una vita, io.

E un passato. Vorrei vederlo, alle prese con un passato come il mio, uno come quello lì.

No, eh?

No, dottoressa Moore. O Fox, o come cazzo vuoi tu.

Non ti mettere a psicanalizzarmi.

No, non pensare neanche-per-un-momento che io sia quello che sono perché ho avuto un'infanzia disastrata.

N O! Ti ho detto.

Mia madre, quella gran puttana, non c'entra.

Io ho una Missione.

Se non lo capisci, se mi fai incazzare, non ho scelta.

Te la vengo a prendere.

Uff, lo so. È uno schifo, chi ce ne ha voglia.

Vabbè, si vedrà.

Tu guarda quello stronzo in che situazione mi mette.

CAPITOLO 24

— Maya, ma che c'è? Hai due occhiaie che sembra tu abbia preso a pugni il mondo…

— Ho dormito male, Flo.

— Pensieracci?

— Incontri.

— Sei enigmatica, Miss Mistero. Ehi, guarda là. Phoebe, ehi Phoebe. Ok, Maya. Si va in scena. Dobbiamo proteggerla dalle stronze.

Alle 8.00 del mattino, davanti a scuola, Maya e Flo presero la rincorsa per raggiungere la loro amica che, fasciata in un piumino argento nuovo di zecca, si avvicinava con passo pesante ai cancelli di ingresso, seguita dallo sguardo curioso e invadente di mezza scuola.

La borsa rosa antico di Miu Miu, ultima-collezione-quella-con-le-borchie-un-vero-sballo, era l'unico reperto rimasto del passato super fashion di Phoebe. La ragazza era a disagio e camminava a testa bassa.

— Phoebeeee, hai deciso di concorrere al premio per la più sfigata della scuola?

Le urla moleste di Stacy si alzarono sopra al brusio della folla che premeva per entrare a scuola. Flo vide da lontano le *mean girls* che si avvicinavano: Stacy, Liz e, a distanza di qualche passo, Yukiko.

Girò lo sguardo, cercava la solidarietà di Maya per passare all'azione. Ma quella mattina l'amica sembrava davvero fuori combattimento, persa nei suoi pensieri. Flo le diede uno strattone e scattò verso il gruppo delle ragazze più insopportabili di Londra.

— Che c'è Stacy, qualcosa da ridire su Phoebe?

— Oh oh, abbiamo qui l'avvocato Crumble. Con la famiglia che ti ritrovi, Florence, potresti leccarti le dita se tu solo riuscissi a calcare le aule di un tribunale, non so in che veste, ovvio.

Flo deglutì e ricacciò in gola la rabbia che le saliva a fiotti. Non sopportava che quella stronza la chiamasse Florence, lei detestava quel nome. E non ammetteva che parlasse male della sua famiglia. Ok, erano un po' strani, i Crumble. Ok, i suoi genitori odiavano le convenzioni ed erano degli ecologisti convinti. Persino un po' talebani, forse, con le loro manie vegetariane. Ma questo non autorizzava quella gatta morta a parlarne come di due sfigati. Piantò gli occhi di fuoco su Stacy, che rincarò: — Cosa vuoi, cara, basta guardarti. Sei così orribilmente, irrimediabilmente, inevitabilmente *out*. Ma consolati, il titolo di damigella d'onore al ballo degli sfigati è tuo di diritto.

Stacy schiacciò un occhio alla sua corte e Liz rispose ridendo sguaiata.

— Peccato, Miss QI. Speravo di poterti invitare. Sai, al ballo degli sfigati a volte si chiacchiera. E si discute. Di sciocchezze, certo. Niente a che vedere con l'alta filosofia sulle ultime collezioni Dolce&Gabbana praticata da te e dalle tue adepte.

— Io odio Dolce&Gabbana, sono così volgari.

Flo si girò, prese sottobraccio Phoebe, rimasta in disparte, e fece per allontanarsi.

— Un momento, mammina. Non abbiate così fretta.

Stacy allungò la sua mano rapace a trattenere le due amiche. Flo si voltò di scatto e con un gesto stizzito allontanò la mano di Stacy dalle spalle di Phoebe.

— L A S C I A L A I N P A C E! Chiaro? Levati dalle palle. Aria, sparisci. Sei una pustola, Stacy. Un'orribile, schifosa zecca. E io ho deciso di bonificare il mio territorio!

— Flo, Flo. Quanto livore per nulla. Solo per una puttanella che si è fatta mettere incinta chissà da chi.

Phoebe intanto si era ritirata in cerca di protezione dietro a un angolo. Non voleva mostrare al mondo la sua disperazione, segnata da un fiume di lacrime che le stava inondando il viso. Maya la vide e si riscosse dal torpore che sembrava averla colta quel mattino. Le si avvicinò, allungò una mano ad accarezzarle il volto, e si diresse risoluta a dare man forte a Flo.

— Basta lite — si sentì dire da una vocina leggera che si intromise tra le ragazze avvelenate. — No bello. No giusto.

— E a te che ti frega?

— Stacy, tu forse buona dentro. Io no sapere. Ma lei bisogna te.

La piccola giapponese allungò il suo sguardo orizzontale su Phoebe, ancora nascosta.

— Sai chissenefrega di quella puttanella.

— Tu no giusta. Tu brutta persona.

— Chi, scusa?

— Tu no può essere amica se tu così cattiva.

— Ah, mi mancava la messa cantata di Miss Sol Levante. Scusa, giap, farti un bel quarto di cazzi tuoi no, eh?

— Tu volgare. Io no riconoscere più te amica.

— Sai che ti dico, Miss Bruttezza? Me ne fotto della tua amicizia. Sappi che ti abbiamo raccolto per pietà.

— Tu vero serpente. *Ka na shi des* conoscere te.

— Checcazzo vuoi? Cosa mi stai dicendo? Vieni, Liz, abbandoniamo la geisha al suo destino di sfigata.

Stacy girò sulle ballerine Tory Burch e, alzando il mento, se ne andò verso i cancelli della scuola che si stavano ormai chiudendo.

— Ma che le hai detto?

— Io triste di avere conosciuto lei.

— Yukiko.

— Sì, Maya.

— Tu sei un animo gentile. *Arigatò* per oggi.

— *Hai, gen ki des*. Prego di niente, in tua lingua.

Maya prese sotto braccio Yukiko, la quale allungò a sua volta una mano a cercare quella di Phoebe. Flo le precedeva di qualche passo. Insieme, si avviarono verso la loro aula. La campanella di inizio lezioni era già suonata da un pezzo.

Le quattro nuove amiche non si accorsero che, dietro di loro, appena celato dai cespugli di rose della signorina Tillerman, uno sguardo seguiva ogni loro passo. Felpa nera con cappuccio calato sugli occhi, a nascondere l'incarnato grigio e i capelli biondo spento, jeans scuri, la figura era ripiegata su se stessa, immobile come una lucertola al sole che fiuta il pericolo. L'unico guizzo veniva dagli occhi grigi, freddi. Ma rapidi. Seguivano il movimento delle ragazze, catturati, soprattutto, dalla figurina con i capelli neri lucidi, che incedeva con passetti veloci e gentili. Alla sua vista un leggero sorriso si disegnò su quel volto scavato.

CAPITOLO 25

MESSAGGIO N.4

Meg, cazzo. Sono felice. Dio, come sono felice!
Ce l'ho Meg, stavolta ci sono.

Ma l'hai vista, dico l'hai vista?

No. Sei sempre così disattenta. Alla vita di tua figlia.

Vabbè, te ne parlo io.

Ok Meg, dolce Meg, l'ho trovata. E pensa, va nella stessa scuola del tuo sgorbietto.

È la perfezione, dovresti vederla.

Ha la pelle diafana. E lunghi capelli neri e lucidi.

E due occhi magnetici, appena un po' allungati.

E le mani, avessi visto quelle manine, leggere e leggiadre.

Con le dita lunghe, affusolate, sensibili.

Mica pitturate come uno squallido muro di *writers*, come usano le sgualdrinelle di casa nostra.

No, bianche, pulite, perfette.

Oddio, Meg. Sono emozionato.

E la sua voce, l'ho ascoltato quel suono celestiale. Divino.

Ok, non parla bene la nostra lingua. E no eh, non sarai mica una scema razzista?

Imparerà, è qui da poco.
Vedi, che te lo dicevo.
Lui ha perso la testa. Si è proprio perso, poveretto.
Peccato, però.
Per il Prof, dico.
Si è fatto fottere. E ha perso di vista l'obiettivo.
Per fortuna che ci sono io.
Che sono un Predestinato.
E infatti il destino, nel momento più crudele, chi mi ha fatto incontrare?
Lei, la vera Predestinata.
Proprio quando avrei dovuto mollare la Missione e dare retta ai deliri del vecchio.
Oh Meg, vedessi che delicatezza.
Le sue forme. E i suoi tratti.
Come dici?
Che non è occidentale? Non è inglese?
Dico, Meg, ho capito bene? Mi prendi in giro?
Maccheccazzo dici, stronza di una profiler, pezzo di merda razzista che non sei altro.
Ecco vedi, mi fai subito incazzare.
Con te torno volgare, Meg, fattene una ragione. Con te regredisco. E la mia natura superiore si offusca.
Non va, Meg. Non va bene.
Ma forse fai così perché sei invidiosa.
Fuochino, dolce Meg?
Eh? Brucia il paragone signora-mamma-frustrata?
Lo so, è dura da accettare.
Ma ripeto. Fattene una ragione.
Quella tua Maya è uno sgorbietto.
E finalmente non la devo più prendere.

CAPITOLO 26

— John, ma che diavolo ascolti?

— *Bang Bang.*

— ???

— Sonny e Cher, 1966. "*Bang Bang, you shot me down. Bang bang, I hit the ground, bang bang that awful sound, bang bang my baby shot me down.*"

— Non ci credo! Sei proprio andato. Ma Cher avrà 250 anni!

— Bang bang!

— E basta voi due, si può sapere che vi prende? Sono giorni che non fate che beccarvi. Piuttosto, ci siamo dimenticati di chiamare Yukiko per stasera.

La stizza di Maya pose fine al battibecco tra John e Flo. I tre, accompagnati da Phoebe, si stavano avviando verso la fermata della metro di Aldgate East, verso Commercial Street. Un pugno di chilometri, per passare dall'allegria dei clubs e dei negozi vintage di Brick Lane, all'uniformità triste dei palazzi per impiegati nella zona commerciale. In mezzo, il reticolo di vie che aveva visto le imprese di Jack lo Squartatore. E che, attraversate di notte, regalavano ancora qualche emozione ai turisti in cerca di paure facili.

Linea Hammersmith & City, cambio a Farringdon, una delle stazioni maledette di Londra che, si dice, sia infestata dai fantasmi. Linea Northern, fino a Chalk Farm, la fermata dopo Camden Town.

2, Castlehaven Road, l'indirizzo. The Hawley Arms, il nome del club.

Quando i ragazzi arrivarono finalmente alla loro meta, furono accolti all'ingresso da due giganti, gonfi di rabbia e di testosterone, istoriati con una miriade di tatuaggi, che indossavano jeans skinny neri e T-shirt strapazzata. John avvisò le amiche: — Qui Yukiko non la faranno mai entrare.

— Non viene — spiegò Maya. — Mi ha mandato un sms, ha un impegno.

I quattro amici si diressero verso l'ingresso del locale, titubanti. Il club, il preferito di Amy Winehouse, Kelly Osborne, Liam Gallagher e Kirsten Dunst, aveva regole precise e inappellabili.

Uno dei due "guardiani" scrutò il gruppo, afferrò per le spalle Flo e la spinse dentro. Poi guardò Maya, si lasciò sfuggire un sorriso e le fece cenno con la testa di entrare. La "guardiana" di fianco, invece, era impegnata a bloccare l'ingresso a Phoebe. No, spiegava solo con un cenno della testa. Muta ma irremovibile davanti agli occhi supplicanti di Phoebe. John si intromise.

— E perché lei no?

La guardiana lo guardò disgustata e rifece cenno di no.

— Non mi direte che è per via dei vestiti, vero?

La guardiana non si mosse. Il suo collega girò leggermente la testa verso i due ragazzi, che iniziavano a dargli fastidio.

— Non mi direte che preferite una testa di rasta e una matta vestita da lolita gotica a questa ragazza gentile.

— John dai, lasciamo perdere.

— Neanche per idea Phoebe. L'Hawley Arms stasera non ce lo leva nessuno.

L'irritazione del ragazzo cresceva. In modo inversamente proporzionale alla calma granitica dei due guardiani che, indifferenti alla tragedia che stavano causando, non sembravano volersi smuovere dalla loro decisione. Per la bionda e *upper class* Phoebe, l'Hawley era *off limits*. Lì le regole erano precise se volevi entrare, gustare una delle migliori birre del Regno, ascoltare della buona musica e magari deliziarti la vista con qualche celebrity seduta al tavolo a fianco. Sì ai *dreadlocks*, ai *jeans skinny*, meglio se scuri, alle T-shirt *washed-out* e alle stranezze di qualsiasi tipo. No, irrimediabilmente no, alle seguaci di Abercrombie.

E Phoebe restava, almeno nell'animo, della seconda specie.

— Sentite, facciamo così.

Rassegnata, la ragazza ascoltava John tentare la carta della contrattazione.

— Vi pago, ecco. Vi do qualcosa per il disturbo di chiudere un occhio. Ecco, 5 sterline bastano?

I guardiani lo sfiorarono con uno sguardo e non si mossero.

— Va bene, non sono molti soldi, ma non è che siamo ricchi... Non so per chi ci avete preso. Ok, allora ve lo confesso. La ragazza qui, ha un problema e non possiamo lasciarla da sola. Voi capite, avete fatto entrare le nostre due amiche e adesso?

— JOHN!!!! Signor John Dalton, non ti permettere di mettere in piazza i fatti miei.

Phoebe lo fulminò con un'occhiata offesa.

E a John non restò che tentare l'ultima carta. Si levò

la maglia nera e stropicciata e costrinse Phoebe a indossarla al posto della sua canotta a righe rosa e lilla, che spuntava dal piumino d'argento.

Poi si ripresentò davanti ai due guardiani, tenendo Phoebe per un braccio.

— È passabile, adesso?

I due, esasperati, si fecero da parte, consentendo l'ingresso ai ragazzi.

All'interno, una scarica di decibel contrastava con gli arredi da vecchio pub londinese. Una cascata di voci che si intrecciava con le note nostalgiche di una band che rifaceva il verso alle glorie del passato.

Maya e Flo avevano trovato un tavolo accanto al camino e stavano aspettando la loro birra preferita, una rossa irlandese.

— Finalmente, ce ne avete messo di tempo.

— Qualche fastidio all'ingresso.

— John è stato grande!

— *O yes, girls*, ho superato me stesso.

Al bancone del pub, due ragazzi si sbracciavano verso il gruppo.

— Guarda, ci sono Marc e Stanley, quelli del terzo anno.

— Bambocci, ignorali. Se no, non ce li leviamo di torno.

La raccomandazione di Flo andò a buon fine, i ragazzi salutarono con un breve cenno e ripresero a parlare fitto.

— Ma chi diavolo sono quegli sfigati sul palco?

— I Dream Again, un gruppo anni Settanta.

— Odio gli anni Settanta.

— E questa è una delle *track* più famose dell'epoca. Crosby, Stills, Nash and Young.

— John, chissene.

— Be', hanno fatto la storia del rock.

— A me sembra uno strazio.

Sul palco, l'operazione nostalgia si era ormai conclusa tra lo scarsissimo entusiasmo del pubblico. Ora era la volta delle note arrabbiate di una band neo punk.

— Ah, finalmente, questi sì.

— Chi sono, John?

— Doomsday, tre ragazzi di Bristol. Hai presente i Clash dei tempi migliori?

— E?

— E aggiungi un pizzico di Sex Pistols.

— E?

— E mixa con un po' di Eminem. Li ho taggati su MySpace. Sono grandi.

— Il nome?

— Apocalittici, vi ricorda qualcosa?

— Il giorno del giudizio.

— Sììì, quando ti verranno a prendere.

— John, non fai ridere neanche tua mamma.

— Lei, no di certo. È una depressa cronica.

— Ma senti i testi: "*Quando l'Agnello aprì il Sesto Sigillo, vidi che vi fu un violento terremoto. O baby, noi non ci salveremo. No no no. Il giorno fatale è arrivato. Quando laveremo le nostre colpe.*"

— A me la musica piace.

— Ok Phoebe, ma le parole?

— Apocalisse di Giovanni, il testo è quello, Maya. Parlano del 2012, del 21 dicembre 2012.

— La data-della-fine-del-mondooooo.

— E bravo John. È proprio quella, secondo l'antica Profezia Maya...

— Flo, cheppalle. Non stasera, eh? Siamo qui per rilassarci, non per sentire la tua ennesima lezione, Prof-sbriciolami-le-palle.

— Dai John, piantala. Lasciala parlare.

— Grazie, Phoebe. Dunque, per gli ignoranti, il calendario dell'antico popolo Maya si ferma in un giorno preciso, il 21 dicembre 2012.

— E?

— E secondo gli astronomi quella data è importante, perché ci saranno una serie di fenomeni unici in cielo.

— Tipo?

— Tipo, l'allineamento del nostro sistema solare con il centro della galassia. E questo provocherebbe una pioggia di asteroidi.

— Oddio!

— Maddai, Phoebe, sono tutte palle.

— Piantala John, Flo ha ragione. Nostradamus ti dice qualcosa Phoebe?

— Oddio Maya, ora mi tiri fuori il santone veggente?

— Ecco John, non lo chiamerei proprio un santone veggente, comunque nel suo ultimo libro ha raffigurato tre eclissi di Sole e una di Luna, indicandole come l'annuncio della fine dei tempi. E indovinate un po', qual è l'unico periodo della storia dell'umanità in cui una configurazione astrale simile si è verificata?

— Ah, se non lo sai tu.

— Infatti John, io lo so. Ci siamo in mezzo. È un periodo iniziato nel 1992 che terminerà proprio nel dicembre del 2012.

— Oddio Maya, adesso mi fai davvero paura.

— Sul web, criptato, mio padre ha lasciato un diario, parla della Profezia dei Maya. E di uno sciamano, uno stregone che pare sia l'ultimo discendente di quel popolo. Papà lo aveva incontrato poco prima di morire. Di essere ucciso.

Flo allungò una mano verso l'amica e le sfiorò il braccio. Aveva colto le note spezzate nella voce di Maya.

Comunque anche *X-Files* parla della Profezia. Nell'ultima puntata, una figata. Ve la ricordate? Mulder lavora sul suo computer e all'improvviso appare una scritta: THE END. E la dicitura: "22/12/2012, invasione degli alieni." Grande! Ve la posto su Facebook, eh?

— John, cazzo. Ma essere serio per una volta no, eh?

— Maya…

Flo guardò l'amica, che sembrava persa dietro alla sua tristezza. La vide alzarsi e uscire dal locale, e si affrettò ad andarle dietro.

— Maya, l'hai più… sentito? Tuo padre, dico…

— Sì.

— …

— È stato pesante.

— Maya, ho letto di una scuola. Una scuola dove ti insegnano a controllare i tuoi poteri, gli *shining* intendo. È qui a Londra, si chiama College of Psychic Studies. È tra Kensington e Chelsea. Ti ci accompagno, vuoi?

— Non ne ho bisogno. Io non voglio poteri. Flo, dai, sono stanca, vado a casa…

— Sicura che vuoi tornare da sola?

— Sì, Flo non ti preoccupare.

— Ok, 'notte, amica.

— 'Notte.

Maya si avviò verso la fermata della metro. Flo la seguì con lo sguardo preoccupato. La sua mente aveva registrato una presenza che non le piaceva affatto.

Giubbotto nero di pelle, felpa *Nightmare before Xmas*, Trent si stava infilando nella libreria all'angolo con passo veloce. Flo non lo mollò, fino a che non lo vide scomparire tra gli scaffali polverosi.

Maya, per fortuna, era già lontana.

CAPITOLO 27

— Garret! Ci siamo. Stavolta è quella buona. Quel figlio di puttana lo incastriamo!

Come un torrente in piena, un'amazzone che si lancia sul terreno di battaglia, Megan Fox Moore si riversò nell'ufficio del tenente Lawrence Garret. In mano teneva un foglio, MESSAGGIO N. 4 era l'intestazione.

Eccitata, la donna porse la lettera al poliziotto.

"Ce l'ho Meg, stavolta ci sono. E pensa, va nella stessa scuola del tuo sgorbietto."

Garret alzò un sopracciglio e, da sopra gli occhiali, lanciò uno sguardo alla profiler. Poi riabbassò gli occhi.

"Ha la pelle diafana. E lunghi capelli neri e lucidi. E due occhi magnetici, appena un po' allungati."

Il tenente posò il foglio sulla scrivania, si tolse gli occhiali e si passò sulle labbra la stanghetta nera. Tipico, pensò Megan, è preoccupato.

— Non capisco, Meg.

— Ma è chiaro, non vedi?

— No che non è chiaro. Un altro messaggio di quel pazzo, ma nessun indizio. E a proposito, com'è che ha iniziato a numerarli?

— Ha iniziato a numerarli per una questione di potere. Ci vuol far capire che è lui a condurre il gioco. I messaggi finiranno quando la sua "opera" sarà conclusa: noi non sappiamo fino a che cifra arriverà, lui sì. È il suo modo per tenerci in scacco.

— Mmm, non mi convince.

— Invece stavolta ci siamo. So di chi sta parlando.

— ???

— Ho fatto qualche indagine. Il suo nome è Yukiko Takahashi, è una ragazzina appena arrivata dal Giappone per uno di quegli scambi studenteschi, va a scuola con Maya. Sono sicura che si tratti di lei.

CAPITOLO 28

Alle 10 di sera la stazione della metropolitana di Chalk Farm sembrava un *suk*. Popolato da un'umanità allegra e colorata, in cerca di divertimenti nella zona più trasgressiva della città: Camden Road.

Maya si fece largo. Lei andava nella direzione opposta, verso Sud. Salì sul treno, contò sette fermate. Non stava tornando a casa. Scese alla stazione di Leicester Square e prese la Linea Blu, quella che si addentrava nel cuore elegante di Londra, dalla parte opposta dell'East End, dove viveva lei. Scese a South Kensington e si incamminò tra le strade semideserte, illuminate dalle luci dei ricchi palazzi e delle auto di grossa cilindrata che, silenziose, percorrevano la zona.

Fece pochi passi, a dire il vero. Era tesa, quel quartiere non le piaceva. Gente fredda, distaccata. Si fermò davanti a una casa bianca, con un piccolo colonnato e un cancello nero a proteggere il giardino che circondava le mura perfette e le finestre nascoste da discrete tendine bianche. Una casa anonima, del tutto simile alle decine di altre che costruivano la geografia della rispettabilità della zona. Solo una insegna verde, appena visibile sopra il colonnato, dava il senso della diversità: College of Psychic Studies.

Maya si fermò lì davanti. Osservò il palazzo e lesse la scritta. FONDATO NEL 1884. Se lo immaginò popolato di austere signore a caccia di fantasmi. Che cosa c'entrava lei con quella gente? Si voltò e tornò sui suoi passi. Non fece in tempo a vedere una tendina ondeggiare appena. Due occhi curiosi si soffermarono su quella figurina vestita in modo bizzarro che si era bloccata davanti al portone.

Gli occhi seguirono la ragazza che si allontanava e si dirigeva, pensierosa, verso la metropolitana.

— Uffa Harry, ti avevo detto di non invitarla, hai visto che figura ci ha fatto fare?

I pensieri di Maya furono interrotti da un fastidioso vociare, purtroppo conosciuto. Avrebbe voluto nascondersi, ma non fu abbastanza veloce.

— Toh, ragazzi. Guardate chi c'è.

A pochi passi dalla fermata della metro, un gruppo di ragazzi, che parevano usciti da una stupida parodia di *Gossip Girl*, ridacchiava indicandola: Stacy, Liz, Harry e, qualche passo più indietro, Yukiko, che camminava a passetti svelti e a testa bassa.

— Maya, ma che sorpresa! Ti sei spinta tra gente decente stasera?

La voce di Stacy era decisamente sgradevole. Troppo, per l'affaticata Maya che avrebbe volentieri alzato i tacchi. Fu la presenza di Yukiko a trattenerla dall'andarsene senza degnarli di una risposta.

— Ho accompagnato un'amica — mentì Maya.

— E chi, se puoi dircelo?

— Già, chi conosci in questa zona? Mica la frequenti.

La gracchiante Liz si intromise per rimarcare la sua estraneità.

— Accompagnarla da dove? Dove passate le serate voi zotici gotici?

— Che ti frega, Stacy. Lasciami in pace.

— No davvero, a me interessa, bellezza.

— Non credo, Harry. Comunque eravamo all'Hawley Arms.

— Il club di Amy Winehouse, dovevo immaginarlo, un postaccio per drogati e ubriaconi.

— Noi invece siamo andati a una festa. All'Apartment 195.

Liz era evidentemente molto compiaciuta. La serata in uno dei locali più esclusivi di Londra, al quale si accedeva solo su invito e suonando il campanello come in una casa privata, doveva averla galvanizzata. Ma l'umore di Stacy non raccontava di una festa memorabile.

— Già. Bel locale. Molto ben frequentato.

— A parte certa gente che certa gente si tira dietro.

— E piantala, Stacy.

— Piantala tu, Harry. La tua stupida idea di invitare quella geisha *a-b-normal* mi ha rovinato la serata. Proprio stasera. Cazzo, come sei cretino. Ma non vedi che mi ero fatta apposta il Cavalli suggerito da Patricia Field sul suo blog?

— Da chi?

— Dalla Field, idiota di una Liz. La stylist di *Sex and the City*. Tutto inutile. E per colpa di chi? Di quella mentecatta orientale che non è in grado di tenere in mano una forchetta come Dio comanda e ci ha reso ridicoli per sempre.

Stacy fulminò con lo sguardo Harry e strattonò Liz per trascinarla verso il taxi che si era appena fermato. Quando Maya alzò lo sguardo, incontrò gli occhietti sorridenti e sottili della sua nuova amica. E con lei si avviò verso la stazione della metropolitana.

CAPITOLO 29

— Tenente, lo abbiamo perso!

— Cosa????

— Signore, era impossibile seguire il sospetto. Troppi ragazzi, una folla incontrollabile — diceva con voce agitata il giovanissimo ufficiale di polizia che Garret aveva spedito fuori dalla scuola di Maya a tenere sotto controllo Gacy, dopo il messaggio numero 4 e i sospetti di Megan.

— L'ho seguito in metropolitana, fino alla stazione di Canary Wharf, ma poi l'ho perso.

— E che ci va a fare un killer psicopatico nella nuova city?

Il ragazzo non rispose. I suoi ventisei anni scarsi, venati di entusiasmo e inesperienza, gli impedivano di trovare le parole giuste per mettere una pezza al disastro che aveva combinato.

Garret rinunciò alla rabbia e si concentrò. Aveva due problemi di non lieve entità. Ritrovare Gacy. Ma prima, mettere al corrente la dottoressa Fox del fallimento.

— Lo avete perso???? Ma con che razza di incapaci ho a che fare?

L'urlo della profiler si sentì per tutto il piano. La reazione di Megan, in effetti, non avrebbe potuto essere peggiore. Garret si sentiva come un condannato al patibolo, sottoposto a un lancio di pietre impossibili da schivare. Tanto pesavano le parole di Megan.

— Dannazione, Garret. Ma come è possibile? Ti avevo avvisato, tenente. Avevamo una sola occasione, e ce la siamo giocata. Bell'impresa, mi congratulo. Non avrei dovuto lasciarmi convincere. Dovevamo andarcelo a prendere. Punto.

— Meg, ne abbiamo discusso. Arrestarlo davanti alla scuola di Maya era un rischio. Si tratta di uno psicopatico grave, te lo devo ricordare? Se fosse stato armato e si fosse messo a sparare sui ragazzi? Non era un'operazione sicura. E io non darò mai il mio ok a un potenziale massacro. Abbiamo agito al meglio, credimi. L'unica era seguirlo, farci condurre nel suo rifugio, e lì, in totale sicurezza, bloccarlo.

— Si è visto come l'avete arrestato...

— Sfortuna, che ti devo dire?

— E inesperienza, cazzo! Hai mandato un ragazzino! E adesso?

— Adesso ripartiamo con le indagini.

— Si sarà accorto di essere pedinato?

— Temo di sì.

— Bingo! Così non lo ribecchiamo più. Dimmi tu, dove lo andiamo a cercare in questa orribile città di più di 12 milioni di abitanti, facile, eh tenente Garret?

— Calma. Fammi fare un tentativo, anche se immagino che ti possa mandare ancora più in bestia.

— Scordatelo Garret, se è quello che penso.

— Meg, stavolta ci serve. Non abbiamo molte alternative. E dobbiamo prenderlo, dal messaggio che ti ha inviato si intuisce che si sta preparando ad agire. Anche se mettiamo la piccola giapponese sotto scorta, non possiamo escludere una sua reazione rabbiosa e improvvisa. Insomma, Meg, la devo chiamare.

La profiler guardò il tenente, senza curarsi di nascondere la delusione e la rabbia che provava in quel momento. Uscì dalla stanza del poliziotto e si rifugiò nel suo studio, due porte più in là. Non riuscì, però, a evitare di ascoltare la chiamata che Garret stava facendo.

— Buongiorno, signora Grave. Sono il tenente Garret. Abbiamo un'emergenza e abbiamo bisogno del suo aiuto.

Megan ascoltò muta, con i pugni serrati.

— Preferirei parlarle di persona — stava dicendo Garret. — Deborah la prego, ci sono delle vite in pericolo. Non mi può deludere.

CAPITOLO 30

Il ronzio dei messaggi in arrivo su Msn era una pessima colonna sonora. Ma non osava staccarsi, nella speranza di vedere Maya connettersi. Si infilò le cuffie dell'iPod. Fece scorrere il pollice per trovare la canzone più adatta a quel momento e iniziò a canticchiare.

— *My girl, my girl, don't lie to me, tell me where did you sleep last night.*

Trent si lasciò trasportare dalle note dolenti di *Where Did You Sleep Last Night*, cantate da un Kurt Cobain in pieno delirio depressivo. E iniziò a scrivere.

"Io lo so. So che ho sbagliato."

— *My girl, my girl, where will you go, I'm going where the cold wind blows.*

"Già, chissà dove sei tu adesso. Chissà con chi sei, chissà a che cosa starai pensando. E con chi starai parlando. A volte non lo sopporto. Non averti qui con me. Sempre. Poterti vedere, toccare, baciare, stringere."

— *My girl, my girl, don't lie to me, tell me where did you sleep last night.*

"Sì, non posso sopportarlo. Non dirmi che puoi fare a meno del nostro amore. Lo so, ho sbagliato. È colpa mia.

Ma questa storia non può finire qui. Non così. Io non ce la faccio, Maya. Io non posso pensare la mia vita senza di te. Ti ho sognato l'altro pomeriggio. No, non era proprio un sogno. Era una fantasia. A occhi chiusi. Perché io non posso resistere. Ho bisogno della tua voce, ho bisogno delle tue carezze, dei tuoi baci, del tuo corpo. Non posso rinunciare. Lo so, dovrei. Dovremmo. Ma nessun pericolo può essere più grande del nostro amore. Io non mi arrenderò, Maya. Ti ho vista, l'altra sera, a Camden, all'uscita dall'Hawley Arms. Sì lo so, tu non mi hai visto, la tua amica sì. Flo, che pensa sempre di doverti proteggere. Ma tu non hai nessun bisogno di venire protetta: io, noi lo sappiamo. E comunque sì, ero lì. E ho fatto finta di infilarmi in una libreria che per fortuna era ancora aperta: non avevo nessuna voglia di incrociare le parole furenti della tua amica. Fa niente se mi odia, la posso capire. Ma tu no, Maya. Tu non mi puoi odiare. E sì, Maya. Io non ti perdo mai di vista. No, non sono pazzo. E non sono un dannato *stalker* del cazzo. Mi sono innamorato di te. E... Sì, be'. Ci sono giorni che mi sembra di dare giù di matto. Se non riesco a vederti. A sentire il tuo profumo, a udire la tua voce. Da lontano. Perché non voglio che tu mi veda. Sei in pericolo, dolce Maya. Cazzo, non ti dovrei scrivere. Io non so che cosa ci potrà succedere. Ma una cosa mi è chiara."

Trent si interruppe. Il vociare al piano di sotto lo stava distraendo, nonostante le cuffie dell'iPod appiccicate alle orecchie. Se le sfilò, si alzò piano dal letto. Si avvicinò alla porta e aprì uno spiraglio, con un movimento leggero. Udì la voce sempre troppo alta di sua madre. E poi sentì una voce profonda, dalle note baritonali. Si stava scusando con Deborah per l'intrusione. Trent sospirò. Per un istante, aveva temuto si trattasse del Prof. Ma questa voce era più calma, più rassicurante. E si rivolgeva con rispetto a sua madre.

— Mi scuso Debbie, e la ringrazio — stava dicendo. — So che il suo tempo è prezioso ed è stata gentilissima a ricevermi con così poco preavviso. Ma sono convinto che solo lei ci può aiutare.

Trent fece due passi fuori dalla sua stanza, appoggiando un piede sulla moquette consunta del corridoio, poi si sporse dalla balaustra di legno delle scale, e sbirciò di sotto. Riuscì appena a scorgere il profilo di un uomo vestito di scuro. Gli intravide le scarpe, lucide, nere, stringate. Si sporse ancora un po'. La scala scricchiolò. Il ragazzo si fermò, cercando di trattenere il respiro. Non riusciva a sentire bene le parole, ma intuiva che la madre stava tentando di respingere la visita dello sconosciuto. Trent si sporse ancora un po'. Appena in tempo, per scorgere la madre che, tendendo la mano al misterioso ospite, lo congedava senza appello, con la sua vocina stridula.

— Dottor Garret — diceva a quell'uomo — mi scusi lei. Ma non posso davvero aiutarla. Con quell'individuo, quel suo Gacy, i miei poteri non funzionano. Ci abbiamo già provato. Non riesco a canalizzare nulla, se non un'infinita negatività. Mi dispiace, ma non posso proprio farmene carico, è un'energia troppo pericolosa. Arrivederci.

Appena il tenente fu uscito, Trent vide la madre accasciarsi sulla poltrona di velluto giallo. Sembrava stravolta.

Trent scivolò verso la sua camera, attento a non fare rumore. Perché la polizia cercava l'aiuto di una medium?

Tornò sul letto e riprese il portatile. "... Ma una cosa mi è chiara."

Trent cancellò l'ultima frase. No, nulla è chiaro in questa vicenda, pensò sconsolato. "Io non so che cosa ci potrà succedere. Ma ho capito che a te non rinuncerò."

Passò lo sguardo sulla mail, senza rileggerla. Schiacciò il tasto INVIO. E chiuse il computer con un sospiro.

CAPITOLO 31

— Ciao.
— Che vuoi?
— Mi ha cercato la polizia. Sono sulle tracce di Gacy, volevo avvisarti.

CAPITOLO 32

— Sono io.

— Professore, ci sentiamo spesso, ultimamente.

— Stavolta ho davvero bisogno di te.

— Uff, lei mi annoia. Me lo ha già detto.

— Basta con gli scherzi Hector, o ci stai o sei fuori.

— La ascolto, ma si sbrighi. Ho da finire una lettura che mi interessa parecchio.

— Gacy si è fatto beccare. Quel cretino, dovevo aspettarmelo. Non so come, ma l'hanno individuato. Oggi è sfuggito per un soffio a un pedinamento della polizia.

— Glielo ha detto lui?

— No, lui è sparito. È evidente che mi sta nascondendo qualcosa. Ho le mie fonti.

— E io che c'entro?

— Tu sai che il tempo sta per venire. Noi non siamo ancora pronti, Hector. Ci manca il tassello fondamentale. Vuoi, vogliamo che quell'imbecille psicopatico ci mandi a pezzi la Missione?

Il ragazzo posò a malincuore il libricino che stava sfogliando. Proprio non ci si raccapezzava, non ancora, con quel Quadrato Magico.

CAPITOLO 33

"C'è un modo semplice per: a) schiantare l'uomo dei tuoi sogni, *oh men, o yes*! b) evitare mamme menopausiche e ansieggianti, prof in caduta di ormoni e di umore c) liberarsi di amiche a caccia dei vostri fidanzati presenti e futuri. IL MODO TE LO DICIAMO NOI! Lavora sui tuoi poteri. Scopri le tue facoltà di sensitivo e VAI A TESTA ALTA NEL MONDO!"

Ammucchiate sul grande letto di Maya, le ragazze si stavano sciogliendo dalle risate. Il sito di consigli su come scoprire e migliorare le proprie facoltà extrasensoriali era davvero esilarante. La terapia giusta, pensò Flo guardando di sottecchi Maya, per scacciare l'angoscia che da qualche giorno leggeva sul viso dell'amica.

"Inizia con le regole del sensitivo doc. 1. Ascoltati. L'intuizione è la capacità di dar ascolto ai propri istinti."

— Bum — esplose Flo. — Ve lo dico io dove arrivo se do retta ai miei istinti. A strozzare John, in questi giorni è davvero insopportabile...

"2. Credici. Vai nella direzione che ti indica la tua intuizione. 3. Riconosci il GPS interno che è in te. Tutti noi abbiamo un navigatore nascosto. 4. Riconosci la dea che è in te. Nessuno potrà scalfire le tue superdoti. E se qualcuno ci tenta, rifilagli la pozione della *mala suerte.*"

— Mmm, si fa interessante.

— *Oi sha san ga hi-tsu-yo des,* in mia lingua se fate così, io bisogno dottore.

— Yukiko, sei anche spiritosa....

"Metti in un contenitore 2 etti di cera d'api; 9 etti di burro di cacao; 9 etti di burro di karité; mezza tazza di olio di oliva e mezza di olio di mandorle; 2 tazze d'acqua; 10 gocce di olio con vitamina E, 1 goccia di olio di giacinto, 1 goccia di ginseng, 1 di olio di campanula, 1 di muschio d'Irlanda. Poi frulla il tutto, ottieni una crema un po' densa, spalmatela sul corpo, facendo attenzione a non tralasciare nessun lembo di pelle. E lascia riposare per due ore."

— Seee, e poi buttati nell'olio bollente.

— Voi molto strani qui a Londra. Voi fare cose buffe.

— Ma dai Yukiko, chi ci crede?

— Stacy e Liz dire che con certe cose meglio no scherzare.

— Stacy e Liz sono due stupide.

— Già, non sanno neanche di cosa parlano.

— Tu Maya, invece sapere? *Wa kari ma sen.* Io no capire, ma Stacy dice tu fai furba coi morti.

— La furba coi morti? E che vuol dire, che ci flirta?

— Dai Flo, Yukiko voleva dire un'altra cosa.

— *Arigatò,* Phoebe.

— No Yukiko, io non faccio cose strane. Ma a volte mi capitano cose strane. Cose che non piacciono neanche a me.

La voce di Maya si incrinò. La ragazza si tirò in piedi e si diresse verso il bagno. Flo fulminò con lo sguardo Yukiko, ma Phoebe le venne in soccorso.

— Yukiko, Maya ha dei... delle strane visioni, diciamo così. Lei li chiama *shining*. Dice di sentire la voce di suo padre. Che è stato ucciso tre anni fa. Ma sai i traumi a volte possono giocare brutti scherzi.

— *Go men na sai,* io dispiaciuta.

Flo nel frattempo raggiunse Maya, che si era rifugiata in bagno.

— Tutto bene?

— Ok, Flo. Sto bene. Ma mollami, sto un po' da sola.

— Maya, volevo dirti...

— Eddai Flo, non ho bisogno della mammina.

— No, è che... io penso...

— Non pensare, Flo. Apprezzo i tuoi sforzi, ma ho solo bisogno di stare un po' da sola.

— Sì, ma ecco, Maya. Penso che dovremmo andare in quella scuola di cui ti ho parlato. Magari ci capisci qualcosa di più e ti fa star meglio.

— Ci sono già stata.

— ...

— L'altra sera. Ma poi non ce l'ho fatta a entrare. Forse hai ragione, dovrei provarci. Flo, tu però mi accompagni. Andiamo alla premiata scuola per maghi&stregoni, dove potrò finalmente trovarmi a mio agio, circondata da streghe-fattucchiere-incantatrici di serpenti, del tutto simili a me. Sei pronta?

CAPITOLO 34

La casa bianca, a vederla una seconda volta, aveva un aspetto più rassicurante. Maya allungò la mano ad aprire il cancello, perfettamente oliato e verniciato di nero. Nulla, nell'aspetto di quel luogo, dava la sensazione di morte e di mistero. La targa di metallo lucido, verde impero, raccontava la fierezza di una storia antica. COLLEGE OF PSYCHIC STUDIES, FONDATO NEL 1884 CON LA GRAZIOSA COLLABORAZIONE DI SIR ARTHUR CONAN DOYLE.

— Wow, Maya. L'inventore di Sherlock Holmes credeva ai fantasmi.

Flo procedeva estasiata, qualche passo dietro all'amica. Maya suonò il campanello. Nessun rumore. Riprovò. Ancora niente. Una parte di lei restava profondamente scettica, probabilmente quel luogo era popolato di vecchiette fantasiose e bizzarre. Poi di colpo la porta si aprì.

— Prego, entrate. Mi aspettavo una tua visita.

Maya e Flo si guardarono di sottecchi. L'anziana signora che stava facendo gli onori di casa si era rivolta a Maya senza alcuna esitazione. Ma niente, in lei, tradiva l'aspetto stravagante di una medium in contatto con l'aldilà, come invece si erano immaginate le due amiche. Un viso roseo, solcato da leggere rughette agli angoli degli occhi e della bocca carnosa, due occhi vivaci, un sorriso che esprimeva gioia e serenità, una cascata di capelli bianchissimi perfettamente raccolti in una lunga coda di cavallo.

— Mi chiamo Sheila. Sheila Cooper. E qui, sono la... Be' diciamo che mi occupo un po' di tutto. Direi che sono una specie di supersegretaria. E sono anche la memoria storica di questo posto. Ma entrate ragazze, seguitemi.

La signorina Cooper scivolò su un paio di zoccoli foderati di pelle e non produsse alcun rumore sul vecchio parquet. Maya e Flo si guardarono intorno. La casa aveva uno spazioso ingresso sul quale si aprivano tre sale e, in fondo, una lunga scala che portava ai piani superiori. Le pareti erano gialle, solari. Alle finestre, una serie di tendine di pizzo ricamate da mani sapienti proteggeva con grazia da sguardi indiscreti. Un piccolo scrittoio, sotto le scale, fungeva da piano ideale per riporre la miriade di fogli e di depliant che illustravano l'attività del College. Lo sguardo di Maya scivolò sulla signorina Cooper e sul suo completo anni Settanta doc: gonna a fiori fino alle caviglie, camicia in cotone bianco, con un romantico colletto in pizzo che le incorniciava il collo e le maniche a *ruches* che ricadevano sulle sue mani paffute e ornate da una miriade di anelli, sui quali stava incastonato l'intero arco dei colori conosciuti.

— Stai guardando i miei anelli?

— No, cioè, sì. Sono parecchi.

— Già. Ogni pietra ha un significato. Possiede una sua energia. Dovresti saperlo tu, visto cosa indossi.

La signorina Cooper occhieggiò da dietro gli occhiali a mezzaluna in direzione dell'anello che Maya portava all'anulare destro. Era il Navaratna, l'anello indiano che suo padre le aveva lasciato.

— Lo sai di che si tratta?

— Più o meno.

— Giovane ragazza, non si indossano dei potenti amuleti senza conoscerne il potere.

— È un dono di mio padre.

Maya e Flo seguirono la donna attraverso la prima stanza. Il loro sguardo era catturato dagli arredi: non si capacitavano che tutto fosse così solare e rasserenante. Tappezzeria a fiori in tinte pastello, divani di velluto rosso e quadri che riproducevano tramonti, albe e arcobaleni. Sheila Cooper le guidò fino all'ultima stanza della casa. Era un locale ampio, perfettamente quadrato, al cui centro campeggiava un grande tavolo con una strana scacchiera disegnata sul piano. La stanza dava su un giardino interno: dalle finestre si scorgevano aiuole piene di rose di tutti i colori. E un gazebo ricoperto di foglie rosse e arancioni, segno di un autunno che non si decideva a lasciare il posto all'inverno. La signorina Cooper fece accomodare le ragazze su due poltroncine strette, ricoperte di un tessuto a strisce giallo e bianco. Lei sprofondò sul divanetto di fronte. Non prima di aver versato il tè, che attendeva fumante in una teiera insieme a una miriade di sandwich dall'aspetto goloso.

— Allora, sei già stata qui, vero?

La signorina Cooper si rivolse a Maya, sporgendosi leggermente verso di lei e sfiorandole il braccio con la punta delle dita. Maya notò che erano caldissime, quasi bollenti.

— No, non direi.

— Certo che sì. Ti ho vista, l'altra notte. Credi che una come te, vestita in questo modo bizzarro, passi inosservata?

Maya si osservò. In lei, pensò stizzita, non c'era nulla di bizzarro. Solo un po' gotico, ecco tutto.

— Sei curiosa, ragazza?

— No, no. È che Maya...

— Flo...

— Maya, che bel nome. Importante.

— Già, i Maya, l'antica cultura, bla bla bla. Scusi, ma i miei mi hanno sfinito con questa storia. E io non lo amo molto il mio nome, a essere sincera.

— Non solo, cara. Per la filosofia induista, "maya" significa origine del mondo. Ma era anche il nome della madre del Buddha e della balia del faraone egizio Tutankhamon. E poi è una stella delle Pleiadi, e quella è una costellazione misteriosa. Insomma, ragazza, porti un nome importante. Ma ditemi, siete qui perché volete dialogare con i morti?

La signorina Cooper schiacciò loro l'occhiolino. E le ragazze scossero la testa all'unisono.

— Voi lo sapete, la vita dopo la morte è una realtà. Ormai ci sta arrivando anche la scienza. Ma bisogna imparare ad attraversare la barriera in modo corretto, se no ci si può far male.

— ...

— Non mi guardate con quell'aria incredula. So quel che dico, bimbe mie. Insegno al College da ben trentacinque anni. Avete idea di quanti apprendisti medium, spiritisti, maghi siano passati di qui in tutto questo tempo? Ma una cosa l'ho imparata: la vita è molto più ricca di quanto noi ingenui umani crediamo. Siamo noi che ci rifiutiamo di vedere quello che la natura e Dio ci hanno messo sotto gli occhi.

— Basta così, signorina Cooper, vuoi far scappare queste due simpatiche ragazze con tutte le tue chiacchiere?

Quarant'anni al massimo, pantaloni neri morbidi a fasciare un corpo muscoloso e ben disegnato, camicia di seta nera con bottoni madreperla bianchi. Maya e Flo si guardarono: quella donna era un concentrato di stile. Arricchito da una cascata di capelli neri e lucidissimi, che arrivavano a circondarle i fianchi. Il viso, soprattutto, le aveva colpite. Sembrava un miscuglio perfettamente calibrato di tutte le razze del mondo. Il colorito era ambrato: avrebbe potuto essere indiana, ma la sua pelle era più luminosa. Gli occhi neri, profondi e leggermente obliqui, avevano l'inconfondibile piega all'insù degli orientali, appena accennata. La bocca era morbida e sensuale, arcuata in un sorriso.

— Buongiorno, mi chiamo Joanna Sen, sono la direttrice del College.

Le ragazze tesero la mano, ipnotizzate dalla forza che quella donna emanava.

— Qui abbiamo più di 50 corsi. Siete interessate a qualcuno in particolare? Sapete, offriamo corsi serali, per principianti, e corsi universitari: la nostra è una laurea a tutti gli effetti. I nostri studenti devono avere nozioni di fisiologia umana, di neurologia, di fisica delle particelle.

— Ma noi...

— Noi — Maya interruppe Flo — siamo qui per me. Non per cercare di frequentare un corso. Io, vede, ho un problema.

La donna rivolse il suo sguardo di velluto a Maya, compiaciuta della schiettezza della ragazza.

— Ecco, io... dialogo con mio padre. Che però è morto. Da tre anni. È stato ucciso.

La signorina Cooper sfiorò di nuovo il braccio di Maya con le dita calde. Joanna Sen invece la incoraggiò a proseguire con un cenno degli occhi, che parvero illuminarsi.

— Ecco, mi è apparso. No, non posso dire che mi sia davvero apparso. Io lo sento, sento la sua voce e la sua presenza. Insomma, è arrivato circa un mese fa. Mi ha salvato la vita in una brutta situazione. E poi non l'ho più sentito. Fino all'altro giorno. Ma la sua ultima visita è stata un dolore atroce.

— Che cosa senti esattamente quando lui "arriva"?

— Caldo, molto caldo. Proprio qui.

Maya indicò la base dello stomaco. E proseguì: — Ma l'ultima volta ho sentito un dolore lancinante. Come di una pugnalata.

— Tuo padre è stato accoltellato?

— Sì.

— Ti avrà avvisato, immagino.

— In effetti sì. Mi ha detto che ho dovuto rivivere la sua morte. Ma io non voglio soffrire.

— Maya, tu hai indubbiamente una dote. Una dote grande. Il rapporto che ti legava a tuo padre era forte e importante, un concentrato di amore, se posso spiegarlo così. E l'amore è energia, cara.

— E l'energia non si disperde...

La signorina Cooper accompagnò il suo intervento agitando in aria le dita paffute.

— Già, Sheila. L'energia si tramuta. E prende forme diverse da quella originale. Così l'amore che ti legava a lui in vita non è andato perduto. E questo gli ha consentito di tornare da te. Tu hai una dote, Maya. E hai il grande dono di sapere accogliere l'amore, non è da tutti. Per questo lui ti può parlare. Tuttavia...

— Tuttavia?

Flo faticava a nascondere la sua impazienza.

— Tuttavia, è necessario imparare a dominare l'apertura della porta, diciamo così.

— Cioè?

— Maya, ciò che hai vissuto l'altro giorno è destinato a ripetersi. È lunga la strada che porta alla consapevolezza e al padroneggiamento di questa tua dote.

— E se io non la volessi? Perché proprio a me? Perché questa "dote" non è toccata a Flo che ci tiene tanto? Perché non posso essere normale?

— Ma tu sei normale. Il tuo non è un dono che ti è stato regalato dal cielo, una specie di miracolo. È una dote, è la tua capacità di andare oltre le convenzioni, la tua forza nell'accettare la vita e l'amore. Solo questo ti ha consentito di aprire il portale che ci divide da chi non è più in questa vita. Semplicemente, dovrai imparare a controllarne l'apertura.

— Lei mi sta dicendo che io non posso tornare indietro? Che non posso rifiutare questa dannatissima "dote"?

— Tu rifiuteresti il talento musicale di un Mozart?

O l'intuito di un Einstein?

— Ecco, considera gli *shining* come il tuo personale passaporto in questa vita. Era scritto, Maya. Quindi, accetta. Gioisci di questa vista che ti consente di capire cose che agli esseri umani rimangono oscure. E impara a dominarla, la tua dote. Non permetterle di renderti schiava.

— Ma come faccio?

— Ogni cosa a suo tempo. Ci sono degli esercizi...

— E degli studi...

— ... per imparare ad accendere e spegnere la luce. Ad aprire o chiudere la porta. Sei tu, ricorda, che puoi decidere quando accogliere o respingere chi ti cerca da un'altra dimensione.

— Ma come faccio? Io... io... vi prego aiutatemi.

— Noi siamo qui. Ma non è ancora ora. Ora devi finire la scuola. L'anno prossimo, quando giungerà il tempo delle scelte della vita, considera anche questa. E, se deciderai, noi ti accoglieremo con gioia. Intanto, accetta la tua dote. E affidati alla vita.

Joanna Sen sorrise, si alzò e con un cenno della mano si voltò e uscì dalla stanza, mentre una saltellante signorina Cooper accompagnava le due amiche alla porta.

Quando le ragazze, silenziose, si chiusero il cancello nero del College dietro le spalle, non si accorsero di una fioca luce accesa alla finestra del primo piano del palazzo di fronte, una delle più belle dimore patrizie di Londra. Se avessero guardato, avrebbero intravisto due occhi che, curiosi e insistenti, si erano fissati su di loro. Su Maya, in particolare.

CAPITOLO 35

L'uomo appallottolò il foglio e lo lasciò cadere nel cestino della spazzatura. Un angolo rimase leggermente ripiegato all'insu. Volendo, si sarebbe potuto leggere: MESSAGGIO N. 5. Ma ormai il tempo delle lettere era finito.

L'uomo alzò il volume dell'impianto che diffondeva le note di un canto gregoriano nello scantinato squallido.

Ma non vedeva squallore attorno a sé. Al contrario, vedeva Bellezza. Pura. Incontaminata. Congelata in sei corpi nudi di sei ragazze di diciassette anni. Custoditi in sei vasche disposte ad anfiteatro attorno a lui. L'uomo era al centro della stanza, in piedi, e stava sudando. Lo sforzo per spostare una nuova vasca e disporla in mezzo alle altre era stato grande. E lui aveva dovuto fare tutto da solo. Non poteva fidarsi di nessuno. Il compito era di sua esclusiva competenza. Lui, era il Predestinato.

L'uomo prese un respiro. Adesso era pronto. Si diresse verso la scrivania in un angolo, bianca, essenziale, come piaceva a lui. Aprì un cassetto e contemplò con soddisfazione l'ordine assoluto degli oggetti che vi erano contenuti. Ciascuno nel suo comparto, ciascuno con un posto prefissato. L'uomo sapeva che ogni cosa, nel mondo, deve avere un posto. Lui non l'aveva avuto un posto, quando era piccolo, sbattuto in cucina o per strada, nel pieno della notte, quando sua madre, quella gran puttana, rientrava con qualche maiale di cliente.

L'uomo scrollò le spalle. Doveva ripulirsi dei ricordi che lo assalivano come zecche fastidiose. Guardò le forbici, ne scelse una con cura. Le lame luccicavano. Le punte erano arrotondate, per non ferire la bellezza incontaminata dell'immagine.

Poi accese il computer. Un iBook praticamente nuovo comprato per niente su eBay. Collegò il suo cellulare al computer e scaricò le foto dell'ultima settimana. Le aprì lentamente, l'uomo odiava la fretta.

Trenta foto. Il soggetto era sempre lo stesso. L'uomo selezionò la funzione ZOOM. Le immagini erano sfocate, prese da lontano: ebbe un moto di stizza. Avviò Photoshop, il mago del lifting virtuale. Ma lo spense subito. La Perfezione non aveva bisogno di ritocchi. Passò in rassegna le immagini una a una. Gli ci volle più di un'ora, le cose andavano fatte per bene. Poi si fermò, aveva finalmente scelto la migliore. Accese la stampante e si preparò a toccare la Perfezione, era stufo della visione virtuale. Quando la stampante sputò la foto, l'immagine ripresa di nascosto davanti a una scuola apparve in tutta la sua evidenza: sbiadita, evanescente come un fantasma. L'uomo prese la forbice e iniziò a seguire i bordi di quel profilo, tagliando con precisione certosina i contorni del volto.

Poi si fermò. Allontanò l'immagine e la rimirò. Si avvicinò piano alla vasca vuota, il momento era solenne, ne era consapevole. Posizionò la foto sulla vasca e fece tre passi indietro. Tornò davanti alla vasca, corresse la posizione della ragazza: troppo in alto. Si allontanò di nuovo.

Adesso, sì, si disse soddisfatto.

Il volto di Yukiko Takahashi splendeva dalla sua bara di cristallo come le foto che accompagnano le tombe dei cimiteri. Le labbra increspate di Michael Gacy si distesero in un sorriso.

CAPITOLO 36

Maya chiuse il libro che aveva preso in prestito alla biblioteca di Brick Lane. Gliel'aveva suggerito Flo, al solito informatissima. *Storie di fantasmi, poltergeist e altre presenze. E degli uomini che li hanno combattuti.* Il libro era d'epoca, datato 1902, il periodo della massima fioritura dello spiritismo, quando una misteriosissima signora di origine russa, tale Madame Blavatsky, una potentissima medium, affascinava i salotti del vecchio e del nuovo mondo con le sue storie sull'aldilà. E conquistava alla sua arte nomi famosi, come il mago Houdini. Dopo la visita al College of Psychic Studies, Maya aveva deciso di prendere in mano la sua vita. E la sua cosiddetta dote.

— Maya sei in casa?

La voce di Megan si fece strada nei suoi pensieri.

— Ah, sei qui. Ma cosa leggi? La vita di Madame Blavatsky? Maya, non mi dirai che... ancora con queste storie... Se davvero ti interessano, vai nella mia biblioteca e scegli qualche testo un po' più scientifico.

Maya sospirò. E pensò con fastidio alla cosiddetta biblioteca di sua madre, una stanza interamente tappezzata di libri, l'unica cosa a cui quella donna tenesse davvero:

le storie degli altri usate come schermo per non affrontare i sentimenti che fanno paura, vero mamma? Decise di non rispondere alla madre. Per non riaprire le ostilità.

— No, è solo un'esercitazione di storia, ce lo hanno suggerito a scuola.

— Ah, meglio così. Pensavo... perché non ci andiamo a fare un giro di shopping io e te? Mi hanno detto che da Oxfam di Notting Hill ci sono nuovi arrivi.

Maya sbuffò. Le manie *politically correct* di sua madre le davano sui nervi. Con tutti i negozi che c'erano a Londra, che bisogno c'era di attraversare la città?

— Non storcere il naso — la prevenne Megan. — Guarda che si fanno ottimi affari. È un vintage di classe, credimi.

Maya si lasciò convincere, si infilò i jeans neri, afferrò la giacca militare raccattata a Camden e seguì la madre verso il quartiere *trendy-chic* di Notting Hill.

— 144, Notting Hill Gate — sillabò la madre al taxista pakistano, indicandogli anche la strada da seguire.

A volte Maya detestava quella donna, la sua mania di tenere sotto controllo persone e situazioni, la sua insofferenza per la normalità, la sua impossibilità di prendere la metropolitana come tutti gli umani. Sbuffò e si infilò le cuffie dell'iPod, determinata a non ascoltare la petulante voce materna che dettava al povero taxista la dizione giusta dei nomi delle vie. Cullata dal ritmo del taxi, quasi si addormentò. Fu svegliata di soprassalto dalla mano di Meg che, sollevandole dall'orecchio la cuffia, le sussurrò: — Siamo arrivate.

Oxfam Notting Hill non era per niente diverso dagli altri negozi della catena di *charity* più famosa d'Inghilterra: i membri dell'organizzazione che si occupava della fame nel mondo raccoglievano abiti e oggetti usati, li rivendevano e i proventi andavano a supportare progetti in Africa, in Asia o in Sudamerica. L'insegna verde del negozio campeggiava su una vetrina essenziale: all'interno, grandi contenitori per abiti e accessori, vere e proprie vasche colorate in cui tuffarsi.

— Signora, signorina...

Una commessa troppo solerte si fece loro incontro.

— Ah signora Fox, non l'avevo riconosciuta. Ha portato la sua deliziosa figlia, vedo. Ha fatto bene, oggi abbiamo delle nuove proposte F A V O L O S E.

Maya alzò gli occhi al cielo, e osservò la madre, il cui ego si stava gonfiando come un palloncino riempito di elio: le succedeva ogni qual volta veniva riconosciuta in un locale, un ristorante, un negozio. La commessa stava elencando i lasciti della settimana.

— Venite, abbiamo appena ritirato abiti, borse e scarpe da Victoria Beckam, che tra l'altro come saprete ci onora anche della sua presenza in negozio, da Kate Moss e da Jude Law, nel caso voleste fare un regalo al maschile, non si sa mai. Ecco, guardate qui, ci sono pezzi di Marc Jacobs, di Prada, il solito Gucci, e qui, ecco una rarità, ve la faccio vedere, una vera chicca, un Thakoon originale! E dell'ultima collezione poi!!!!

Maya superò il fastidio che quella donna le istillava appena udì il nome dello stilista americano più celebrato del momento, un thailandese cresciuto in Nebraska, che vestiva Michelle Obama e un'altra schiera infinita di *super women* d'Oltreoceano. Guardò con la coda dell'occhio la madre e la vide mollare la presa di un cardigan in cachemire beige per avventarsi sull'abito che Miss Charity stava loro mostrando.

— Oh, Maya. Questo per te sarebbe perfetto.

— Concordo. Pensi che è stato indossato niente meno che da Drew Barrymore, ce l'ha fatto avere lo stilista dopo la festa a favore di Obama. È un abito storico, si può dire!

— Maya, ma è delizioso. Devi assolutamente provarlo.

Maya lanciò uno sguardo al mini abito in lamé grigio fumo, sormontato da due spalline in raso nero, stretto sotto al seno da una coulisse drappeggiata.

— Mamma, non lo metterò mai.

— Provalo, almeno.

— Maddai. Lo sai che questo modello mi sta da cani. Mi fascia il seno e me lo fa sembrare gigantesco!

— Provalo, dammi retta.

Maya si infilò sbuffando nel camerino. Inutile tentare di contrastare le decisioni di mastino-Megan. Quando ne uscì, lesse nello sguardo di sua madre la tenerezza compiaciuta che solo un magnifico vestito indossato sulle forme giuste della propria figlia, può regalare.

— Guardati, ragazza. Sei perfetta.

Maya si diresse verso lo specchio e non parlò. Il mastino, ancora una volta, aveva avuto ragione. Si cambiò, tornò verso gli scaffali ricolmi di golf e di maglie, scelse un *twin set* nero di Prada e lo propose alla madre che, con allegria, lo accettò. Il bottino della giornata, una volta superata la ritrosia iniziale, contò anche un paio di mocassini Tod's per Megan, un paio di vertiginose Marc Jacobs, tacchi 17 per entrambe, due borse, una sacca e una pochette da sera, calze e calzettoni neri per Maya. Il tutto a 450 sterline.

— Un'inezia — commentò Megan, uscendo dal negozio. — E abbiamo anche fatto del bene a qualcuno.

Cariche di sacchetti in carta riciclata, madre e figlia decisero di prolungare lo stato di grazia nel quale incredibilmente si trovavano, fermandosi a prendere un tè. Scelsero una delle pasticcerie più note di Londra, famosa per le sue *cupcakes* coloratissime e per l'arredo vittoriano originale.

— Mamma.

— Mmm...
— Grazie per il vestito.
— Di nulla, tesoro.
— E per la borsa.
— Ok, Maya.
— E per le scarpe.
— Quelle, hai promesso, me le presti qualche volta.
— Ok, mà.
— Tè verde e pasticcini?
— Tè verde e cupcake al cioccolato e fragola. E...
— Sì?
— Mamma, cosa faresti se ricevessi una mail...
— Quale mail?
— Calma, non allarmarti subito e non stoppare una figlia in vena di confidenze, sai che potrei ripensarci.
— Scusami, tesoro, ti ascolto.
— Be', ecco... cosa faresti se ricevessi una mail da uno che pensavi non ti volesse più?
— Che prima ti dichiara amore eterno e poi sparisce...
— ... e poi riappare e ti ridichiara amore eterno e...
— ... e poi risparisce. Insomma, Maya. Benvenuta nel club delle sedotte&abbandonate.
— Dici, mamma?
— Dico, Maya.
— Non mi posso fidare?
— No, direi di no.
— Ah, mà. Una cosa ancora.
— Dimmi.
— Ho deciso di non avere più paura. Anche se una dannata pattuglia della polizia mandata, ci scommetto, dal tuo amico Garret ci sta seguendo da quando siamo uscite di casa...

CAPITOLO 37

— Garret, dannazione, che ti sei messo in testa?

— Sto solo facendo il mio dovere, non ti agitare.

— E quale sarebbe il tuo dovere? Lasciarti scappare un killer e mettere sotto pressione la tua profiler e sua figlia?

— Non vi ho messo sotto pressione. Ho solo deciso di controllare i ragazzi. Li considero tutti in pericolo, a cominciare dalla tua Maya.

— Che idiozia! Gacy è stato chiaro: mira alla giapponese.

— Dottoressa Fox, tu mi insegni che con gli psicopatici meglio non mettere la mano sul fuoco.

— Non hai novità su di lui, eh? E con quella tua maga?

— Un buco nell'acqua.

— Cazzo, Garret. Io sono preoccupata. Ma tu, che ne sai? Di dover passare un intero pomeriggio con la propria figlia a ridere e scherzare, sapendo che ci sono in giro dei pazzi assassini che te la possono prendere da un momento all'altro?

— Frena Meg, sappiamo che ha cambiato obiettivo.

— Sappiamo. Ma chi sa cosa? Io una cosa la so. Che quel ragazzo, quella specie di mezzo delinquente si è rifatto vivo con Maya. Garret, aiutami ti prego, trova un pretesto per sbatterlo dentro. Quel ragazzo mi fa paura.

CAPITOLO 38

Quando era a Londra, detestava uscire la sera. Preferiva godersi il silenzio dei grandi saloni della sua casa. E le storie antiche e misteriose contenute nei preziosi volumi della sua biblioteca. Ce n'era uno, in particolare, che in quei giorni gli stava occupando la mente. Era un libricino scritto nel 1524 da un matematico e astronomo italiano, tale Sigismondo Fanti, autore di un poco noto libro di profezie assai inquietanti perché anticipavano quelle ben più note di Nostradamus. Da esperto di alchimia e di astrologia e da buon latinista, Hector Parravicini de' Giorgi conosceva bene il lavoro di Fanti. Ma la scoperta del libricino sul Quadrato Magico, della cui esistenza si era persa ogni traccia, lo aveva letteralmente elettrizzato.

Decimo scaffale a destra, sezione Q della immensa libreria di suo padre. Un fortunato caso, doveva ammetterlo. In verità stava cercando un testo originale di Galilei: lo aveva promesso al suo tutor di Cambridge, il professor Ronald W. Diggs, presso l'Istituto di Astronomia. Ma la sorte aveva deciso per lui.

E ora finalmente poteva riprendere la lettura che da giorni lo ossessionava.

Girò con attenzione la pagina ingiallita di vecchia pergamena. Aggiustò la luce della lampada. Le luci, in quella casa, erano particolarmente curate, più di tutto il resto. La madre, un'arredatrice di grido, ne aveva fatto un vero e proprio motivo di orgoglio, quando ancora abitava le stanze di quel palazzo.

Hector diresse il fascio di luce sulla poltrona di pelle in cui era sprofondato, si accese la pipa e continuò a leggere, traducendo mentalmente in italiano dal volgare in uso nel Rinascimento.

"Le parole della fine e dell'inizio sono potenti."

Le parole della fine e dell'inizio, si ripeté.

Hector si grattò il mento con la matita che teneva sempre in mano quando leggeva e tentò di scomporre il rompicapo.

Su un taccuino, iniziò a tracciare le parole che formavano il quadrato:

SATOR
AREPO
TENET
OPERA
ROTAS

Contò le lettere: 25 in tutto, 5 x 5, un quadrato perfetto. Si concentrò sul significato, almeno su quello manifesto. La lingua, era il latino. "Il seminatore dell'Areopago detiene le ruote dell'opera." Non ne capiva il senso.

Il ragazzo sospirò. E decise che il rompicapo meritava attenzione. Così, iniziò a scomporre le parole che formavano il Quadrato Magico. E contò: 4 A, 4 O, 4 E, 4 R, 4 T, 2 P e 2 S. La posizione delle lettere pareva garantire una simmetria perfetta. Anche perché al centro, solitaria, campeggiava l'unica lettera che non aveva gemelle: la N.

No, si disse, questo non è casuale. Il quadrato nasconde per forza qualcosa. Ricominciò a mettere insieme le lettere come si trattasse di un puzzle. Provò con diversi anagrammi.

Niente, nessuna combinazione che avesse un senso. Poi mise in fila le parole, cercando di ordinarle secondo la loro frequenza. A R T E O S P N. N P S T R E O A. Niente anche qui. Hector iniziava a divertirsi, le sfide lo eccitavano.

Scrisse le lettere una a una e le accostò per poterle visualizzare meglio.

A A A A T T T T E E E E R R R R O O O O P P S S N.

"Aaaattteeeerrooo" lesse.

Chissà dove atterrerò, si disse con un sorriso.

Ma il suo sguardo fu all'improvviso catturato da una strana assonanza. ATER. Vuoi vedere?, si disse grattandosi il mento con un sorriso.

La matita, veloce, iniziò a scorrere sul foglio, barrando le lettere man mano che le parole si componevano.

~~A~~ A A A ~~T~~ T T T ~~E~~ E E E ~~R~~ R R R O O O O ~~P~~ P S S N.

PATER. Certo, il Padre. Ovvio, si parla sempre di Lui. E qual è l'unica preghiera che Gesù Cristo ha insegnato direttamente ai suoi apostoli? E bravo Hector, si disse compiaciuto. Il Padre Nostro, in latino Pater Noster. Dunque, ecco, cancelliamo le altre lettere. Così.

~~A~~ A A A ~~T~~ ~~T~~ T T ~~E~~ ~~E~~ E E ~~R~~ ~~R~~ R R ~~O~~ O O O ~~P~~ ~~P~~ ~~S~~ S ~~N~~.

Ok, pensò, mi rimangono 3 A, 2 T, 2 E, 2 R, 3 O, 1 S. No, non ci siamo. Non riesco a fare nessun quadrato con queste lettere. A meno che... riprovo. Ecco, ancora: PATER NOSTER. Ora vediamo che mi rimane.

~~A~~ ~~A~~ A A ~~T~~ ~~T~~ ~~T~~ ~~T~~ ~~E~~ ~~E~~ ~~E~~ ~~E~~ ~~R~~ ~~R~~ ~~R~~ ~~R~~ ~~O~~ ~~O~~ O O ~~P~~ ~~P~~ ~~S~~ ~~S~~ ~~N~~.

Ecco, si disse, 2 A e 2 O. Bel pasticcio. A meno che...

La mano di Hector si muoveva veloce sul foglio. Il ragazzo aveva capito che, se avesse voluto sciogliere l'enigma, avrebbe dovuto seguire la simbologia più famosa di ogni epoca: quella della croce.

```
           A

           P
           A
           T
           E
           R
A PATERNOSTER O
           O
           S
           T
           E
           R

           O
```

Hector rimirò il suo disegno con orgoglio. Sì, aveva un senso. La preghiera più antica, quella che si rivolge direttamente a Dio, quella che Gesù aveva trasmesso dalla sua voce. Girò la pagina del volumetto di Sigismondo Fanti e lesse.

"La croce che otteniamo mettendo nel giusto ordine le parole scomposte nel Quadrato Magico è la soluzione del problema. La A e la O all'inizio e alla fine dell'invocazione a Dio significano Alfa e Omega, il principio e la fine."

Hector chiuse il libro. Si alzò e si diresse verso la biblioteca. Uno sguardo veloce gli bastò a individuare lo scaffale dedicato alle opere religiose. Giovanni, Libro dell'Apocalisse. Aprì, sicuro: "Io sono l'Alfa e sono l'Omega, il principio e la fine, il primo e l'ultimo."

Non contento, cambiò scaffale. Ma dovette faticare un po' per ritrovare l'antico volume. Accidenti alla mania di classificazione di mio padre, pensò. Profezie, miti. No. Alchimia, Rinascimento, nemmeno. Astronomia, forse… Ah, finalmente eccolo.

Il ragazzo soffiò via la polvere dal volume di pelle arancione sbiadita. Era il famoso lavoro di Sigismondo Fanti, il *Triompho di Fortuna*, l'opera che secondo alcuni aveva anticipato le visioni profetiche di Nostradamus.

Hector si ricordava di un disegno che l'aveva colpito sin da piccolo. Raffigurava un serpente di luce che si mangia la coda, sulla quale era disegnato un Sole con 5 piccoli pianeti. Il serpente, il ragazzo ricordò le parole del padre, simboleggia la Via Lattea, la nostra galassia. Il Sole è il nostro Sole e i pianeti sono quelli conosciuti ai tempi di Fanti. E il disegno simboleggia la fine dei tempi. Ma quando succederà, si era chiesto il duca Parravicini de' Giorgi? Saperlo…

Hector spense le luci in biblioteca e si avviò verso il suo studio, attraversando una lunga fila di stanze dai pavimenti di marmo e dagli affreschi spettacolari. Accese il suo laptop e digitò il codice che consentiva l'accesso alla biblioteca privata dell'Università di Cambridge, Facoltà di Storia. Aveva la sua password e digitò "*Codice di Dresda*, ultimi studi".

Lesse. "Secondo il *Popol Vuh*, la linea nera della Via Lattea rappresenta il cancello che connette con l'aldilà. Si troverebbe al centro della galassia, una zona con cui il Sole e la Terra si allineeranno il 21 dicembre 2012."

Il ragazzo sollevò lo sguardo dallo schermo: non riusciva a capire. E detestava essere posseduto dal dubbio.

Perché un quadrato di epoca romana dalle origini incerte arrivava alla stessa conclusione del libro magico di un popolo, i Maya, vissuti secoli dopo in una terra lontanissima e sconosciuta?

Lasciò aperta la schermata e prese in mano il telefono.

— Prof, non la disturbo vero?

— Hector, ragazzo mio, tu non mi disturbi mai.

— Prof, forse è giunto il momento di darle retta. Vorrei che mi spiegasse un po' di più dei suoi studi.

— Felice di esserti utile. E di averti finalmente a bordo.

— Non corra, Prof. Ah, volevo dirle: che ci faceva quella ragazzetta a cui è tanto interessato, in un quartiere elegante come Kensington l'altra sera? E a proposito, niente male, in effetti, quella sua ragazzetta.

CAPITOLO 39

MAYA91: Flo, grazie per tutto quello che fai.

JOHN: Dolcemiele, mi farai venire il diabete a furia di sdolcinamenti...

FLOG: VAFFANCULO.

PHIPHI: Molte persone entrano nella tua vita ma solo i veri amici lasciano le loro orme nel tuo cuore.

FLOG: Non è il tuo caso, John.

JOHN: Perché dici questo? Io vi amo!

YUKI-OH: Lui belle parole.

MAYA91: Yukiko, ben arrivata in chat.

FLOG: Chi ti ha invitato?

PHIPHI: Io, perché?

MAYA91: Hai fatto bene.

JOHN: Giusto. *Grrls*, oggi sono felice. Passato con zero errori. Patentatooooooo.

YUKI-OH: Bravo, molto bene. In mio Paese quando ragazzo vince qualcosa merita premio. Chi dare premio a te?

FLOG: Io no.

JOHN: Forse tu, dolce Yuki-oh.

YUKI-OH: Io rossa. Io no potere rubare *boyfriend* a mia amica.

FLOG: Questo si chiama parlare.

JOHN: Basta con le calunnie. *Mi amor*, oggi mi sento benebenebenebene.

PHIPHI: Invidia! Io sto malemalemalemalemalemale. Vomito, nausea. Peso alla pancia. La cosina rompe. L'altro giorno anche sangue. Mi sono spaventata a morte.

FLOG: Sarebbe ora di dirlo a tua madre.

JOHN: Sarebbe ora di smetterla di fare la maestrinaaaa.

YUKI-OH: Noi potere fare qualcosa?

PHIPHI: No, grazie. Devo dormire. E vi saluto tutti quanti. Metto un biglietto in palio. Chi mi accompagna dal ginecologo settimana prossima per il controllo?

MAYA91: Allora, hai proprio deciso?

PHIPHI: Sì, lo tengo.

MAYA91: Ok, allora ti accompagno io.

JOHN: E io.

YUKI-OH: E io.

FLOG: Ok, ank'io.

MAYA91: Ah, dobbiamo organizzarci per domani. Il party prima di Natale. Sveglia, domani è *the last day*!!!!!

JOHN: O yes, inizia la grande fiesta! Ultimo giorno di maledetta-brutta scuola.

YUKI-OH: A me piace vostra scuola. Io triste perché tornare in Giap.

FLOG: Eddai, dopo tornerai qui.

YUKI-OH: Sì, forse. Mamma strana al telefono. Ha detto che Occidente non è posto per noi. Voi promettere me cosa forte. Voi no dimenticare me. Voi venire Kyoto.

JOHN: Mandaci il biglietto e ci puoi giurare.

YUKI-OH: Io scoperto belli amici.

FLOG: Puoi dirlo forte.

PHIPHI: Io non sono più tanto bella, ma fa niente.

JOHN: Skerzi? Sei bellissima, dolcepannamore.

CAPITOLO 40

— Mamma, ma che è questa storia?

— Nessuna storia, ragazze.

— Sì, ma allora perché mi fai seguire sempre, anche quando sono con le mie amiche? E dimmi, c'è per caso il tuo zampino nella decisione dei genitori di Yukiko di farla tornare improvvisamente in Giappone?

— Non siate paranoiche ragazze, sono le vacanze di Natale, immagino che Yukiko sia dovuta tornare per stare con la sua famiglia.

— Ma signora Fox, Maya ha ragione, perché ci fate seguire?

— Perché, perché, perché...

— Perché il killer che è venuto a cercare Maya ci è sfuggito un'altra volta. E abbiamo fondati sospetti che ora voglia accanirsi sulla vostra amica giapponese.

Maya e Flo sgranarono gli occhi su Lawrence Garret, improvvisamente apparso nella stanza di Megan Fox. La profiler fulminò il tenente con due occhi di fuoco: avevano concordato di non rivelare alle ragazze i dettagli, per non metterle in allarme. Ma l'improvvisata di Maya e Flo al commissariato aveva scombinato le carte.

— Mamma, perché non mi hai detto niente prima?

— Volevo solo proteggerti, Maya.

— E chi ti ha detto che io voglio essere protetta?

Maya se ne andò, senza salutare, seguita da una Flo in grande imbarazzo: a lei, la madre di Maya era sempre piaciuta. Garret rincorse le ragazze per il corridoio e afferrò Maya per un braccio, tentando di trattenerla, ma la ragazza lo strattonò via.

— Maya, fermati.

— Mollami, Garret. Pensa a mia madre. Lei sì, che ha bisogno di essere protetta. Dalle cazzate che fa.

— Maya, Flo, solo una cosa. Questo è il mio numero di cellulare. Rispondo sempre, ovunque mi trovi. So che stasera andrete a una festa. Vi prego solo di non scegliere la zona dei docks. Abbiamo motivi per credere che Gacy possa nascondersi lì.

— Non c'è problema. Stiamo a Shoreditch.

— Benissimo. Qualsiasi cosa notiate, qualsiasi particolare strano, vi prego chiamatemi subito. E non perdete d'occhio la vostra amica giapponese, ve ne prego.

Il tenente Lawrence Garret fece ritorno alla sua stanza. Sulla porta, venne intercettato dalla donna che da anni occupava i suoi pensieri. Aveva rinunciato alla sua forza apparente e un velo liquido le bagnava gli occhi verdi e luminosi.

— Lawrence...

— Meg, Meg...

— Ho paura. Sono terrorizzata, e non so come reagire. Non so che devo fare. Se devo portare via Maya, se devo rinchiuderla in casa, se devo permetterle di continuare a vivere i suoi diciott'anni. Aiutami, ti prego.

— Meg, stai tranquilla. Non la perderemo di vista un secondo, te lo giuro.

CAPITOLO 41

L'appuntamento era fissato per le 7 di sera davanti al Bermondsey Kitchen. Maya era lì da sola, aspettava nervosa. Ok, non erano proprio i docks. Però aveva promesso a Garret che sarebbe stata nell'East End. E invece, eccola lì, a due passi dalla Torre di Londra.

— Perché devo sempre dar retta agli altri? Flo e quella sua stupida mania di mostrare a Yukiko le zone trendy di Londra, cheppalle.

Con la coda dell'occhio intravide John e Phoebe. Camminavano così vicini da sembrare due fidanzati. L'eccesso di protezione di John verso Phoebe era strano, rifletté Maya. Dalla parte opposta, in leggero ritardo, vide giungere Flo e Yukiko, un mix di colori la prima, un rigorosissimo blu la seconda.

— Yukiko, ma sei bellissima!

L'urlo di Phoebe spiazzò i ragazzi. Ma era inevitabile, di fronte alla perfezione di una casacca drappeggiata che pareva un'opera d'arte: rivoli di tessuto si rincorrevano con leggerissime piegoline a formare un top che pareva quasi una corazza da samurai. Sotto, la ragazza indossava dei semplicissimi *leggings* neri, molto aderenti. I capelli sciolti, lunghi e lucidissimi, confermavano l'impressione di una bellezza regale, essenziale.

— Bello mio vestito, vero? Ma anche Maya molto bella. Davvero.

Ci contava, Maya, sull'effetto shock che avrebbe provocato ai suoi amici. Per una sera, niente divisa gotica, ma il vertiginoso mini abito in lamé che aveva acquistato con Megan qualche giorno prima.

— Le scarpe sono sbagliate.

Phoebe accennò con uno sguardo sconsolato alle ballerine rosse che Maya aveva scelto.

— Un Thakoon chiede almeno una Viktor & Rolf. Tacco 17, per essere precise.

— Muoviamoci o faremo tardi per il *contest* — era il modo di Flo per mettere fine a quella che considerava una discussione priva di senso: gli abiti della serata.

Il programma per quella notte prevedeva un tour nella zona più trendy del momento: Bermondsey. Prima fermata, la Bermondsey Kitchen, dove abbuffarsi con dell'ottima cucina mediterranea. Seconda fermata, Cockfighter of Bermondsey, per regalare a Yukiko una delle T-shirt più apprezzate di Londra nella boutique frequentata dalle pop star più in voga.

Ma l'atmosfera che si respirava tra i cinque ragazzi era carica di nostalgia. L'imminente partenza di Yukiko li metteva tutti di pessimo umore. E poi c'era la paura, condivisa solo da Flo e Maya, per il pericolo che la ragazza correva fino a che fosse rimasta a Londra. Flo fece cenno con gli occhi a Maya, che voltò lo sguardo in modo impercettibile e scorse un'auto blu scuro con dentro due ragazzi vestiti in modo assolutamente delirante: jeans borchiati neri, gilè di pelle nera, capelli gellati. Della serie, quando gli adulti vogliono sembrare giovani.

Della serie, signori sono un poliziotto in incognito. Sorrise dentro di sé e varcò la soglia del bistrot.

Dentro, l'atmosfera era fumosa e appiccicaticcia. I tavoli erano tutti occupati, ma una cameriera solerte e urlante li spintonò verso il fondo sala, e li fece accomodare a un tavolo rotondo di legno, condiviso con altri due ragazzi.

— Ehi, ma io ti conosco.

John sembrava il solo a non accorgersi dell'umore plumbeo che gravava sulla serata. In fondo, erano iniziate le vacanze di Natale e quella era la sua notte, quella in cui si poteva permettere il lusso di portarsi in giro quattro femmine in tenuta da gran sera. Perché disperarsi. La vita, ne era certo, avrebbe messo una pezza a tutto.

— Sì, ti conosco. Tu sei quello degli Almostness, il gruppo che suonerà stasera al Ministry of Sound.

— Magari... Sì, comunque. Mi chiamo Frank. E lui è Anuragh, Anubi per gli amici. Sì, andiamo al Ministry stasera, ma forse non sei informato. Niente *contest*, stasera c'è il mitico David Guetta.

— Ah, mi spiace. Be' comunque, io vi ho sentiti su MySpace, siete forti voi due.

Gli Almostness si erano in effetti distinti in una serie di contest cittadini per il loro stile inconfondibile. Un punk duro, venato di dolcezze reggae. Niente citazioni, tutto originale. E una conoscenza della musica che, si intuiva, era davvero notevole.

I ragazzi si presentarono e, dopo aver cenato, uscirono in gruppo dal Bermondsey Kitchen. Decisero di fare insieme la strada verso il Ministry. Prima tappa, la T-shirt per Yukiko. Fu Anuragh a sceglierla: un omaggio ai suoni del mondo che, come spiegò alla giapponese, abitano tutti a Londra, la città che tutto accoglie.

— E tutto ingoia — commentò Flo.

Yukiko guardò divertita la maglietta nera attillata con tre dervisci che danzavano roteando e, sotto, la partitura musicale di un pezzo dei Sex Pistols. Si sfilò il top griffato e, sotto lo sguardo inorridito di Phoebe, si infilò la T-shirt. Poi il gruppo lasciò il negozio e si diresse verso la fermata della metropolitana di London Bridge. All'ingresso del metro, Flo guardò Maya. Maya guardò Flo. Fu lei a prendere l'iniziativa, si allontanò dal gruppo e digitò veloce il numero che si era impressa nella mente dal pomeriggio.

— Tenente, sono Florence. Stiamo per prendere la metropolitana. Linea nera, due sole fermate, verso Elephant & Castle. Andiamo al Ministry of Sound, tutto chiaro?

Sul marciapiede della fermata, pochi adulti, erano ormai le 10 di sera. Ma una folla di ragazzi che seguivano il richiamo silenzioso delle note di uno dei più famosi DJ del mondo, David Guetta. John si guardò intorno compiaciuto, fece una carezza sui capelli a Phoebe e fece l'occhiolino ai due nuovi amici: sì, la serata sarebbe stata memorabile, se lo sentiva.

Nella folla, altri due occhi seguivano, non visti, il gruppo. Erano grigi. E spenti. Privi di calore, ma attraversati da un guizzo maligno. Il volto a cui appartenevano non si distingueva, nascosto da una felpa nera con il cappuccio calato sul viso. Una divisa, che molti adolescenti esibivano quella sera.

In pochi minuti si trovarono ammassati tra la folla di fronte al Ministry of Sound. Il frastuono all'ingresso era già insopportabile. E una moltitudine variopinta di ragazzi premeva per non perdersi neanche una nota del concerto di David Guetta.

John si lanciò sulla pista, accompagnato da Phoebe che aveva deciso, per quella sera, di abbandonare ansie e paure legate alla sua pancia che stava pian piano crescendo e, per poche ore, di regalarsi un ritorno a una vita normale. Yukiko si guardava in giro spaesata, ma Frank la prese sotto braccio e la trascinò in pista. Lo stesso fece Anuragh con Flo. Anche Maya stava per seguirli, quando fu bloccata da una leggera pressione alla spalla. Si voltò, con un pizzico di inquietudine. Quella sera c'era troppa confusione intorno a lei. E in metropolitana aveva anche avvertito un senso di stordimento, quello stesso che accompagnava i suoi *shining*: ok, era passato subito. Ma... Maya si voltò di scatto, però intorno a lei vide solo una schiera infinita di volti accaldati, rossi di eccitazione e di sudore. Cercò di farsi largo tra la folla per raggiungere i suoi amici sulla pista. Poi si sentì toccare il gomito, una pressione lieve. E percepì come un respiro dietro la sua nuca. Si voltò di scatto, ma ancora vide solo dei visi affannati. Li guardò uno a uno cercando di capire di chi potesse essere quel tocco. Ma i ragazzi intorno a lei guardavano solo la pista, perduti dietro al loro bicchiere e al sound ipnotico. A disagio, Maya cercò di guadagnare il bancone del bar e di levarsi da quella folla infernale.

La pressione stavolta fu leggerissima, quasi una carezza che, da dietro, le sfiorò il viso. Di nuovo, sentì un respiro sfiorarle i capelli. Questa volta Maya non si voltò, aveva iniziato a intuire.

— Ciao, Trent.

— Ciao, bacinibelli.

— ...

— Ok, non ti chiamo così. Hai ricevuto la mia mail?

— Sì.

— Vuoi ballare?

Il cuore di Maya faceva fatica a stare calmo. Lui era lì, e la guardava con quei suoi occhi profondi e irresistibili.

I capelli neri sempre spettinati gli ricadevano sul viso, incuranti di qualsiasi piega e di qualsiasi ordine. Sembrava cambiato, Trent. Più grande, più intenso. Le mani però erano sempre le stesse. Forti, dalle dita lunghe e nodose, capaci di farla sentire al sicuro. E il petto ampio, Maya aveva una voglia irresistibile di posare il capo su quel petto e di farsi cullare dalla voce calda di Trent. Perché quel ragazzo le faceva quell'effetto?

Trent non parlava, la guardava e basta. Nei suoi occhi, Maya leggeva un arcobaleno di sentimenti e intuiva la gioia di essere lì, il turbamento di essere lì, il desiderio di essere lì. Erano le stesse emozioni che lei provava in quel momento.

— Mi sei mancata.

— Anche tu.

— Non credo di poter fare a meno di te.

— Io non voglio fare a meno di te.

— Ti sogno ogni notte, Maya. Sogno il tuo corpo. Sogno la tua voce. E le tue carezze.

Il ragazzo sfiorò il viso di Maya con un bacio leggero. Poi accostò le sue labbra calde all'orecchio di lei e le sussurrò, in un soffio: — Io e te, sempre insieme. Qualunque cosa accada.

Le labbra di Trent scesero lungo il collo della ragazza, le accarezzarono l'incavo della spalla scoperta dal vestito, e tornarono su, verso la bocca pronta ad accogliere il bacio del ragazzo, che fu lungo e appassionato. Poi Trent si staccò piano dalle labbra di lei, le prese il viso tra le mani e iniziò a far scorrere le dita leggere sullo stesso percorso che la sua bocca aveva già esplorato.

— Scusa, Maya. Scusa se sono sparito. Ma…

Lei alzò un dito e lo posò sulle labbra di Trent. Silenzio, non aveva voglia di sentire giustificazioni.

Le dita del ragazzo ricominciarono a esplorare Maya. Le sfiorarono il collo, risalirono verso i capelli, poi si spinsero giù, indugiarono tra il collo e le spalle, compiendo una spirale, e puntarono verso il basso. Segnarono i contorni del seno, ne seguirono gli avallamenti e i confini, e si spinsero ancora più giù. Maya non provava imbarazzo. Anche se era circondata da migliaia di persone, era posseduta dal desiderio per quel ragazzo che le aveva sottratto ogni volontà. Trent continuò nella sua esplorazione, fece scivolare le sue dita calde sull'ombelico di Maya, si fermò e tornò su per concedersi ancora una carezza su quel seno che gli piaceva da impazzire. Maya voleva baciare Trent, aveva bisogno di quel bacio. Ma lui la teneva lontana, la guardava e la esplorava con la sola leggerezza delle sue dita. Poi abbandonò il tocco lieve, la cinse in un abbraccio forte e incollò le sue labbra a quelle di Maya.

— Ma bravi. Ecco che succede a lasciare Maya da sola...

Flo era piazzata ai bordi della pista e li osservava con un misto di divertimento e di rimprovero.

— Flo, non è come pensi..

— No? E com'è che penso?

— Flo, è come pensi.

— Tante grazie, Trent. Questo l'avevo capito.

La diatriba tra i due non poté proseguire. Perché un urlo dal centro della pista si diffuse in tutta la discoteca.

— Correte, aiuto. Una persona sta male.

In ginocchio sulla pista da ballo, le mani nei capelli, John stava urlando tutta la sua disperazione mentre, a terra, Phoebe giaceva svenuta. Sotto di lei, una pozza di sangue si stava allargando a macchiare la notte di David Guetta.

— Aiuto, la ragazza sta male. Presto, un'ambulanza.

Flo e Maya corsero verso John, seguite da Trent. Phoebe era esanime, pallidissima e priva di sensi.

Flo fu la prima a reagire e ringhiò a quello che era ancora il suo fidanzato.

— Che le hai fatto?

— Io? Niente. Stavamo ballando, poi lei è diventata pallidissima e mi è crollata addosso. E guarda, tutto quel sangue. Oddio, Flo, che dobbiamo fare?

— Taci, cretino.

L'arrivo dei barellieri dell'ambulanza stoppò il litigio tra i due. Gli infermieri si fecero largo a fatica tra la folla. Giunti finalmente a Phoebe, le tastarono il polso, le controllarono il cuore e il respiro. Furono rapidi e la loro sentenza, espressa da uno sguardo che si scambiarono preoccupati, era senza appello. Bisognava essere veloci. Dannatamente veloci.

Caricarono Phoebe su una barella e, intercettati i suoi amici, gli dissero di seguirli. John, Maya, Flo e Trent si precipitarono dietro la barella, che faticava a trovare la strada in mezzo alla folla in estasi per le note bollenti di Guetta. Finalmente riuscirono a guadagnare l'uscita, ma la moltitudine di ragazzi all'ingresso costituiva una barriera insormontabile. Gli infermieri sudavano, sapevano di non avere molto tempo a disposizione, la ragazza perdeva sangue e loro non potevano fare molto prima di giungere in ospedale. Ma l'agitazione all'uscita del locale attirò l'attenzione degli agenti in borghese che stavano proteggendo Maya e i suoi amici. I due poliziotti si fecero largo tra la folla, esibendo i loro distintivi e, giunti finalmente all'ingresso, riuscirono a scortare i portantini verso l'ambulanza. Maya e Flo vi salirono, non potevano lasciare Phoebe da sola in quel momento. John e Trent seguirono l'ambulanza in moto. I poliziotti scortarono tutto il gruppo verso l'ospedale più vicino. La confusione del sabato sera davanti alla discoteca più famosa di Londra era troppo alta. Il rischio di perdere Phoebe, anche. Per fortuna, pensò Flo, c'era la polizia qui fuori.

— Dio, dio, dio ti prego. Fa' che non muoia. Fa' che si riprenda.

— Si riprenderà, Flo. Stai tranquilla. Phoebe è forte.

— Dio, dio, dio. Si deve riprendere.

— Flo, ma Yukiko dov'è?

— O cazzo, l'abbiamo lasciata là dentro.

CAPITOLO 42

Ferma sul marciapiedi davanti al club, circondata da una fastidiosa folla che emetteva decibel troppo alti, Yukiko Takahashi vide allontanarsi l'ambulanza che portava via Phoebe.

Era stata questione di un attimo, si disse con un velo di rimpianto. Non fosse andata in bagno, non avesse voluto scrollarsi di dosso quel fastidioso Frank, ora sarebbe anche lei su quell'auto, ad accompagnare la sua amica che stava male. Yukiko non ce l'aveva con Maya e Flo o con John e quell'altro strano ragazzo. No, aveva capito che non è che si fossero dimenticati di lei, la situazione era drammatica e in quei casi... Certo, però, qualcuno avrebbe potuto pensarci che c'era anche lei.

La ragazza si scrollò di dosso la malinconia e il risentimento e si allontanò dal marciapiedi dove la massa dei fanatici di David Guetta aveva ricominciato a premere per poter entrare al Ministry of Sound.

Via, Yukiko aveva solo voglia di allontanarsi al più presto da quel luogo, da tutto quel rumore inutile. E di tornarsene a casa, sì insomma, a casa della famiglia che la stava ospitando, su a Primrose Hill, un grazioso e tranquillo quartiere a Nord. Guardò l'orologio, mezzanotte passata. Doveva sbrigarsi se voleva prendere l'ultimo metro e non dover spendere una fortuna in taxi. Almeno 35 sterline, calcolò mentalmente, tenendo conto dell'ora e del percorso. Prese una via laterale, più tranquilla. Solo un pub ancora aperto, ma molti ragazzi seduti sul marciapiedi con la loro birra in mano.

Yukiko si sforzava di capire le manie degli occidentali: quello studio frenetico durante la settimana e quello sballo inaudito nel weekend. Perché, si chiedeva, stordirsi di alcol e fumo il venerdì e il sabato, passare una domenica faticosa nel tentativo immane di riprendersi e poi ricominciare? Non c'era disciplina, in questo. Al suo Paese, questi ragazzi sarebbero stati tanti *hikikomori*, i *border line* che vivono perennemente sballati e alla fine si ritirano dal mondo, chiudendosi la porta alle spalle e rifugiandosi nelle loro camere iper connesse senza più uscirne.

Si sedette su un marciapiede, aprì la sua borsa e ne tirò fuori una cartina di Londra. Seguì con il dito il percorso della metro che l'avrebbe riportata nella calma del suo quartiere. Ma la luce era poca.

— Vuoi, vuoi aiutooo, bella giapp?

Il ragazzo era troppo ubriaco anche per pronunciare una parola in modo corretto. E puzzava di birra in modo schifoso. Yukiko si scansò, non era serata. Studiò la mappa della metropolitana, rassegnata: non le piaceva viaggiare sotto terra in quel lerciume. La metro di Tokyo, quella sì. Linda, pulita, con i vagoni destinati solo alle ragazze e alle signore per evitare brutti incontri e i poliziotti in guanti bianchi che ti davano quella sensazione di placida sicurezza. Yukiko sospirò. Le mancava, il lindore sicuro del suo Giappone. Tutto sommato, sono contenta di rientrare, si disse.

Primrose Hill Road, segnò con il dito la stazione di arrivo. Non è poi così difficile, non devo nemmeno cambiare, pensò tirando un sospiro di sollievo. Poi si fece coraggio ed entrò nel pub, ordinò un tè verde, guadagnandosi lo sguardo preoccupato del barman. Se lo fece mettere in un bicchiere di carta e, soffiando con grazia sulla bevanda fumante, si incamminò nella notte, armata di cartina per raggiungere la metro.

Piegò verso la South Bank University, la costeggiò e si immerse nel dedalo di viuzze che l'avrebbero portata dritta alla stazione di Elephant & Castle. I passanti si facevano sempre più radi. Quelle strade antiche, animate di giorno da studenti e impiegati, di notte erano semideserte. Yukiko camminava a passetti veloci. Non voleva perdere l'ultimo treno. Ma le insegne inglesi, accidenti, erano proprio incomprensibili. Alzò lo sguardo verso un lampione, una nebbia leggera offuscava il cartello che indicava il nome della via. Library Street, riuscì a decifrare. Controllò sulla cartina e si accorse di aver preso la direzione sbagliata. Sospirò, sorbì un sorso del suo tè preferito e si rimise in cammino.

Dopo dieci minuti si ritrovò davanti ai cancelli dell'università. In lontananza, i rumori delle auto che tornavano verso casa dopo la baldoria serale. Ma i giardini davanti al college erano desolatamente vuoti. Sentì dei passi dietro di lei. Si scansò, indecisa se correre a ripararsi dietro un angolo. Sorrise a se stessa. Non c'è da avere paura, si disse. Controllò il suo cellulare, lo aveva dimenticato spento. Lo accese e preselezionò il 999, il numero dell'emergenza: in caso di bisogno, le sarebbe bastato schiacciare un tasto. Le voci dietro di lei divennero più chiare. Yukiko si rilassò. Una, almeno, era una voce di donna. Che la interpellò.

— Ragazza, ti sei persa?

Un'anziana signora dai capelli bianchi cotonati e dall'improbable soprabito a fiori le si stava rivolgendo con un sorriso. Di fianco a lei, il marito, altrettanto improbabile: baffi folti e ingrigiti, una bombetta in testa, un cane bassotto al guinzaglio. Sembravano due vecchi inglesi come quelli che venivano raffigurati nei fumetti del dopoguerra.

— Possiamo aiutarti?

— Io, io deve prendere metropolitana.

— Piccola, come mai da sola a quest'ora? Vuoi che ti accompagniamo?

— Mildred, non essere apprensiva. La ragazza è adulta.

— Ronald, non mi riprendere sempre. La ragazza non conosce la nostra lingua.

— Grazie, io solo bisogno di trovare strada per stazione.

— Ecco, guarda.

— Ronald prese una matita e le segnò sulla cartina la strada che la divideva dalla stazione di Elephant & Castle.

— Facile, vedi? Saranno al massimo dieci minuti.

Rassicurata, Yukiko salutò i due con un perfetto inchino orientale, giunse le mani e concesse loro un *arigatò* sorridente. I due anziani londinesi si guardarono divertiti e Yukiko si inoltrò verso il dedalo di vie che l'avrebbe finalmente portata alla stazione.

Contò i passi mentalmente, era un esercizio che faceva spesso per alleggerire la tensione. Uno, due, dieci, venti. Al centesimo passo era giunta a Oswin Street. Controllò l'orologio. Era passato più di un quarto d'ora. Esasperata, tornò sui suoi passi, doveva essersi distratta. E in giro non c'era ormai più nessuno. E quella nebbia che si stava alzando rendeva tutto impalpabile e irreale.

— Ti posso aiutare? Ti sei persa?

La voce sgraziata, di qualche tono troppo alta, contrastava con l'aspetto del giovane. Jeans scuri ultima moda, polo bianca indossata sotto una felpa nera perfettamente stirata. Un aspetto normale, uno studente, forse. Trent'anni al massimo, calcolò Yukiko.

— Io, persa.

— Che peccato, Londra può essere così sgradevole, a volte. E questa nebbia...

— Io, tu mi puoi far vedere strada?

Yukiko tese allo sconosciuto la cartina. L'uomo la prese, sfiorandole appena il polso. Yukiko ebbe una strana sensazione, quella mano era freddissima. Alzò lo sguardo. In tempo per cogliere un lampo di eccitazione negli occhi dello sconosciuto. E una sensazione di gelo si impossessò delle sue viscere.

CAPITOLO 43

— Cazzo, cazzo, cazzo. Rispondi, ti prego. Rispondi. Maledizione Maya, Yukiko non risponde. Il cellulare è staccato.

— Chiamiamo il tenente Garret.

Ma Maya non fece in tempo a comporre il numero del tenente, perché ricevette una telefonata da sua madre.

— Tesoro, dove siete? Tutto bene? Siete tutti insieme?

— Mamma, per fortuna sei tu. No, non va per niente bene. Siamo all'ospedale. Phoebe si è sentita male e ha iniziato a perdere sangue. Adesso è in sala operatoria, ma è malmessa. E noi non sappiamo più niente.

— Mio Dio.

— E, mamma, abbiamo perso Yukiko.

— Che vuoi dire? Non è lì con voi? Perché, Maya, perché l'avete lasciata sola?

— Mamma, ti prego, non ora. Era un casino. L'abbiamo cercata, ma il suo cellulare è staccato. Stavo per chiamare Garret. La scorta che ci aveva messo alle costole è venuta con noi. E nella confusione Yukiko è rimasta in discoteca. Cazzo, credi che questo mi renda felice? Fate qualcosa tu e il tuo tenente.

— Manderemo subito una pattuglia. Tu non ti muovere da lì. Io arrivo.

Maya chiuse il cellulare con un moto di stizza e si guardò intorno. A quell'ora della notte la sala del pronto soccorso era affollata da un'umanità disperata e disperante: tossici, ubriachi, reduci arrabbiati da risse famigliari. Trent si alzò dalla panca su cui i ragazzi erano seduti in attesa. Detestava stare fermo ad aspettare. Arrivò in fondo al lungo corridoio, e tornò indietro. Poi rifece lo stesso percorso per altre due volte. Alla fine, si fermò davanti a Maya, si inginocchiò sui talloni, le prese il viso tra le mani e le sussurrò: — Andrà tutto bene, te lo prometto. Si risolverà tutto.

Non fece nemmeno in tempo a finire le parole che si sentì una voce acuta urlare lungo la corsia.

— Dov'è, dov'è mia figlia? Voglio vedere mia figliaaa! S U B I T O! Tu, mi sembra di conoscerti. E tu. E anche tu. Tu no, meglio così.

Una furia in miniatura di 150 centimetri per 40 chili di peso carichi di oro e griffe si avventò sui ragazzi.

— Signora Grant.

— 'Sera.

Flo tese una mano perplessa alla mamma di Phoebe, evidentemente irritata per aver dovuto abbandonare l'ennesima-imperdibile-festa-assolutamente-wow alla quale era stata invitata. John, in grande imbarazzo, tentò di salutare la donna.

— Allora, qualcuno mi spiega? Mi telefona una cafona nel bel mezzo del party dato da sir Welsh. Dico, sir Welsh, il pro-pro cugino della regina. Dico, mi vedete come sono vestita? Mi dice che mia figlia ha avuto un aborto spontaneo e che è sotto i ferri al Royal London Hospital. Dico, mi si prende in giro? Aborto, dico? Phoebe? Perché, chiedo, era incinta? La cafona mi sbatte giù il telefono e mi fa venire un fastidiosissimo senso di colpa. Dico, che dovevo fare? Eccomi qui. E adesso, nessuno in questo schifo di ospedale che mi spieghi che cosa sta succedendo. Dico, ragazzi, mi si prende in giro? Dov'è Phoebe? E che cosa le è successo?

Investiti dal ciclone Susan Grant, i quattro amici erano spiazzati. Flo si guardava le scarpe, Trent riprese a camminare avanti e indietro per il corridoio, John cercò di confondersi con la parete. Solo Maya piantò i suoi occhi neri addosso a quella donna in evidente crisi di identità materna.

— Signora Grant...

— Ex signora Grant. Chiamami Susan. O lady Welsh, sarà il mio prossimo cognome, se quella stupida di mia figlia non rovinerà tutto.

— Signora, insomma. Phoebe aspettava un bambino. Mi spiace doverglielo dire così. Ma qualcuno lo deve pur fare.

— Maya, ti chiami Maya, vero? Ecco, sì mi ricordo di te. Di quel tuo modo di vestire strano. No, stasera sembri quasi normale. Mmm. Ma che dici?

— Gliel'ho detto, signora. Phoebe era incinta. È stata male in discoteca e ha perso molto sangue. L'abbiamo portata qui. E adesso è da mezz'ora in sala operatoria. Ma noi non sappiamo più niente.

— Stupidi, avventati ragazzi. Cercate di pensare prima di aprire la bocca. E di scambiare un colpo di calore dovuto all'orribile ammasso di folla in cui sicuramente vi sarete andati a cacciare per un problema serio come la maternità.

Susan Grant, futura lady Welsh, si voltò senza salutare e, agitando una mano guantata, si precipitò a cercare un medico.

CAPITOLO 44

A Hector lo studio del Prof non dispiaceva. Ok, lui lo avrebbe fatto diverso. Ma in fondo quell'uomo rivelava un certo gusto. Tutto quel bianco e quell'essenzalità.

Kyle Zafth accompagnò il suo nuovo allievo nella parte segreta dello studio, quella che si apriva dietro a una porta accuratamente celata. E che rivelava un ambiente completamente diverso. Pile e pile di libri. Tappeti antichi raffiguranti antiche divinità. E uno strano mobile quadrato centrale che racchiudeva molti cassetti.

— Prof, lei mi stupisce.

— Vedi Hector, mai fermarsi alle apparenze. Dunque?

— Ha mai sentito parlare del Quadrato Magico?

Il Prof non rispose. Almeno non subito. Si avvicinò al mobile, un autentico Maggiolini, gioiello dell'intarsio italiano del Settecento, posto al centro della stanza e aprì con attenzione un cassetto. Estrasse con cura una pergamena e la mostrò al giovane.

SATOR
AREPO
TENET

OPERA
ROTAS

— Prof, lei mi stupisce di nuovo. Questa pergamena è un originale o sbaglio?

— Non sbagli, ragazzo. Io detesto le copie. Questa è del 1300, rinvenuta a Watermore, nel Gloucestershire. Pare l'abbia compilata un monaco amanuense dell'abbazia cistercense che sorgeva da quelle parti.

— E lei come ne è entrato in possesso?

— Ho i miei mezzi. In ogni caso, cosa sai di questo quadrato?

— E lei?

— Ah, è una prova? Bene, ti risponderò. Le sue origini sono incerte, sebbene sul suo mistero si siano esercitati nei secoli schiere di storici, matematici, linguisti. Il risultato? Questo Quadrato contiene un impressionante numero di coincidenze: di simboli, numeri, segni, lettere. Insomma, pare che sia troppo perfetto per essere stato concepito da una mente umana.

— E?

— E probabilmente la sua origine non è umana.

— Vuol dire che potrebbe essere divina?

— Potrebbe.

— "*Fides ex auditu.*"

— "Credo perché ho ascoltato." La professione di fede degli antichi evangelisti. Sei colto, Hector, non mi sbagliavo su di te.

— Ancora non mi ha detto niente.

— Bene, partiamo da questo. Ci sei arrivato anche tu, vero? Impressionante, no?

Il Prof disegnò veloce su un foglio l'anagramma del quadrato e ne trasse una croce.

A

P
A
T
E
R
A PATERNOSTER O
O
S
T
E
R

O

— Ma non è tutto, ragazzo. Mai fermarsi alle apparenze, ricorda. Hai riflettuto sul numero 4? È il punto di partenza della cosmologia. Se osservi bene, sembra che l'universo abbia una struttura modulata sul numero 4, quasi fosse un'impronta, una firma divina.

— 4 elementi (terra, aria, fuoco, acqua), 4 direzioni (Nord, Sud, Est, Ovest), 4 stagioni, 4 fasi lunari, 4 età della vita umana (infanzia, giovinezza, età adulta, vecchiaia).

— Già. E ora passiamo alla N al centro del quadrato. Immagino tu sappia che si tratta dell'unica lettera singola dell'intero quadrato.

— Lo so.

— Bravo. Forse però non sai che la lettera N deriva dal fenicio "*nun*", una lettera che, come usava negli alfabeti antichi, non indicava solo un suono, ma anche un significato: per i fenici la *nun* simboleggiava i pesci e l'acqua.

— Prof, vuol dire che?

— Esatto, ci sei arrivato...

— Cristo ha segnato la sua predicazione con la simbologia dei pesci. Chiamava i suoi discepoli i pescatori di uomini. I suoi miracoli, come la moltiplicazione dei pani e dei pesci o la camminata sulle acque, si riferivano spesso al mondo del mare.

— Certo, e la sua nascita segna l'era dei Pesci.

— Ottimo, ragazzo. Era che, come sappiamo, sta per finire. Per lasciare il posto a quella dell'Acquario.

— Che inizierà il 21 dicembre 2012.

Il professor Zafth prese un altro foglio di carta e, con una matita perfettamente appuntita, iniziò a spuntare le lettere che componevano il Quadrato Magico.

~~S~~ATO~~R~~
A~~R~~E~~P~~O
TENET
O~~P~~E~~R~~A
~~R~~O~~T~~A~~S~~

— Ecco qui, cancello le consonanti, tranne quelle che compongono la croce centrale. E ottengo un ottagono.

A T O
A E O
T E N E T
O E A
O A

— 8, un multiplo di 4.

— Un altro numero importante.

— Sì. L'ottagono ricorre nella pianta di moltissime chiese. E di quasi tutti i battisteri.

— Ok, ancora una cosa. Prendi gli angoli del quadrato. E parti dalle sue vocali.

A OR
AR O

OR AR
O A

— 2 ara e 2 oro.

— In latino, *ara* significa altare e *oro* prego.

— Un'altra coincidenza, ragazzo? Lo sai dove è stato ritrovato questo misteriosissimo quadrato?

— Chiese, muri, colonne. In giro per il mondo.

— Pietre. Il quadrato è stato inciso o dipinto su pietre. Ricorda la Profezia di Gesù, riportata da Luca: "Grideranno le pietre."

— Dunque il quadrato sarebbe uno dei modi che Dio ha scelto per parlarci della fine dei tempi.

— Dell'Apocalisse. E ci ha pure indicato come avverrà.

— Ho scoperto un'altra strana coincidenza. Stia a sentire. Lei è massimo esperto del *Codice di Dresda*, giusto?

— Credo di sapere dove vuoi arrivare...

— È proprio nel *Codice di Dresda* che i saggi Maya raffigurarono il loro sistema di conteggio del tempo. E indicarono la data finale.

— 21 dicembre 2012.

— Sappiamo poco però su come quei sacerdoti immaginassero la fine del mondo. Ma nell'ultima pagina del *Codice di Dresda* c'è un'immagine.

— Sì, il *Codice di Dresda* ci mostra l'acqua che distrugge il mondo, rovesciandosi sui campi e sui villaggi, dal mare, dai vulcani, dal centro della Terra.

— Anche il Quadrato Magico parla di acqua.

— E di pesci. Ci sei arrivato, ragazzo. Ma non è tutto.

— Lo so. Il quadrato era uno dei simboli preferiti anche dai Maya.

— C'è un simbolo, un quadrato nel *Popol Vuh*. Indica un messaggero. Perché vedi, sia il tuo Quadrato Magico che il *Codice di Dresda* indicano sì la fine dei tempi. Ma dicono anche chiaramente che quel giorno un'altra dimensione ci verrà rivelata. E un fatto è certo.

— Chi scoprirà il come e il dove, controllerà il mondo che verrà.

CAPITOLO 45

— Garret dove diavolo sei finito?

— Sono al Ministry of Sound, Meg. Ma della ragazzina non c'è traccia.

— No, Lawrence. Dimmi che non è vero.

— Ti giuro, Meg, te lo giuro, la ritroviamo, a costo di mettere a ferro e fuoco il quartiere.

CAPITOLO 46

— Perché tremi, bella bambina? Non avrai mica paura?

— Io no paura, io fretta.

— Giusto, l'appuntamento con la vita va rispettato.

— Tu volere aiutare me o no?

Yukiko sentiva una crescente sensazione di disagio. Quello sconosciuto non le regalava nessun sentimento positivo. Sentiva di essersi sbagliata a fidarsi di lui.

L'uomo le piantò addosso due occhi grigi e inespressivi.

— Ti accompagno io, alla stazione della tua metro, piccola. Tu sei una principessa, meriti rispetto.

Yukiko avvertì una nota stonata nel tono stridulo dello sconosciuto. L'adrenalina, lo sentiva, iniziava a salire. Cercò di respirare piano come le aveva insegnato sua madre, ma capì che sarebbe servito a poco.

— Bella bambina, mi dici quanti anni hai? E poi io ti dico la strada. Uno scambio, piccola. Un piccolo scambio.

Yukiko avvertì una fitta di dolore alla base dello stomaco, la paura cresceva. Si guardò intorno.

— Perché ti guardi intorno? Pensi che io possa farti del male? Io?

Lo sconosciuto rivolse i suoi occhi gelidi al cielo, simulando un'espressione ingenua. Poi allungò una mano rapace verso la ragazza, che non fece in tempo a fare un balzo indietro. L'uomo la afferrò per un braccio, con uno strano movimento della mano, quasi la volesse accarezzare sul fianco. Poi la prese sotto braccio e le impose di camminare. Verso quale direzione, Yukiko non riusciva a capirlo.

CAPITOLO 47

Hector Parravicini de' Giorgi sfogliava svogliato il materiale che il suo segretario gli aveva ordinatamente riposto in una cartellina. Una ricerca sulle leggende che circolavano attorno alla data fatidica del 2012. Una frase, però, lo aveva colpito.

"Calcolando e tenendo in debito conto i giorni e le ore propizie delle stelle di Orione e delle Dodici Divinità che le reggono, ecco che esse congiungono le mani palmo a palmo, ma la Sesta tra esse pende sull'orlo dell'Abisso nell'ora della disfatta del demonio."

Quella frase era tratta dal *Libro dei Morti*, il libro sacro degli antichi Egizi, ed era stata incisa su un blocco di bronzo che accompagnava la statua del dio Osiride nella città di Khemenu.

Hector sapeva, dai suoi studi classici e di astronomia, che le Dodici Divinità, altro non erano che le costellazioni celesti. Intuiva anche che dietro alla simbologia delle mani si celava l'indicazione del passaggio da una costellazione all'altra, fatto questo che realmente accade nei cieli.

Mmm, Orione... gli antichi Egizi pensavano che Orione

fosse la rappresentazione celeste di Osiride, il dio dell'oltretomba.

Hector riprese in mano gli appunti. E trovò conferma a quanto già sapeva. Le Piramidi della piana di Giza raffiguravano proprio le stelle della cintura di Orione. Si alzò e cercò il suo quaderno del corso di Astronomia.

Sì, si disse, e la Sfinge posta di fronte alle Piramidi punta sulla costellazione del Leone. Si suppone sia stata costruita nel 10948 a.C.

Hector si alzò, eccitato. C'era qualcosa di indecifrabile e misterioso in quella storia. Ripose il quaderno e gli appunti e prese una calcolatrice: 10.948 - 2160, gli anni che servono al nostro pianeta per passare da una costellazione alla precedente... Le dita affusolate del giovane nobile si muovevano sicure sulla tastiera. Continuò a contare. Leone, Cancro, Gemelli, Toro, Ariete, Pesci. Si fermò sui Pesci, e datò 148 a.C. Accese il computer e controllò sul sito dell'Università di Cambridge. Sì, gli studiosi avevano effettivamente calcolato che all'alba del 21 marzo del 148 a.C. la Terra entrava nella costellazione dei Pesci.

Ma se è così, si disse sempre più eccitato, significa che l'era dei Pesci finirà in una data precisa: 148 + 2160.

Gli occhi gli brillavano, perché non aveva bisogno di una calcolatrice per conoscere il risultato: 2012 d.C.

Hector riprese in mano gli appunti che aveva messo da parte.

"... ma la Sesta tra esse pende sull'orlo dell'Abisso."

La sesta, la costellazione dei Pesci. Riaccese il computer, non aveva tempo né voglia di riaffacciarsi sulla troppo ricca biblioteca di famiglia. Profezie, le dita gli tremavano.

Scorse con gli occhi. E trovò la frase che sapeva essere la preferita da Kyle Zafth.

"Quando l'Agnello aprì il Sesto Sigillo, vidi che vi fu

un violento terremoto. Il sole divenne nero come un sacco di crine, la luna diventò tutta simile al sangue, le stelle del cielo si abbatterono sopra la terra come quando un fico, sbattuto dalla bufera, lascia cadere i fichi immaturi." San Giovanni, Libro dell'Apocalisse.

Un link catturò la sua attenzione. Anche quella frase non gli era nuova. Proveniva da un Vangelo apocrifo, quello di Tommaso.

"Passano le costellazioni, disse Gesù, dopo l'Ariete, i Pesci. E poi verrà l'Acquario. Allora l'uomo scoprirà che i morti sono vivi e che la morte non esiste."

Hector si abbandonò sullo schienale della sedia e si passò una mano tra i capelli che gli ricadevano morbidi sulle spalle, lasciando libera la fronte spaziosa.

Se questo è il gioco, pensò il ragazzo, io ci voglio entrare. A tutti i costi.

Prese la foto che Kyle gli aveva rifilato. Raffigurava quella ragazzina che aveva già intravisto davanti al College of Psychic Studies qualche sera prima. Accanto a lei, un ragazzo spettinato e dall'aria cupa. I due si stavano abbracciando. La foto era stata scattata davanti a una scuola. Hector mise a fuoco il volto del giovane in giubbotto nero e jeans attillati.

— Un ragazzino — sorrise tra sé.

CAPITOLO 48

—Non me lo vuoi dire, principessa? Non mi dici quanti anni hai? Fa niente, tanto lo so. Sei del '91, l'anno della Perfezione. E so che sei tu, quella che cerco.

Michael Gacy pronunciò quell'ultima frase a denti stretti e con un filo di voce. Ma la ragazza lo percepì. E un brivido gelato le attraversò le ossa. L'uomo la teneva ancora per il braccio, ma la presa non era strettissima. Yukiko calcolò rapidamente. Faceva fatica a pensare, ma si costrinse a mettere a fuoco la via stretta e buia che stavano attraversando. Inutile. La nebbia, che ormai si era alzata cattiva, e l'adrenalina che a fiotti le scorreva nelle vene, le impedivano di trovare una soluzione razionale. Non vedeva via di fuga. L'unica speranza, era un incontro casuale con un passante. Allora, si sarebbe messa a urlare.

L'uomo forzò leggermente la presa, la stava spingendo dalla parte opposta della stazione della metro, questo Yukiko lo aveva intuito. Svoltarono in una strada poco illuminata. La ragazza respirò a fondo. In lontananza, si sentivano le sirene della polizia. Ai lati della strada, solo una serie di magazzini che di giorno, immaginò Yukiko con rabbia, dovevano pullulare di gente.

— Senti le sirene? Saranno qui per te, principessa? Che mi dici, perché non mi parli? Non dirmi che ti faccio paura, ti ho cercata tanto, sapessi. E ora sto per farti il più bel regalo che tu possa ricevere.

Yukiko si tappò le orecchie con la forza del pensiero: non voleva ascoltare neanche una sillaba da quello schifoso. Iniziava a percepire l'odore acre dell'eccitazione di lui. Non poteva morire, non lì, non così lontana dalla sua casa.

Si ricordò, all'improvviso, del cellulare. E del 999, il numero d'emergenza, che aveva preselezionato. Si infilò la mano libera nella tasca e frugò in cerca dell'apparecchio. Le sue dita iniziarono ad agitarsi. Annaspavano, nella tasca vuota. La ragazza tirò fuori la mano. Cercò di concentrarsi e di ricordare in quale tasca avesse infilato il cellulare. La destra, però, era bloccata dalla presa dell'uomo. Prese un respiro profondo e cercò di abbassare leggermente il braccio destro, nel tentativo di sfiorare la tasca del giaccone. Un movimento impercettibile. Sudava, Yukiko, sotto al giaccone pesante. Un altro piccolo abbassamento. Ecco, quasi ce l'aveva fatta. E lui non si era accorto di niente. Ancora una piccola mossa. Yukiko strinse i denti, doveva fare pianissimo. L'interno del gomito arrivò quasi a sfiorare la tasca, le bastava una piccolissima spinta. Ma quello aveva stretto la presa. La ragazza distese il braccio. Il sudore iniziava a velarle gli occhi. Ancora uno sforzo. Gli occhi erano sempre più umidi e lei vedeva sempre meno. Ancora, quasi ce l'aveva fatta. Una lacrima le scese lungo la guancia. Yukiko diede una spinta più forte. L'uomo strinse la presa, e bloccò la ragazza in mezzo alla strada. Poi la guardò, arricciò le labbra in un ghigno cattivo e infilò la mano libera nella sacca che teneva a tracolla.

— Cercavi questo, principessa? Non ti serve un cellulare. Parla con me, bella bambina, se hai bisogno di confessarti.

Yukiko lo guardò con odio. Diede uno strattone, piantò con tutte le sue forze il gomito libero sullo stomaco dello schifoso e, con il volto annebbiato dalle lacrime che non riusciva più a trattenere, iniziò a correre più forte che poteva verso quelle sirene che, ne era certa, non dovevano essere troppo lontane.

CAPITOLO 49

— Trent, la vuoi piantare di andare avanti e indietro per il corridoio?

— E che dovrei fare? La tappezzeria in questo schifo di posto?

— Già, che dovrebbe fare?

— Dio, voi due mi fate uscire di testa. E, John, non so proprio come io riesca a stare con te…

Da lontano, Maya percepì il battibeccare dei suoi amici, provati dallo stress della serata. Era già a metà corridoio, doveva guadagnare la porta a destra, quella che portava nell'ambulatorio del medico di guardia. Nessuno li aveva ancora avvisati sullo stato di salute di Phoebe. La ragazza intravide la porta aperta e, senza bussare, si infilò nello studio.

— Sì?

Un giovane medico dai capelli rossi non alzò nemmeno lo sguardo, il tono era sbrigativo e insofferente.

— Buonasera, mi chiamo Maya Fox. Sono amica di una ragazza arrivata qui un paio di ore fa in ambulanza. Un sospetto aborto spontaneo. Si chiama Phoebe Grant.

— E…?

— E vorrei sapere come sta. Non abbiamo più avuto sue notizie.

— Noi, chi?

— Mi scusi, questo è un interrogatorio? Pensavo di essere di fronte a un medico...

— Non sia arrogante con me. Sto lavorando.

— Scusi tanto, dottor... Mandelson — disse Maya allungando il collo a leggere la targhetta che il medico portava sul camice. Quell'uomo le stava decisamente facendo saltare i nervi.

— Niente scuse, ragazza.

Il medico non aveva ancora alzato lo sguardo su di lei e continuava a scrivere i suoi rapporti notturni.

— Allora, mi dice come sta la mia amica?

— Tu non ti arrendi facile, eh?

— Adoro farmi insultare...

— E perché dovrei dare informazioni riservate a una sconosciuta? Sei parente?

— Di più. Sono la sua amica.

— Ah be', Miss Sognatrice. In questo caso...

Doctor Simpatia finalmente sembrò darle un po' d'attenzione e fece il suo primo sorriso. Non male, dopo tutto, pensò Maya.

— Allora, Grant mi hai detto. Siediti, che controlliamo.

Il medico alzò il telefono e Maya lo ascoltò inanellare una serie di incomprensibili informazioni tecniche. Poi il dottore alzò su di lei uno sguardo preoccupato.

— È uscita proprio adesso dalla sala operatoria. La stanno portando in camera, ma per il momento non potete vederla.

— Ma come sta? Dottore, non mi dica...

— Ha perso il bambino. E molto sangue. Un brutto aborto. Anche perché la tua amica aveva avuto diverse avvisaglie, e le ha trascurate tutte. Dio, voi ragazzi, a volte non vi capisco proprio.

— Perché, dottore, com'è potuto succedere?

— Perché, perché... Può succedere e basta. La placenta era ridotta un disastro. Faremo tutti gli esami e si vedrà. Per ora, la tua amica si sta riprendendo. Ha solo bisogno di riposo. E a proposito...

— Sì?

— Sai dirmi chi è quella matta che sta mettendo a soqquadro il reparto, urlando frasi sconnesse? La faccio cacciare. Se la conosci, avvisala.

Maya sospirò. No, lei con Susan Grant, futura lady Welsh (forse) non voleva avere nulla a che fare.

Ringraziò il medico e tornò verso gli altri ragazzi.

— È uscita dalla sala operatoria.

— Maya, dov'eri finita?

— A chiedere informazioni, mentre voi vi scannavate...

— ...

— Phoebe è stata portata in camera, ha perso il bambino. Dicono che è stato un intervento non facile, ha perso un sacco di sangue e hanno dovuto fare diverse trasfusioni.

— Possiamo vederla?

— No, per stanotte no. Il medico dice che deve riposare.

— Auguri, con quella pazza di sua madre che si aggira per l'ospedale.

— Già.

— I ragazzi si avviarono verso l'uscita. Il loro compito, per quella serata, era concluso.

Sulla porta, una ventata di aria gelida li accolse. Trent si sfilò la giacca e la buttò sulle spalle di Maya. Lei lo guardò e gli sorrise. Poi gli si avvicinò e lo baciò a lungo. Con calma e tristezza.

— Ma bravi, non vi sembra che ci siano già abbastanza guai per stanotte?

La voce petulante del grillo-parlante-e-giudicante strappò Maya dalla dolcezza di quel momento.

— Inopportuna quella donna, al solito.

— Mamma, sei venuta per niente. Non ci fanno vedere Phoebe.

— Sono venuta anche per te, per voi.

— Hai notizie di Yukiko?

— Nessuna, ancora, ma Lawrence, il tenente Garret, ha mandato in giro decine di pattuglie. Ascoltate, si sentono le sirene anche da qui.

Megan si strinse nel cappotto, tremava di freddo e di angoscia.

— Mamma...

— Maya...

— Vero che la troverete?

Il suono del suo cellulare, impedì a Megan di rispondere alla figlia.

— Meg.

— Garret!

— Non riusciamo a trovarla. È sparita.

CAPITOLO 50

Il cuore, quello non lo sentiva più. Un dolore sordo le saliva dal fianco, proprio sotto al seno destro e si irradiava su, su fino al collo. Fino a toglierle il respiro. Ma Yukiko non smise di correre. La bocca asciutta, la vista annebbiata da lacrime di paura e di disperazione. Correva, Yukiko, più forte che poteva. Correva e il destino rincorreva lei. Dietro di sé, il rantolo forte e regolare della bestia che la voleva prendere. Davanti a sé, le sirene della sua salvezza.

Maledisse la sua mancanza di senso dell'orientamento che non le faceva capire da dove arrivassero i suoni. Corse, corse, corse. E arrivò a un incrocio. Tese l'orecchio. Le sembrava che le sirene si allontanassero. No, era solo l'effetto della sua paura. Guardò a destra, a sinistra. Decise per la destra. Si ricordava vagamente le vie segnate sulla cartina che aveva consultato solo pochi minuti prima: l'uomo la stava portando a Ovest.

La fermata della metropolitana doveva essere esattamente dietro di loro. Una luce, un'insegna, una persona. Yukiko non voleva e non poteva rassegnarsi a morire in quei vicoli neri di una città straniera.

Cercò di concentrarsi sul suo respiro. Le serviva, per mantenere il ritmo della corsa e non lasciarsi sopraffare dal panico. Le sirene. Era convinta che la polizia la stesse cercando. Nei suoi pensieri convulsi tornarono voci familiari.

Riascoltò la telefonata della madre che la rivoleva a Kyoto, sentì la mamma di Maya che con dolcezza, ma con un velo di ansia, le chiedeva quando avesse fissato il volo di rientro. E rivide Maya, la sua amica, che la guardava con occhi scuri e preoccupati.

Yukiko si concentrò sulle gambe, cercando di imprimere loro un movimento regolare. Il respiro affannoso dietro di lei le toglieva la concentrazione e il ritmo. Un altro incrocio. Le sirene si stavano allontanando, era solo suggestione? Yukiko si fermò. Il suo corpo le impose di fermarsi, il cuore spinto al massimo non riusciva più a pompare ossigeno nei polmoni. La ragazza si concesse qualche secondo di tregua, appoggiò le mani alle ginocchia per riprendere fiato.

Ma quella debolezza le fu fatale

Il killer le piombò addosso all'improvviso, prima che lei riuscisse ad accorgersene, sopraffatta dal rantolare del proprio respiro sfinito.

Adesso Yukiko vedeva la scena al rallentatore: era strano, si sorprese a pensare. Era come se stesse capitando a qualcun altro. Come se non fosse lei. A tentare di sottrarsi alla furia di un pazzo perverso. Si vide alzare i pugni e tentare di colpire lo sconosciuto con quanta più forza poteva. Si vide alzare le ginocchia, che l'uomo le teneva premute a terra. Si ascoltò urlare, anche se non le sembrò di emettere alcun suono. Poi sentì solo un grande peso. Sul petto. E sul cuore. Percepì una forte pressione al collo, ma ormai aveva gli occhi chiusi. L'aria, quella era fastidiosa. Era un refolo, sempe più sottile, sempre più leggero. I suoi polmoni le chiedevano di poter respirare. Ma lei sapeva che non avrebbe potuto accontentarli.

Dicono che negli ultimi istanti di vita si riveda tutto il passato. Yukiko non sapeva se quelli fossero davvero i suoi ultimi istanti di vita e non le interessava saperlo. La mente fuggì con nostalgia e dolcezza all'infanzia. Si ascoltò ringraziare sua madre con la voce del pensiero:

私の生命のありがとう.

Grazie per la mia vita.

Poi, rivide il fratellino, Yukio. Non lo vedeva da tre mesi. Aveva ormai cinque anni. Ed ecco l'immagine di sua madre in ospedale, mentre lo allattava, il piccolo era appena nato. E mamma le stendeva una mano per invitarla ad accarezzarlo. Visse di nuovo l'ansia dell'attesa, quando suo padre la accompagnò a conoscere il nuovo arrivato e lei non capiva o non voleva capire. E rivide Yukio sul seggiolone, che assaggiava la prima pappa, e lei che lo imboccava. E poi Junichiro, che abitava poco distante da casa sua. E che l'aspettava all'angolo per poter fare la strada da casa a scuola insieme. E il primo bacio che Junichiro le aveva regalato. La sua promessa di tornare presto.

Poi Yukiko chiuse gli occhi. L'aria si era rarefatta. Era bene non sprecarla. Non buttare via le cose, non buttare via la vita, le diceva sempre così sua madre. Ma lei non ce la faceva più e si abbandonò senza più pensare.

— Stupida, stupida, stupida non doveva finire così.

Il killer, in ginocchio, non riusciva a trattenere le lacrime.

— Tu eri troppo importante. Questa doveva essere una cerimonia. Stupida, stupida, stupida.

Le lacrime dell'assassino bagnarono la pelle diafana e immacolata della ragazza.

— Stupida.

Pianse sconsolato, caricandosela sulle spalle e sparendo nella notte lattiginosa di Londra.

CAPITOLO 51

— Trent, aiutami... Sto male. T r e n t, per fav...

Maya si accasciò, senza riuscire a terminare la frase. A pochi isolati di distanza dal Royal London Hospital, la ragazza crollò a terra. Trent la vide piegare le ginocchia e afflosciarsi, come una bambola gonfiabile alla quale avessero improvvisamente levato l'aria. Pallidissima, la pelle che stava colorandosi di grigio, solo una mano sollevata verso di lui. E le labbra violacee che lo imploravano. John e Flo erano ormai lontani, spariti nella notte sul motorino. E Megan se n'era andata a rincorrere il pazzo. Trent calcolò velocemente il percorso a ritroso verso l'ospedale. Troppo lontano, si rabbuiò. Maya iniziò a tremare, scossa fin nelle viscere da un terremoto interiore. Terrorizzato, il ragazzo la osservò sbattere i denti, ripiegarsi su se stessa come un feto nella pancia di sua madre, braccia e gambe che si agitavano in modo convulso.

— Dio, ti prego, fai che non sia una crisi epilettica. Cazzo, Dio, che cosa faccio adesso?

D'istinto, Trent si levò la felpa e cercò di coprirla. Maya però non smetteva di tremare. Allora Trent si sdraiò su di lei e iniziò ad accarezzarle piano la testa.

— Ci sono qui io, Maya. Sono qui. Non avere paura.

Trent le passava le mani calde sulla fronte, sugli occhi, sui capelli. Fino a quando il tremore iniziò a placarsi e le onde che scuotevano la ragazza si fecero meno forti.

Pallidissima, socchiuse gli occhi.

— Grazie, mormorò.

— Ssst.

Trent le passò un dito sulle labbra e poi gliele sfiorò con la sua bocca calda. Maya stava finalmente riprendendo colore. Sdraiati su un marciapiede freddo e sporco, i due ragazzi si guardarono senza parlare. Fu uno sguardo profondo, che non aveva bisogno di gesti o di frasi. Poi lei si tirò su un gomito. I suoi occhi si riaccesero e la sua bocca si stirò in un sorriso dolcissimo. Il ragazzo balzò in piedi, stese una mano verso di lei, per aiutarla ad alzarsi. Si chinò a raccogliere la felpa che era scivolata e la rimise sulle spalle di Maya.

— Ecco, ora stai meglio.

— Sì.

— Che è successo?

Guardandola negli occhi, Trent trovò il coraggio di questa domanda, anche se, lo sentiva, la risposta avrebbe potuto spaventarlo.

— Non so.

— Maya...

— Non so, ti dico.

— Ti fidi di me?

La ragazza lo scrutò. E finalmente ammise a se stessa:
— Ho avuto freddo, un freddo intenso. Non so descriverlo, Trent, ma era un gelo che non aveva nulla di umano. Non riuscivo a controllare i muscoli, avevo paura. Sentivo solo queste ondate di ghiaccio che salivano e mi avvolgevano. Sarei morta ibernata, se tu non mi avessi teso una mano.

— ???

— So che può sembrare ridicolo. E che sicuramente ti farà paura... — Maya allungò gli occhi su Trent, per spiarne la reazione. — Ma ho percepito il tuo calore. Mi hai salvata, temo. E ho paura di sapere il perché. Quando ti ho accanto, capita sempre così...

— È una dichiarazione, Fox?

— M R T R E N T N O N I N I Z I A R E!

— Non inizio e non finisco, Maya. Io, io...

Poi rimase zitto, la prese per mano e insieme si avviarono. La nebbia, intorno a loro, iniziava finalmente a diradarsi.

CAPITOLO 52

Trent si chiuse la porta alle spalle con un calcio leggero. Le sue braccia stavano avvolgendo Maya. La ragazza si staccò solo per un secondo dalle sue labbra, gli sorrise, lo prese per mano e iniziò a salire le scale dalle pareti lilla. La sua stanza era proprio in cima, di fronte all'ultimo gradino. Maya trascinò Trent sul grande letto a baldacchino. Dalla Notte, non si erano più toccati. Solo sfiorati. E adesso il desiderio li rendeva impazienti. Maya si sporse dal letto, gli occhi febbrili di Trent non la perdevano di vista. Prese la borsa che aveva mollato sul pavimento, vi frugò dentro, trovò l'iPod e lo posizionò su un paio di piccoli amplificatori bianchi. Poi fece scorrere il pollice veloce sullo schermo e selezionò la sua colonna sonora.

Harvest, Neil Young.

No, meglio *21st Century Breakdown*, Greenday.

There Is a Light that Never Goes Out, The Smiths.

Trent la guardava divertito. Non capiva se il rituale che Maya stava mettendo in piedi era costruito sulla sua paura di lasciarsi andare. O se davvero la ragazza volesse creare "l'atmosfera perfetta". Si distese su un fianco, il gomito e la mano a sorreggere la testa. Poi allungò le dita e le fece un cenno.

— Vieni qui, le sussurrò.

Lei lasciò perdere l'iPod e gli si avvicinò. Trent la guardava, senza muovere un muscolo. Solo i suoi occhi erano rapidi: scrutavano la ragazza in ogni centimetro del suo essere, carichi di desiderio. Passarono sulle ciglia lunghe, indugiarono sulla fronte ampia e arcuata, coperta dalla cascata di capelli neri e lucidi. Poi seguirono il corso di quei capelli, si fermarono sul seno, il cuore di Trent sembrava volergli balzare fuori dal petto. E tornarono su, sulla bocca che aspettava un bacio.

Poi si tirò su a sedere, prese Maya per i fianchi e iniziò a baciarla piano, sull'ombelico. La fece girare su se stessa. Le sfiorò i glutei e scese con mani sicure a segnare le cosce forti della ragazza. Con un gesto veloce, abbassò la cerniera dell'abito griffato che gli eventi della serata avevano ridotto a uno straccetto. Maya si liberò del vestito con una piccola scrollata di spalle. Il ragazzo, tenendola sempre per i fianchi, la fece girare di nuovo. E la guardò. Arrivò dritto agli occhi scuri di Maya e lì si fermò.

"Take me out tonight
Where there's music and there's people
And they're young and alive."

Percepì il desiderio della ragazza, ne ascoltò il suono, quello di un respiro che si faceva sempre più veloce e leggero. Da troppi giorni sognava quel corpo, ora doveva sentirlo millimetro per millimetro, per imprimerselo bene in ogni singolo neurone. Iniziò dall'ombelico, che circumnavigò con pazienza e lentezza. Maya sorrise, attraversata da un brivido di solletico. Poi proseguì verso l'alto, verso i seni che lo avevano ossessionato nelle sue notti insonni. Con un dito leggero, tracciò dei cerchi concentrici dalla base del seno, più in su, sempre più su. Maya si slacciò il reggiseno e gli accarezzò i capelli guardandolo con dolcezza infinita mentre lui iniziò a baciarle piano la pancia nuda, sfiorandola appena con l'alito caldo della sua passione.

"To die by your side
Is such a heavenly way to die."

Maya spinse Trent sul letto. Coi capelli, iniziò a sfiorargli il petto, poi scese verso la pancia piatta e muscolosa e verso le cosce tornite, giù fino ai piedi. E poi tornò su. E incollò la sua bocca a quella di Trent, le lingue che si intrecciavano, i loro respiri che si cercavano. Non pensava, Maya, in quel momento. Aveva solo voglia di lasciarsi andare ai baci del ragazzo, alla sua presa forte, al suo corpo caldo. Trent le scivolò sopra. Per poterla guardare meglio negli occhi.

— Mi sei mancata — le sorrise.

Maya gli rispose con un bacio lunghissimo.

— Anche tu mi sei mancato.

Oltre le tende tirate del letto a baldacchino di Maya, il mondo smise di esistere. Fuori, la luce livida dell'alba aveva definitivamente scacciato la nebbia.

Quando Trent si staccò da lei, continuando a sorriderle con gli occhi, Maya lo strinse in un abbraccio. Trent si svincolò, fece scivolare la mano sotto il letto per recuperare, nei suoi pantaloni, una sigaretta. La accese e, disegnando nell'aria cerchietti di fumo, le disse: — Maya, devi sapere una cosa.

— Non voglio sentirla, se è brutta.

— Ma devo dirtela.

— Ok.

— Volevo dirti...

— Sì?

— Ecco...

— Mi ami e mi vuoi sposare?

— Be', ecco, è un po' presto. Però sì, direi che mi sono innamorato di te.

— Wow, è una dichiarazione, signor Grave?

— No, è che...

— Vuoi che fuggiamo insieme?

— Basta Maya. L'ultima volta che abbiamo fatto l'amore ti ho detto che eri fregata.

Maya si rabbuiò.

— Ecco, tu hai un segno. Questo...

Trent passò un dito leggero ad accarezzare gli strani nei che Maya aveva attorno all'ombelico.

— Ti ricordi: "Uno va avanti. E il tempo pure va avanti, finché ci si scorge di fronte una linea d'ombra che ci avverte di dover lasciare alle spalle anche la regione della prima gioventù ."

— Conrad.

— Conrad.

— Ecco, Maya. Quei nei sono una linea d'ombra

Trent iniziò a parlare. E parlò. Fino a che il sole divenne più caldo. E la luce oltre le tende invase la stanza. Spiegò a Maya della Profezia. E della setta a cui, sospettava, anche sua madre era legata. Le disse di Kyle, e dei suoi studi che lui riteneva idioti. Ma le disse anche che quell'uomo era pericoloso. E che non avrebbero potuto trascurare le sue minacce. Le rivelò le sue paure, il timore che sua madre avesse parlato. E le disse del suo amore. E della sua determinazione. A proteggerla, qualunque cosa fosse successa.

— Trent.

— Sì?

— Ma se io sono Predestinata, un destino mi accompagna. E forse non è un destino molto piacevole.

— Non voglio sentirtelo dire.

— Tu non devi stare con me. Forse io sono troppo pericolosa per te.

— Non dirlo neanche per scherzo. Io non ti abbandono, non posso fare a meno di te, Maya. Non più.

— Trent?

— Sì, Maya?

— Ho paura.

— Io sono qui.

— E se dovessi davvero stare lontana da certe cose?

— Non puoi.

— Trent? Stanotte è successo qualcosa di tremendo. Quelle tenebre, quando mi sono sentita male, stavano cercando di dirmelo.

— Maya, chiama tua madre.

— Non serve, ora ho deciso. Non mi farò mai più dominare. Dalla paura e dalle tenebre, intendo.

— Ah, pensavo da me...

Maya non fece in tempo a lanciargli un'occhiataccia perché il cellulare prese a suonare con la canzoncina isterica che aveva associato a Megan.

— Maya, sei a casa?

— Sì.

— Bene. Non sei da sola, vero?

— C'è Trent.

— Passamelo.

— No.

— Sì, passamelo.

Maya tese il cellulare al ragazzo che, cauto e curioso, lo accostò all'orecchio.

— Trent.

— Signora Fox.

— Tu non mi piaci, ma io sono una donna pratica. E ho deciso di darti una chance. Spero di cambiare idea. E di potermi fidare di te. Ti affido Maya.

— Non credo che...

— Non mi interrompere, ragazzo. Stai con lei, non mollarla un secondo. E, Trent... non troviamo più la vostra amica, Yukiko.

CAPITOLO 53

L'uomo si chiuse la porta dietro le spalle. E tirò un respiro di sollievo. Appoggiò a terra con cura il pesante fardello che teneva in spalla, avvolto in un lenzuolo ormai lercio: non ce la faceva più a reggerlo. Era riuscito a non farsi scoprire, nonostante le prime luci dell'alba lo avessero sorpreso in auto, a pochi chilometri dal suo rifugio.

L'uomo sorrise. Era un Predestinato, sapeva che il destino non lo avrebbe fermato.

Ma doveva muoversi. Gli restavano poche ore, al massimo due. Poi l'inizio dei processi di decomposizione avrebbe per sempre compromesso l'Opera.

Andò in bagno, si lavò accuratamente le mani con una abbondante dose di disinfettante. Poi le passò sotto una ventola per asciugarle, ci teneva all'igiene. E il lavoro doveva essere perfetto. Tutti i suoi lavori erano stati perfetti. Ma quello, il settimo, l'ultimo, doveva ottenere il massimo del risultato umanamente raggiungibile.

Si infilò un paio di guanti di lattice e tornò nella stanza principale. Accese lo stereo: *Preludio e fuga in mi minore per Organo*, Johann Sebastian Bach. Il compositore più rigoroso tra quelli che avevano creato la loro musica a partire dagli intervalli tra note indicati dal Rapporto Aureo. Si fermò solo un attimo ad ascoltare quella sinfonia magistrale. Alzò il viso, tentò di catturare con tutti i sensi la perfezione di quell'istante.

Poi lo sguardo gli cadde sulla cartina tricolore del sigaro del Prof, che aveva conservato con cura. Quell'arrogante, non aveva mai capito nulla della sua arte.

Pensò, con un moto di stizza, al nuovo amico del Prof.

Hector, oh Hector.

Ma l'irritazione gli passò subito: aveva un compito da portare a termine. Il Compito.

Tornò in bagno, ripeté il rito del lavaggio per una seconda volta e si infilò un nuovo paio di guanti in lattice. E finalmente si dedicò all'Opera. Alla sua cristallizzazione eterna.

Sollevò con cura i lembi del lenzuolo fradicio di nebbia notturna. Aveva quasi il timore di osservare la perfezione. Quel che vide, lo lasciò in effetti senza fiato. Yukiko Takahashi giaceva esanime in quel lurido sudario, gli occhi chiusi, la bocca distesa. L'uomo la contemplò con un sospiro di compiacimento. Non si avvide, reso cieco dal suo delirio, di quei segni neri e profondi che correvano lungo tutto il collo della ragazza e raccontavano della violenza che le aveva strappato la vita. Né del gonfiore che segnava il volto tumefatto della vittima.

Dio, era davvero bella, pensò. Di più, era perfetta.

Si infilò un altro paio di guanti sopra a quelli di lattice: di cotone, bianchi immacolati. Non voleva toccare la Bellezza con la volgarità della plastica. Poi prese una forbice dalle punte arrotondate e iniziò a tagliare con cura i vestiti della ragazza.

All'uomo non interessava vederla nuda, non era un lurido pervertito. Doveva spogliarla, per poterla rendere immortale. Le tolse con cura il cappotto, la maglietta che le avevano regalato poco prima i suoi amici, il reggiseno a fiori che proteggeva un piccolo seno dalle forme perfette. L'uomo sospirò di nuovo.

Ah, se la ragazza avesse potuto parlare. Se solo avesse potuto apprezzare l'Opera che lui stava preparando. Poi passò ai pantaloni, questi più difficili da levare. Ci mise un po', non poteva tagliarli, rischiava di graffiare quella pelle diafana e liscia. Ma alla fine ebbe ragione degli orribili *leggings*. E poté contemplare il suo settimo trofeo. Immolato alla Bellezza assoluta.

Si concesse solo due minuti per guardare per l'ultima volta la ragazza in aembianze umane, prima che la sua trasfigurazione in una dea avesse luogo.

Poi la sollevò da terra, non poteva trascinarla e l'Opera imponeva che lui facesse tutto da solo, senza aiuti. La trasportò verso la vasca che la stava aspettando. L'aveva già riempita di azoto liquido, trasparente, gelido. Posò la ragazza a terra vicino alla vasca, questo era il momento più delicato. Si tolse i guanti di cotone e si infilò un paio di robusti guanti da lavoro in gomma, lunghi fino al gomito. Quindi indossò un grembiule, sempre di spesso caucciù, che lo ricopriva fino alle spalle e alle ginocchia: non poteva rischiare di venire a contatto con l'azoto, si sarebbe ustionato. Infine, prese la ragazza e la fece scivolare dolcemente nella vasca.

Si era allenato per mesi: e tutti quei pesi e quelle flessioni avevano avuto ragione della sua flaccidità. L'uomo prese un lungo mestolo che lui stesso aveva creato e, mentre il corpo si adagiava sul fondo, lo fece ruotare su se stesso.

Ecco, adesso poteva rimirare l'Opera. Una leggera incrostazione di ghiaccio si formò subito sul labbro della ragazza e intorno ai suoi seni. L'uomo scacciò un rigurgito di disappunto. Sapeva che l'effetto-ghiaccio si sarebbe dissolto dopo pochi giorni. Quel trattamento, che lui stesso aveva messo a punto, era comunque formidabile: consentiva di conservare i corpi, ibernandone la bellezza.

L'uomo sigillò la vasca con un coperchio trasparente e si diresse verso il fondo della stanza. Prese un telecomando, spinse il bottone di avvio e un argano iniziò a sollevare la vasca, posizionandola al centro della stanza, giusto in mezzo alle altre sei.

L'uomo era davvero soddisfatto di sé. Sì, adesso l'Opera era compiuta. E il mondo doveva conoscere. Prese una macchina fotografica e iniziò a scattare delle foto. Regolò il fuoco, il flash, la distanza. Il risultato doveva essere eccellente, non poteva fare sconti a se stesso.

Poi si avvicinò alla scrivana, collegò il cavo della macchina fotografica al computer che aveva appena acceso, e scaricò le foto. Si appoggiò alla sedia dallo schienale morbido, le mani intrecciate dietro la testa.

Sì, era proprio compiaciuto. Si concesse un brindisi. Andò nel piccolo frigo semi arrugginito che aveva recuperato e che serviva a conservare i suoi pasti frugali. Lo aprì. Prese la bottiglia, comperata apposta per l'occasione. Bollicine italiane, Asti Spumante, roba di classe. Anche se il Prof, ne era certo, schizzinoso com'era avrebbe avuto da ridire. Stappò la bottiglia, si versò un generoso bicchiere in un calice di plastica e bevve alla propria salute. A quella di Yukiko. A quella delle altre sei ragazze perfette. Ora erano finalmente sette, perché sette era il numero sacro.

Michael Gacy selezionò cinque immagini, quelle che gli sembrarono più riuscite. Poi si collegò a Facebook con un profilo fantasma che aveva creato apposta per diventare amico di Maya Fox. E, per un ultimo sfregio a Megan, alla dottoressa Fox, postò le foto sulla bacheca della figlia. Digitò una frase di accompagnamento: "Dove esiste la perfezione, non c'è spazio per gli sgorbi. Rifletti, Meg."

Sorridendo tra sé, schiacciò il tasto INVIO.

CAPITOLO 54

Alle 9.00 del mattino di una giornata iniziata dopo una notte insonne, Maya fece il suo ingresso al centro *shaolin* di Hanbury Street, numero 82. Si infilò nel portone dorato e rosso. London Shaolin Weng Chun Kung Fu Academy. Si diresse subito in spogliatoio verso il suo armadietto. Maestro Chan non voleva vedere "abiti borghesi" nella sua palestra. Si infilò maglietta e pantaloni neri, scarpette bianche e si diresse verso la piccola stanza in fondo al corridoio, che il responsabile del centro, il venerabile Maestro Chan Lu-Tzao, usava come ufficio.

Maya si inchinò, una mano chiusa a pugno e l'altra a palmo aperto unite per il saluto, la testa a scendere verso le ginocchia, le gambe diritte e rigide.

— Maestro, ti chiedo ascolto.

Chan Lu-Tzao era un uomo disponibile ma inflessibile. Sotto al suo costante, gentile sorriso nascondeva una disciplina di ferro. La stessa che imponeva ai suoi studenti. E Maya lo sapeva bene.

— Ti ascolto.

Maestro Chan sedeva a gambe incrociate su un tappetino di bambù, che campeggiava nella stanza semi spoglia.

— Ho un problema. E voglio risolverlo.
— Ti ascolto.
— Dicono che io abbia una dote.
— Si dice dote, si intende difetto. Ti ascolto.
— Dicono che io sia in grado di udire le voci che provengono dall'aldilà. Le voci dei morti, insomma.

Maestro Chan fece cenno a Maya di sedersi di fronte a lui, un privilegio accordato solo in caso di conclamato interesse per l'interlocutore.

Maya non perse, come le avevano insegnato, la posizione e la concentrazione. Mantenendo la postura, mani-giunte-busto-eretto-una-gamba-piegata-verso-l'incavo-del-ginocchio-dell'altra, scese piano verso il tappetino libero davanti al suo Maestro.

— Vede lontano chi vede oltre.
— Maestro Chan, come controllare questa dote?
— Non esiste se, non esiste ma. Esiste la volontà. Tutto cambia, tutto si trasforma. Il mondo è illusione.

Maya sorrise tra sé. Il vecchio zen era davvero bizzarro. Non riusciva a parlare, se non per citazioni delle sue vecchie scritture. Tuttavia era l'unico che, possedendo la tecnica e le conoscenze della meditazione profonda, avrebbe potuto aiutarla a controllare il suo dono. Anche le insegnanti del College erano state chiare: queste tecniche vanno imparate. Ma Maya non aveva alcuna intenzione di aspettare l'anno seguente, come le responsabili del college le avevano suggerito.

— Maestro Chan, chiedo umilmente il tuo aiuto. Che cosa devo fare per potenziare la mia pratica?
— L'oro non esiste al di fuori di noi.
— Insomma, maestro. Ha intenzione di aiutarmi o no?

Maestro Chan sorrise compiaciuto.

— Ti sei decisa, finalmente.

— In che senso?

— A porre la domanda corretta. Senza domanda, io non rispondo.

— E dunque?

— E dunque gli esercizi esistono. Ma sono potenti. E tu non sei ancora in grado di controllarli.

— Non dica così. Ce la posso fare. Se lei mi insegna.

— Acconsento. Ma attenta, chi non domina i suoi poteri, ne verrà catturato.

— Uff.

— Prego rispettare il rispetto.

— Perdono, Maestro Chan.

Il vecchio cinese si alzò. Si diresse verso uno scaffale pieno di libri. Ne estrasse uno e, con sicurezza, lo aprì. Poi si avvicinò a Maya e le mostrò testo e figure. Si dilungò, anche, nella spiegazione, illustrando alla ragazza i corretti esercizi di respirazione, la visualizzazione più efficace e la recitazione del mantra sacro che i suoi antenati avevano tramandato per millenni. Quelle formule e quegli esercizi, secondo le antiche discipline buddhiste, avrebbero potuto garantire una sorta di sospensione della coscienza vigile, in grado di aprire l'inconscio e le sue infinite potenzialità. E quindi di pilotare il soggetto verso la comunicazione con altre entità.

— Questo potere è potente. — Il Maestro avvertì Maya. — Tu non devi usarlo a caso, ricorda, ragazza.

Maya tornò a casa, ripetendosi il mantra sacro: aveva il terrore di dimenticarlo. Maestro Chan non aveva voluto rivelarle il significato di quelle parole in sanscrito, la lingua antica degli indiani, per lei assolutamente incomprensibili. Aveva capito solo che si parlava di un fiore di loto. Aprì la porta e salì le scale diretta nella sua stanza. Il letto sfatto, il profumo di Trent che aleggiava ancora nella stanza. Maya ne aveva già nostalgia. E Megan non era ancora rientrata. Pessimo segno, pensò la ragazza preoccupata.

Prese dall'armadio il tappetino che usava per i suoi esercizi di arti marziali, lo posizionò al centro della stanza e vi si sedette sopra nella posizione del loto: gambe incrociate, piedi sopra alle ginocchia, schiena diritta, lingua a battere sul palato, bacino leggermente spostato in avanti. Prese un respiro, poi un altro, poi iniziò a decelerare: uno ogni tre secondi, poi uno ogni dieci, uno ogni trenta. E un lungo espirare. Fece attenzione a non rimanere senza ossigeno. La testa iniziò leggermente a girarle. Focalizzò la mente su una luce intensa, un centro di energia da cui si irradiavano calore e luminosità. Poi iniziò, con la voce silenziosa del pensiero, a recitare il mantra che il Maestro le aveva insegnato.

Sentì un leggero formicolio, ai piedi e alla punta delle dita della mano. Poi un forte calore. Sorrise, con la mente. Ci stava arrivando. Ma la concentrazione si spense. E Maya si ritrovò a pensare a Trent, alle sue carezze, ai suoi baci. Infastidita e irritata con se stessa, tentò di scacciare l'immagine del ragazzo e ricominciò con gli esercizi. Un respiro, due, tre. L'immagine della luce. E riprovò col mantra, recitandolo a fior di labbra, in silenzio. Stavolta il calore fu più intenso. E Maya non fece in tempo a chiedersi che cosa stesse succedendo. Perché si sentì invadere da una gioia profonda, accompagnata da una sensazione di amore.

"Piccolo fiore di loto, buongiorno. Che sorpresa!"

La voce di David irruppe nella sua testa e nella sua pancia. Maya sorrise a se stessa. Ce l'aveva fatta.

"Mi hai chiamato, bacinibelli. Ma che ti è successo?"

— Solo un caso, papà.

"Non è vero. La mia piccola principessa è diventata grande. Brava, sapevo che eri in gamba! Hai iniziato a capire come destreggiarti con la tua dote. Ora mi puoi condurre, puoi essere tu la mia guida verso una maggiore consapevolezza."

— Piano, papà. Prima ho bisogno del tuo aiuto. Mi è successa una cosa. Che non capisco.

"Maya, tu sola puoi entrare dentro te stessa e sapere ciò che ti accade. Ma ti posso dire una cosa, bacinibelli. È tempo che tu inizi a prendere in mano il tuo destino."

— ...

"Studia. Studia il Quadrato Magico. Ricordatelo."

— Papà, non capisco...

"E un'altra cosa. Quel ragazzo..."

— No, eh? Non ti ci mettere anche tu, come la mamma.

"Trent. Fidati di lui. Non puoi opporti al destino che è scritto. Senza Trent, la Profezia non si compirà. Lui ti è destinato. E tu sei destinata a lui. Anche se dovrete soffrire l'uno per l'altra, non ti puoi opporre, bacinibelli. È molto di più di quel che pensi. Per questo l'intesa con lui è così profonda. Ti voglio bene. E grazie, per avermi cercato."

Poi la voce del padre scomparve. Maya si riscosse. Le sue parole gli avevano lasciato addosso una sensazione di disagio e di leggera inquietudine. Non capiva cosa avesse voluto dire. E in realtà non era interessata a scoprirlo. Era troppo stanca. Si sdraiò, solo per un momento, sul letto. E si addormentò di un sonno senza sogni.

Si svegliò due ore dopo, con addosso ancora l'eco delle parole di suo padre.

Si tirò su dal letto e, con una stanchezza che non riusciva a levarsi di dosso, si trascinò verso la scrivania. Accese l'Ibook e digitò il link del sito di suo padre: www.daveandthestars.com. Conosceva quel sito a memoria. La *directory* riportava una galleria di immagini, una di commenti e post. L'elenco degli studi e delle pubblicazioni del professor David Fox, astrofisico della Queen Mary, Università di Londra. Una sezione di giochi matematici. Maya iniziò a cliccare veloce. Digitò "Quadrato Magico." E sotto ai suoi occhi esterrefatti vide aprirsi una pagina che non aveva mai notato prima. In alto, un piccolo quadrato formato da alcune parole:

SATOR
AREPO
TENET
OPERA
ROTAS

"Si tratta di un quadrato perfettamente palindromo, uno dei grandi enigmi della cristianità. C'è chi ne sostiene l'origine divina. Perché se anagrammato dà la soluzione:

A

P
A
T
E
R
A PATERNOSTER O
O
S
T
E
R

O

Il Padre nostro è stata l'unica preghiera che Gesù ha insegnato direttamente ai discepoli. A e O indicano l'Alfa e l'Omega, l'inizio e la fine: questi stessi elementi sono presenti nell'Apocalisse di Giovanni, nel punto correlato con la fine dei tempi, fissati dopo l'uscita dalla costellazione dei Pesci. L'anno, indicato da più fonti, sarebbe il 2012 d.C."

Sintassi asciutta, informazioni chiare. Insomma, lo stile di David, notò Maya. Solo che lei non aveva mai notato quella pagina nelle sue infinte esplorazioni di quel sito che conosceva alla perfezione.

E dunque, chi e perché l'aveva postata?

CAPITOLO 55

— Dottoressa Fox, presto, guardi qui.

Megan era esausta dopo quasi 24 ore di lavoro senza pausa. Accorse con fatica al richiamo di Janet Fitzpatrick, l'esperta di informatica da qualche mese assoldata dalla polizia. Megan e il tenente Garret le avevano affidato un compito. Delicato. Doveva tenere sotto controllo la posta e la corrispondenza on line della figlia della dottoressa Fox. Megan non voleva che Maya venisse a contatto con il killer in alcun modo.

— Dottoressa, lo abbiamo beccato. Si è rifatto vivo, alla fine.

Megan si precipitò, avvicinò lo sguardo allo schermo del computer. Poi si mise una mano sulla bocca, agghiacciata dall'orrore che dalla rete le veniva gettato in faccia. Si voltò, per fortuna dietro di lei era corso Lawrence Garret e gli si buttò tra le braccia: non riusciva più a trattenere le lacrime, la dura dottoressa Fox. Garret abbracciò la donna e tentò di consolarla, mentre con la mano libera spiegò all'agente Fitzpatrick che quelle foto dovevano sparire da quella pagina di Facebook e dalla rete intera. IMMEDIATAMENTE!

CAPITOLO 56

— Prof, buongiorno.

— Hector, buongiorno a te.

— Abbiamo un problema, Kyle.

— Ti ascolto, ragazzo.

— Guardi l'account di Maya Fox su Facebook.

— Hector, sai che detesto i siti di social networking...

— Lo guardi.

CAPITOLO 57

Il primo giorno di scuola dopo le vacanze di Natale fu un incubo annunciato. Maya e Flo arrivarono in ritardo, e si fecero strada tra una folla di ragazzi in silenzio. Nessuno le fermò. Nessuno le guardò. I ragazzi sembravano ipnotizzati, nessuno aveva voglia di parlare. Sulla soglia, davanti al cancello, braccia incrociate sotto al petto, occhiali dorati dalla montatura troppo grande, pettinatura gonfia ma perfettamente modellata, la Saunders le aspettava. Come le vide, fece loro un cenno.

— Maya, ho parlato a lungo con tua madre in questi giorni, forse te lo avrà accennato.

— Sì, prof.

— Ragazze, dobbiamo essere forti. Quello che è successo è drammatico. Quella povera ragazza...

La Saunders era sconvolta, lo si intuiva dagli occhi umidi che non riusciva ad asciugare. Di fianco al portone di ingresso, protetto dal cespuglio di rose, Trent, gamba appoggiata al muro e occhiali neri su un volto segnato, scorse Maya arrivare. Si mosse dal suo angolo e si diresse verso le due amiche. Si avvicinò loro e, senza parlare, le abbracciò entrambe. Poi prese Maya per mano e insieme si diressero verso l'interno dell'edificio. La Saunders aveva discusso a lungo con il preside sulla necessità o meno di dedicare una lezione agli ultimi, drammatici avvenimenti. Alla fine avevano concluso che le parole non servono, l'importante sono le azioni, come disse in classe la Saunders, in un brevissimo discorso introduttivo alla sua lezione. Unica concessione, l'ora non sarebbe stata dedicata a Chaucer, il padre della letteratura inglese che scriveva in un'improbabile lingua del 1300. La Saunders aveva preparato un fuori programma.

Seduta sulla cattedra, le gambe penzoloni fasciate in un tailleur pantaloni color arancio-mattone che nulla nascondeva delle sue forme *oversize*, l'insegnante prese la sua borsa. Ne estrasse un fazzolettino bianco di lino, si asciugò per l'ennesima volta gli occhi umidi, rimise il fazzoletto nella borsa. Poi prese il registro di classe, se lo mise sotto il naso e iniziò a scorrere l'elenco dei nomi, con relativa votazione a fianco. Era, quello, uno dei gesti che la classe più detestava: preludio, inevitabile, alla chiamata per l'interrogazione-fregatura. La Saunders chiuse il registro, riprese in mano il fazzoletto, si soffiò il naso e scese dalla cattedra. Poi prese dalla cartella di pelle lucida nera un libricino rosso. Si sedette, si levò gli occhiali e iniziò a sfogliare le pagine. Quindi alzò gli occhi, si rimise gli occhiali e passò il suo sguardo miope su tutti i ragazzi, uno a uno. Si fermò su Flo.

— Crumble, vieni tu.

Flo si voltò verso Maya: non poteva interrogare anche quel giorno. E lei non era per niente preparata.

— Allora, Florence, facciamo sera?

La ragazza si mosse e, titubante, si avvicinò alla cattedra. La Saunders non la guardò in faccia, le piazzò tra le mani il libricino già aperto e le intimò: — Leggi!

Flo aveva una voce chiara e ben impostata: la migliore, in quella classe, per leggere una poesia. E lei, quella poesia la conosceva benissimo. Parlava di libertà. E di rispetto. E di umanità. Flo guardò la firma, sorrise. Rudyard Kipling, il papà del *Libro della giungla*.

— Mmm.

Flo si schiarì la voce.

— Se...

Alzò lo sguardo sulla classe, i volti dei suoi compagni erano stranamente attenti.

"Se riuscirai a non perdere la testa quando tutti la perdono intorno a te, dandone a te la colpa; se riuscirai ad aver fede in te quando tutti dubitano,e mettendo in conto anche il loro dubitare; se riuscirai ad attendere senza stancarti nell'attesa, se, calunniato, non perderai tempo con le calunnie, o se, odiato, non ti farai prendere dall'odio,senza apparir però troppo buono o troppo saggio; se riuscirai a sognare senza che il sogno sia il padrone; se riuscirai a pensare senza che pensare sia il tuo scopo, se riuscirai ad affrontare il successo e l'insuccesso trattando quei due impostori allo stesso modo; se riuscirai a riascoltare la verità da te espressa distorta da furfanti per intrappolarvi gli ingenui, o a veder crollare le cose per cui dai la tua vita e a chinarti per rimetterle insieme con mezzi di ripiego; se riuscirai ad ammucchiare tutte le tue vincite e a giocartele in un sol colpo a testa-e-croce, e a perdere e a ricominciar tutto daccapo, senza mai fiatare e dir nulla delle perdite; se riuscirai a costringere cuore, nervi e muscoli, benché sfiniti da un pezzo, a servire ai tuoi scopi, e a tener duro quando niente più resta in te tranne la volontà che ingiunge: «Tieni duro!» se riuscirai a parlare alle folle serbando le tue virtù, o a passeggiar coi re e non perdere il tuo fare ordinario; se né i nemici né i cari amici riusciranno a colpirti, se tutti contano per te, ma nessuno mai troppo; se riuscirai a riempire l'attimo inesorabile e a dar valore a ognuno dei suoi sessanta secondi, il mondo sarà tuo allora, con quanto contiene, e – quel che è più – tu sarai un Uomo, ragazzo mio!"

Flo finì di leggere e guardò la Saunders. La prof aveva lo sguardo fisso, il fazzoletto in mano, due lacrime lasciate a scenderle sul viso. La ragazza chiuse il libro, lo mise sulla cattedra e tornò al suo posto. La Saunders si riscosse.

— Andate, e cercate di meditare sulle vostre vite.

Fuori dalla scuola, una patina di grigio avvolgeva il cortile e le strade. Minacciava neve. Maya uscì dalla classe in silenzio, come in silenzio erano i suoi compagni. Non riuscivano a smettere di pensare a Yukiko e alla morte orribile che aveva fatto. Anche Phoebe era strana, quella mattina, silenziosa e distante. Da che era uscita dall'ospedale, non si era più fatta vedere. Sì, aveva risposto alle telefonate di Maya e Flo, ma si era sempre rifiutata di incontrarle, trovando la scusa della stanchezza e della necessità di riprendersi. Maya allungò lo sguardo, intravide Trent. Gli si avvicinò e lo prese per mano. Mentre anche Flo si avvicinava a loro per tornare a casa.

— Che strazio di lezione.

— Eddai Trent. È una giornata così. Da noi abbiamo letto una poesia di Kipling...

— *Se*, uguale.

— Si vede che si sono messi d'accordo. Ma a me la poesia è piaciuta parecchio. E la conoscevo già.

— Neanche a dirlo, miss-so-tutto-super-colta-*rumble*-crumble.

— Trent non rompere. Mi sembri il tuo amico John.

— A proposito, dove si è cacciato? Non è venuto a scuola oggi?

— Non so, è strano. Sono giorni che lo cerco e mi evita. Anche su Msn. Non risponde più. Sparito. A questo punto è come se non stessimo nemmeno più insieme.

Maya non rispose all'amica, ma la prese sotto braccio e se la portò via velocemente. Fuori da scuola, via da quel quartiere. Con la coda dell'occhio, guardò dietro di sé. Trent all'inizo non capì e restò fermo, abbandonato come un idiota. Poi colse il suo sguardo e si voltò. Vide la stessa scena che aveva visto Maya e lei lo fulminò facendogli segno di stare muto. Il ragazzo voltò di nuovo la testa. Non poteva perdersi la scena del suo amico John, il fidanzatissimo John, avvinghiato in un bacio risucchia-anima, con una ragazza biondissima: coda di cavallo-ballerine-gonna-plissè-e-cardigan-goffrato. Un inno alla moda. E allo stile. Trent socchiuse gli occhi per tentare di vederci meglio. E finalmente riconobbe, incredulo, la ragazza.

CAPITOLO 58

Chiusa in uno stanzino di due metri per due, una pila di carte ammonticchiate sopra e sotto la scrivania, Janet Fitzpatrick digitava freneticamente sul suo laptop nuovo di zecca. Come "consulente" esterna, al commissariato l'avevano relegata in quello sgabuzzino, privo di finestre e di luce. Ma a lei non importava. Al buio, lo schermo del computer brilla di più. E le immagini sono più leggibili. Ce l'aveva fatta, aveva oscurato l'account di Maya su Facebook. Ma non aveva molto tempo, la Fox era stata chiara. Maya non deve sapere. Non avrebbe dovuto accorgersi di essere scollegata dal sito che lei adorava. Janet guardò l'orologio: le restavano un paio d'ore prima che la campanella della scuola liberasse la mandria. E Maya facesse ritorno alla sua postazione. Le dita della giovane hacker "prestata" alla polizia inglese, come programma di recupero, si muovevano veloci.

— Via, la prima foto è andata. Ti ho fottuto, vecchio.

Il lavoro non era dei più semplici. Janet doveva accedere al server di Facebook, rintracciare l'account della ragazza, smarcarsi tra le centinaia di immagini postate da

Maya e dai suoi amici ed eliminare quelle che la dottoressa Fox le aveva ordinato di togliere.

Cheppalle, sospirò la ragazza.

Odiava mettere il suo talento al servizio di una mamma paranoica. Però certo, quelle immagini avevano colpito anche lei. Tutti quei corpi nudi, distesi in quelle vasche trasparenti, ghiacciati. La ragazza ebbe un brivido. E continuò a digitare.

— A che punto sei?

La voce della madre ansiosa dietro di lei, le diede un prurito di insofferenza. Detestava le madri. Quelle ansiose, poi, non le sopportava.

— Mi dia il tempo, dottoressa.

— Non ne abbiamo di tempo, lo sai.

— Quasi finito.

— Bene. Ora stampami i file che hai eliminato. Quelle... quelle foto orribili intendo.

La Fitzpatrick osservò di sottecchi la grande profiler. Era la seconda volta, in 24 ore, che notava un segno di debolezza. Evidentemente quella storia la stava logorando.

— Già fatto, eccole.

Megan prese con un sospiro rassegnato le foto. Si voltò, uscì dallo stanzino e si diresse nel suo ufficio, raggiunta dal tenente Garret.

— Sono frustrata, Lawrence. E arrabbiata. Anni di ricerche su quel dannato psicopatico. E ancora ce lo siamo lasciati sfuggire. Ha ucciso di nuovo, sotto il nostro naso. Siamo degli inetti, tenente.

— Piano, Meg. Siamo stati sfortunati. Ma adesso lo inchiodiamo, vedrai.

— Niente, qui non c'è niente, nessun particolare che ci possa aiutare a individuarlo.

— Già, quel farabutto è stato piuttosto attento. Vedi?

— Non mi stupisce. Nel suo delirio, Gacy è uno psicopatico da manuale. Adora la perfezione dei dettagli. Non avrebbe potuto scoprirsi scattando una foto che ci fornisse qualche indizio.

— E infatti guarda. Sono tutte prese in modo molto ravvicinato, a pochi centimetri dalle vasche con i cadaveri, non c'è mai una foto d'insieme.

— Questa forse. Ecco, qui sono inquadrate tutte e sette le ragazze.

— Sì, ma ha lavorato di photoshop. La scena intorno è sfumata, l'immagine sembra scontornata.

Megan appoggiò la fronte su una mano e sospirò a lungo. Lei, quell'uomo, doveva prenderlo. A ogni costo.

CAPITOLO 59

— Ho le chiavi, non serve bussare.

La neve che aveva cominciato a scendere non riusciva a sbiancare le pareti grigie di quell'edificio ripiegato su se stesso: solitario, in mezzo a vecchi capannoni ristrutturati e scintillanti nella loro modernità. Ma regalava un silenzio ovattato, nel quale ci si poteva muovere, in qualche modo protetti.

I due uomini si guardarono intorno, la strada era deserta, anche se era da poco passata l'ora di pranzo. Solo il rumore di un cantiere lontano, uno dei tanti che occupavano l'area dei nuovi docks. I due tizi aprirono il portoncino grigio di ferro ed entrarono in una piccola stanza squallida. Linoleum giallo consunto e macchiato in terra, in un angolo un vecchio divano letto a fiori pacchiani, semisfondato. Di lato, una libreria scrostata ospitava un televisore piccolo, un modello vecchio, quaderni, scarpe, scatole varie. E una fila di CD di musica classica perfettamente ordinati. I due si diressero verso la porta in fondo alla stanza, senza soffermarsi sullo squallore di quel luogo. Bussarono. Nessun rumore.

L'uomo più anziano si rivolse con un sorriso al giovane.

— È qui, ne sono certo. È che gli ho fatto fare dei lavori di insonorizzazione. Evidentemente ben riusciti.

Provarono ad abbassare la maniglia, ma la porta era chiusa dall'interno. Bussarono ancora. Finalmente sentirono dei passi. L'uomo apostrofò il padrone di casa con tono imperioso.

— Fammi entrare, sono io.

— Prof?

La serratura si aprì.

— Buongiorno, Michael. Sono passato a trovarti, è tanto che non ci si vede. Ho portato un amico.

— Lo vedo.

Il killer era decisamente infastidito. Non aveva nessuna intenzione di condividere l'Opera con il Prof. E con quell'altro manichino perfettino, poi. Dio, che condanna quella storia, pensò tra sé.

— Be', non ci fai entrare?

— Certo, Prof. Come dirti di no. Prego.

I tre uomini scesero con cautela le scale ripide e strette. In fondo, una porta foderata in legno bloccava l'accesso alla stanza successiva.

— Ecco, Prof, volevo dirti...

— Apri la porta Michael.

— Sì, solo un attimo. Ci tenevo a spiegarti.

— Michael, non devi giustificarti. Io so. E capisco.

Il volto grigio del killer si illuminò. Il Prof non era venuto lì per massacrarlo di insulti. Forse era venuto per ammirare l'Opera. Era stato avvisato, chissà da chi, ma al Prof non si poteva nascondere niente, questo lui lo sapeva, oh se lo sapeva. E adesso era lì, grazie Prof, grazie.

Hai portato anche quel miserabile italianucolo, quel bamboccio. Fa niente, Prof, ti capisco. Lo devi istruire e gli vuoi mostrare la perfezione. Ah, la perfezione, ne rimarrà sorpreso Prof, vedrai.

— Gacy, ti vuoi muovere? Ti sei imbambolato?

Il killer si scosse dai suoi pensieri, estrasse di tasca una chiave e aprì.

Cara, cara Meg, questo è il momento che ho atteso per tutta la vita. Il Prof è qui, ad ammirare la mia Opera. Manchi solo tu, mia piccola Meg. Ah, se tu superassi i tuoi stupidi pregiudizi. E ti lasciassi finalmente andare alla bellezza dell'Opera. Lo so, lo so. Ho un po' ecceduto ultimamente. Ma il sacrificio di alcuni, vedi, è necessario per portare a termine i compiti grandi. Lo hanno sempre fatto, gli uomini, nel corso dei secoli. Ah, mia cara. Se solo...

— Gacy, ma che hai fatto?

— Scusa, Prof?

— Dico, volevi brindare senza di noi?

Kyle Zafth fece due passi nello stanzone che lui aveva sempre detestato e lanciò un'occhiata di sottecchi al giovane che lo accompagnava. Voleva spiarne le reazioni, testarne la tenuta.

Hector Parravicini de' Giorgi, in effetti, non aveva mai visto niente di simile nella sua nobile e viziata vita. Una sinfonia alla morte, composta da sette ragazze strangolate e congelate in orribili bare trasparenti, issate in verticale, a semicerchio, per poter assistere alla rappresentazione di...

Già, si chiese Hector, a quale rappresentazione vuole che assistano?

Si avvicinò, cauto, al centro della stanza. Il suo sguardo curioso si spostava da una vasca all'altra, indugiava sui particolari, su quei visi di adolescenti, diafani. Voltò la testa, mise a fuoco l'impianto stereo: notevole, si sorprese a pensare, per uno psicopatico del genere. Fece due passi e si avvicinò alla bara centrale, quella lo incuriosiva.

In un angolo, Kyle Zafth osservava, compiaciuto, la scena. Anche Gacy guardava il giovane uomo: ma il suo sguardo non era benevolo.

Te ne sei accorto, eh? Te ne sei accorto, dove sta di casa la perfezione? Eh, ne hai di strada da fare, merduccia viziata. Ma io sono magnanimo, e ti consento di accedere alla perfezione. Ehi, ehi che cazzo fai, cretino di un nobile delle mie palle? Tieni giù le mani dall'Opera. Lei è l'eletta. Giù le mani, maiale. N O N L A T O C C A R E!

Hector Parravicini pareva affascinato dalla giovane giapponese che occhieggiava dal suo sarcofago di cristallo. Allungò una mano verso la vasca: voleva sfiorarla, gli sembrava di poterla toccare. Ma un macigno gli calò sull'avambraccio, senza preavviso. Il giovane si voltò di scatto, reggendosi il gomito dolorante.

— Ma che cazz...

— Non lo fare. Lascia stare la mia Opera.

— Buoni, buoni. Michael, Hector è solo affascinato da ciò che hai compiuto.

— ...

— È... diciamo, impensabile. In effetti, Gacy, questa stanza, ciò che hai fatto, mi stupisci. Non te ne avrei creduto capace.

"In effetti, Gacy..." tu guarda questo stronzo. Oh Meg. Meg. Meg. Non ti ho più scritto, che villano insensibile sono. Ok, promesso, domani lo farò, oggi no, mi devo sbarazzare di questi due. Però il Prof, alla fine è arrivato, eh? Sta osservando le ragazze. E guarda come si beve con gli occhi l'ultima, la Perfezione. L'avrà capito, o no, che è questa la ragazza giusta, mica il tuo sgorbietto? Oops, scusa Meg. Non volevo. Giuro, da domani cambio tono. Ormai l'Opera è compiuta.

Gacy si riscosse dai suoi pensieri, giusto in tempo per cogliere l'invito del Prof.

— Allora Michael, offri da bere anche a noi? — gli stava chiedendo l'uomo facendo un cenno al bicchiere abbandonato sulla scrivania linda e ordinata.

Così dicendo, si accese un sigaro, uno dei suoi preferiti.

— Festeggiamo, è proprio il caso.

Il Prof guardò il killer dritto negli occhi, aspirando la prima, voluttuosa boccata di fumo. E gettando la cartina tricolore in terra, notò infastidito Gacy. I tre uomini si avvicinarono alla scrivania bianca. Gacy aprì il frigo e ne estrasse la bottiglia di Asti Spumante, che aveva appena chiuso. Il Prof cacciò con un sorriso tirato il suo disappunto.

— Bollicine italiane, eh? Ti tratti bene. Bravo, Michael, te lo meriti proprio.

Gacy era in stato di grazia. Non aveva mai visto il Prof così gentile. E attento.

Ce n'è voluto di tempo eh, vecchiaccio maledetto, perché tu finalmente riconoscessi il talento...

Il killer versò lo spumante e porse i bicchieri ai suoi ospiti, fissando riconoscente gli occhi azzurro ghiaccio di Kyle Zafth. Non si accorse della rapida occhiata che il Prof lanciò a Hector. Se l'avesse colta, probabilmente Michael avrebbe potuto scorgervi una sorta d'intesa.

— Michael, dimmi. Ma come hai fatto?

— Vuoi saperlo davvero, Hector?

— Sì certo, sono curioso. Mostrami come hai fatto. E come le hai congelate.

— Cristallizzate, Hector. Si dice cristallizzate. È un procedimento di mia invenzione, il Prof lo sa.

Zafth alzò il suo bicchiere verso il killer. Il cappotto di cachemire beige perennemente tenuto sulle spalle, gli stava scivolando via.

Michael Gacy distese i suoi nervi stremati per la prima volta da molti, molti anni. Si sentiva, per la prima volta, finalmente apprezzato.

— Vieni Hector, ti faccio vedere.

Il killer posò il suo bicchiere sulla scrivania e fece strada al giovane uomo, conducendolo dietro a una tenda, dove teneva tutti i suoi attrezzi, dall'altra parte della grande stanza.

Da quel punto, non riusciva più a scorgere Kyle Zafth. Così, non vide che il Prof stava facendo scivolare qualcosa nel suo bicchiere.

CAPITOLO 60

Janet Fitzpatrick uscì a fatica dal suo sgabuzzino. Camminava lenta, strisciando i piedi sul pavimento. Percorse i pochi metri che la separavano dalla stanza della dottoressa Megan Fox Moore. Bussò. Aprì la porta senza aspettare la risposta, si trascinò alla scrivania. E vi lanciò sopra un'immagine.

— Mi sono dimenticata di questa, ecco.

Megan tralasciò il rimprovero che le stava salendo in gola, e guardò il tenente Lawrence Garret, che aveva preso in mano la foto e la stava osservando, con un sorriso che si faceva sempre più largo.

L'immagine riprendeva le vasche di Gacy, ma la prospettiva stavolta era un po' più larga. Si intravedeva un mobile, una specie di armadietto, posato in terra. E, di lato, incollata a una delle antine, una targhetta arancione, di quelle che i corrieri usano per indicare l'indirizzo di consegna.

CAPITOLO 61

Che, che, che cosa mi sta succedendo… che, che bella. Oh, la Perfezione, sei tornataaaa, ma non te ne eeri mai andaaata, no, eh, veroooo? Iooooo, dove sono… sto volandoooo. Oooh ragazze, siete tutte intorno a meee. E quelliiii chi sonoooo, due bruttiiii e cattiviii. Nooo, il Prof…

Riverso a terra, sdraiato su un fianco con le ginocchia piegate al petto, Michael Gacy tentava, inutilmente, di parlare. Non riusciva a fare uscire le parole di bocca. E non riusciva neanche a capire dove si trovasse o cosa stesse succedendo. Il mondo, intorno a lui, era tutto sfocato. Strinse gli occhi o almeno così gli sembrava di stare facendo. Poi scoppiò in una risata acuta. Il faccione del Prof gli era apparso a due centimetri dal viso, enorme e pieno di bitorzoli.

Che strano, pensava Gacy, adesso diventa viola…

— Ragazzo, ragazzo, mi senti?

— Che cosa gli hai dato, Zafth?

— Ketamina, special K detta volgarmente.

— La droga dei cavalli.

— Già, ma anche un potente anestetico. Una variante del GHB, la droga da stupro. Ma ora al lavoro, Hector, abbiamo solo 45 minuti, poi la nostra bella addormentata si risveglierà. Forse.

— Ok, io perquisisco dietro la tenda. Lei si occupi della scrivania.

— Bene.

In un angolo, Gacy iniziava a ululare. Hector lo squadrò con aria di disprezzo.

— È l'effetto della droga, Hector. Probabilmente sta avendo una cosiddetta "esperienza di pre-morte". La ketamina induce stati ipnotici profondi, con conseguente amnesia, e una specie di dissociazione tra corpo e cervello.

— Prof, guardi qui.

Hector aveva aperto un piccolo armadietto posto sopra un tavolaccio, dove il killer aveva accumulato arnesi da lavoro di varia misura.

— Mmm, sì. Proprio una bella scorta di special K. Ma lo sapevo, mi credi un ingenuo?

— Lei vuol dire...

— Sì, certo. Mica vogliamo lasciare tracce, no? Penseranno che ha solo abusato un po' dei suoi soliti vizi...

Il Prof si avvicinò a Gacy: il killer si era tirato su a fatica ed era seduto, appoggiato a un muro, la testa incapace di stare ritta che pendeva sul collo.

— Michael, mi senti? Michael, dove le hai messe?

— Proooof, adessoooo sei tutto blu-buh-buh. Uh come sei bruttoooo...

— Michael, dannato idiota. Ho già perso sin troppo tempo con te. Dove diavolo hai messo quelle foto?

— Bingo, Prof.

Dall'altra parte della stanza, Hector aveva aperto un armadietto e vi aveva trovato, riposte con cura in una scatola di vecchie fotografie, le immagini che il killer aveva scattato in quei giorni.

Il Prof gli fu subito accanto, ansioso di poter esaminare le immagini che, su suo ordine, Gacy aveva scattato davanti alla scuola di Maya e dei suoi amici.

— La giapponese davanti a scuola. La giap al bar. La giap con un ragazzo indiano. La giap con una banda di ragazzine malvestite. Ma era una vera ossessione!

— Certo. E infatti se l'è andata a prendere. Un effetto della ketamina, oltreché della sua mente malata. Sapevo da tempo che Gacy era uno stupido tossico. Gliela allungavo io, qualche dose di ketamina, mi serviva per tenerlo più legato a noi. Una forte dissociazione e alcuni deliri paranoidi sono anche effetto di questa droga.

— E bravo Prof, fa anche il *pusher*.

— È per la causa, ragazzo, ricorda.

— Eccola, è questa, Prof?

Hector allungò a Zafth una foto. Si vedeva un gruppo di ragazze in un campo di pallavolo. Si trattava chiaramente di una partita scolastica. Il Prof si avvicinò la foto al viso. Poi la riallontanò. Eccitato, cercò di mettere a fuoco l'immagine. Alzò gli occhi. Hector gli stava sorridendo. E gli stava porgendo, sul palmo della sua mano perfettamente liscia e ornata di un anello d'oro con stemma, un lentino da fotografo. Il Prof lo prese e riguardò la foto. Poi sollevò lo sguardo, una luce di esaltazione lo attraversava. Porse la foto a Hector. Che riuscì a distinguere, nel gruppo delle ragazze, quella Maya Fox. Stava facendo una battuta, probabilmente, perché era sollevata sui piedi. E aveva la maglietta leggermente alzata. Proprio sopra l'ombelico. Giusto quel po' che serviva per poter vedere distintamente una strana conformazione di nei sulla sua pancia.

— Dunque, Gacy, tu sapevi.

— Che cazzo vuole adesso da me? Questo stronzo, come si permette. E perché mi sento stremato?

— Lo sai cosa succede ai bambini cattivi, che raccontano le bugie?

— Che cazzo ci fa inginocchiato davanti a me? Porca... Prof, fuori di qui. Tu e il tuo damerino.

— Non ti agitare, Michael. Ti ho solo dato una dose, diciamo robusta, della tua droga preferita.

— No eh, gran figlio di puttana, non ricominciare con questa storia. Io non la voglio più la tua dannata droga! Cazzo!

— Tranquillo, Michael. Sei ancora sotto effetto, rischi di crollare. Fai un respiro profondo, ecco, bravo. Fammi sentire il polso, sì. Sta decelerando. Bene così, Michael. Abbiamo ancora un po' di cose da fare insieme.

— Grazie Prof, e scusami per prima. Lo so che sei l'unico che mi capisce.

— Dunque, Michael. Raccontaci un po' di questa Maya Fox. Tu la conosci bene, vero?

No Prof, basta con questa storia, per favore. Quella è uno sgorbietto. Io ti ho portato la perfezione...

Gacy non riusciva a parlare, scosse debolmente la testa, le palpebre che gli si chiudevano.

— Michael, non mi deludere anche stavolta. Fai uno sforzo, un ultimo sforzo, su. Allora, ricominciamo. Maya sa della Profezia?

— Basta, Prof. Basta. Adesso non ne posso più. Sono anni che faccio quello che mi dici. Adesso basta. Cercatela da solo, la tua Maya.

— Zafth, sta perdendo i sensi un'altra volta. È completamente bollito. Da lui, non caviamo più niente. Si sbrighi a far quel che deve e andiamocene da questa fogna.

Anche perché se sviene, perdiamo tutto il divertimento.

Il professor Kyle Zafth si tirò in piedi, si accostò alla scrivania e vi posò sopra la sua borsa in pelle nera, il bauletto da medico con il quale amava andare in giro. Estrasse una siringa e una fiala. Guardò la fiala con un sorriso cattivo. Tubocurarina, vi si leggeva. Poi si accucciò sulle caviglie, davanti al killer. Gli sollevò una manica della camicia, e lo fissò negli occhi.

— Quante volte hai dato la morte, ragazzo mio? Vedi, la vita è così. Ciò che diamo, poi riceviamo. Che cosa si prova a morire, eh Michael?

Prof, che cazzo mi stai facendo?

L'ago faceva fatica a penetrare nella carne contratta del killer. Il Prof forzò appena un po', con tatto professionale. E lo stantuffo della siringa spinse il veleno nel corpo di Michael Gacy.

Prof, ma che cazzo?

— Oh, che occhi spaventati. Ma dura poco, vedrai. Non avertene a male, ho dovuto farlo. Eri diventato un problema, e io detesto i problemi lo sai.

Gli occhi di Michael Gacy si spalancarono per il terrore. Vedeva quell'uomo, lo sentiva, ma i suoi muscoli erano completamente paralizzati. Non poteva parlare, non poteva muoversi, non poteva urlare, non poteva alzarsi e dare un pugno a quel maledetto e a quell'altro stronzo che ridacchiava dietro al vecchio. Gacy iniziò a sudare freddo, o così gli sembrava. Le gambe, quelle non le sentiva più. Neanche le braccia né le dita. Cercò con uno sforzo di volontà di sollevare un dito. Ma il suo corpo non gli rispondeva più.

Meg, dolce Meg. Sto morendo, Meg. Mi hanno fregato, cazzo. Se tu fossi stata qui, tu non lo avresti permesso. Vero Meg, vero che non lo avresti permesso? Aiutami,

Meg, ho paura. Aiutami, cazzo, NESSUNO MI HA MAI AIUTATO, CAZZO, MEG!

— Solo per curiosità, era quello che immagino?

— Sì, curaro. Paralizza i muscoli, ma non il cervello. Né i bulbi oculari. Hai qualche secondo, prima che il veleno blocchi i centri del respiro, per assistere alla tua morte.

— Zafth, andiamocene di qui.

CAPITOLO 62

SATOR
AREPO
TENET
OPERA
ROTAS

SATOR
AR**E**PO
TE**N**ET
OP**E**RA
RO**T**AS

SA**T**OR
AR**E**PO
TE**N**ET
OP**E**RA
RO**T**AS

SATO**R**
AREP**O**
TENET

OPERA
ROTAS

Sdraiato sul divano della sala degli arazzi, di fronte al dipinto di Dürer, *Melencolia I*, Hector Parravicini cercava di scacciare il fastidio del pomeriggio. La visita in quella orribile fogna. E si divertiva a comporre simboli e significati nascosti nel Quadrato Magico. Prese in mano, svogliatamente, il libricino sul quadrato che non aveva più abbandonato, da che lo aveva scoperto. Lo aprì, ormai lo conosceva a memoria.

"Anche la forma quadrata ha un senso preciso" lesse. "Rappresenta il numero 4, un numero assai importante. Il punto di partenza della cosmologia, una sorta di impronta divina."

Hector chiuse il libro. Aveva già letto quelle pagine. E si stava annoiando. Si alzò, e si diresse alla scrivania. La cartellina verde dove il suo segretario gli aveva riposto la ricerca sul Quadrato Magico giaceva ancora aperta accanto al computer. Hector la osservò, sfogliò distratto i fogli che vi erano contenuti. E si soffermò sul penultimo, quello gli era sfuggito.

"Il numero 4 è alla base di tutta la mitologia Maya. Nel mondo degli dei creato dai Maya, infatti, tutto si svolge usando il numero 4 come base ed elemento centrale: 4 sono gli dei maggiori; 4 gli Uomini veri; 4 le ere Maya."

Hector sollevò lo sguardo, perplesso. Prese in mano un altro foglio.

"Osservazioni ulteriori sul numero 4. Un numero, che pare sottendere all'intera struttura del cosmo. Per esempio, sono 4 gli stati di aggregazione della materia (solido, liquido, gassoso, plasma). E ancora: il carbonio, è dotato di 4 elettroni sul suo livello energetico più esterno. Senza il carbonio il pianeta sarebbe disabitato. E vogliamo parlare di DNA? I mattoni fondamentali del codice della vita sono le basi azotate. 4, appunto: adenina, timina, citosina e guanina."

Hector aprì il computer e digitò "*Popol Vuh / Codice di Dresda*". La pagina che si aprì mostrò una serie di segni incomprensibili. Uno, in particolare, attirò la sua attenzione. Era formato da un intrico di linee che si rincorrevano fino a formare una specie di serpente. Al centro, due linee parallele. E al centro delle linee, un puntino. Stampò il disegno, lo ritagliò, accese la lampada della scrivania e lo sovrappose al suo Quadrato Magico. I due segni combaciavano perfettamente. Poi tornò al divano, prese lo zaino che aveva buttato in terra, vi frugò dentro.

Eccola, si disse compiaciuto.

Tornò alla scrivania, prese un lentino ed esaminò quella pancia appena scoperta di una ragazzina in un campo di volley.

Sì, ci siamo.

Si sedette di nuovo davanti al computer. Cercava un segnale, ma una traccia ce l'aveva. Lui sapeva dove il quadrato era ancora visibile.

CAPITOLO 63

— Siamo già tornati a scuola da un mese.

— Il mese peggiore della mia vita.

— E piantala lì, Flo. Pensa a noi. Tra quindici giorni sono maggiorenneeeeeee.

Seduti a un tavolo spartano del ristorante Wagamama in Tavistock Street, i ragazzi aspettavano impazienti di tuffarsi sui più buoni *noodles* di tutta Londra, il posto giusto, come aveva spiegato Trent, quando-sei-down-e-nerissimo-e-devi-riempire-il-tuo-stomaco-per-smettere-di-pensare&soffrire.

Il luogo giusto, avevano decretato lui e Maya, per tentare di scacciare i pensieri maligni e la tristezza abissale dal cervello di Flo.

Anuragh e Frank si erano uniti al gruppo. Il cameriere arrivò e posò davanti ai ragazzi la specialità del ristorante: *teppan yaki soba*, una bomba calorica capace di alzare le endorfine e l'umore anche a un eterno depresso: *teppan* fritti, cioè *noodles* di soia con uova, pollo, gamberetti, cipolle, peperoni verdi, fagiolini.

Flo guardò il piatto con disgusto. Anuragh prese le bacchette di legno e iniziò con calma e metodo a vuotare il suo enorme piatto. Flo lo guardò colpita, la maestria del ragazzo nel maneggiare le bacchette era davvero notevole. Anuragh alzò gli occhi, allargò il suo bel sorriso a scoprire dei denti bianchissimi, arrotolò su un bastoncino una bella porzione di *noodles* e li porse a Flo, invitandola ad aprire la bocca. Conquistata, la ragazza si lasciò convincere.

— Be', allora che si fa per Maya? — buttò là Trent cercando di sollevare l'umore.

— N O N V O G L I O U N O S T U P I D I S S I M O diciottesimo. Detesto i balli, le feste organizzate, i ragazzi travestiti da pinguini per una sera, quel dannato mucchio di soldi per comprarsi l'abito top. Non fa per me, ve lo dico. E poi odio anche essere la reginetta della festa. Ma mi ci vedete?

— Giusto!

— Potremmo... Potremmo fare un concerto solo per te. GLI ALMOSTNESS X MAYA!!!!!

— Grazie, no. Avrei in mente altro.

— Bah. Fate quel che vi pare. Io tanto non verrò.

— E basta, Flo.

— Sì, perché non devi venire? Perché ti vuoi così male? Scialla, dolce Flo, va tutto bene.

La ragazza alzò gli occhi. Quella mano calda e forte che si era insinuata tra le sue, l'aveva sorpresa. Si fermò a studiare il ragazzo, i suoi capelli nerissimi, raccolti in un codino, gli occhi scuri e profondi. E la sua pelle ambrata, il colore degli abitanti del Kerala, la regione a Sud dell'India da dove provenivano i genitori di Anuragh. Il ragazzo le sorrise e le lasciò la mano.

Flo divenne paonazza. Lui le strizzò un occhio e le regalò un bel chilo di autostima. La dose giusta, per poter sopportare ciò che stava per succedere.

Una voce stridula e sopra le righe, infatti, stava apostrofando un cameriere proprio dietro di loro.

— Non mi dica che non avete posto. Non a me. Mi trovi un tavolo, subito!

— Signora, no tavolo oggi. Noi pieni. Forse tra un'ora, due, chi sa.

— Le ho già detto, non mi può rifiutare un tavolo. Non a me, una futura lady.

— Oh, mamma.

— Zitta tu, guardi signor cameriere incapace, guardi quel tavolo all'angolo: è perfetto per noi.

— Ma quello prenotato.

— Lei troverà sicuramente una soluzione.

Con fare deciso, allungando una mancia taccagna al povero cameriere confuso, Susan Grant, fasciata in un abito rosso stretto alle ginocchia, portato su un paio di tacchi vertiginosi e accessoriato con una stola di volpe sapientemente appoggiata sulle spalle, caracollò verso il tavolo che aveva adocchiato.

Dietro di lei, Phoebe, anche lei elegantissima: abito in maglia tricot appena sopra le ginocchia, scarponcini taccati.

— È un Proenza Schouler — sussurrò Flo a Maya — gli stilisti di Kirsten Dunst, Demi Moore e Cloe Sevigny. Tu guarda che cretina, un abito che costerà qualche migliaio di sterline in un fast food cinese.

Phoebe non le udì e non le vide, concentrata a seguire le orme di sua madre, che incedeva regale, come si addice alla futura lady Welsh. Dietro di loro, nascosto, si affannava John, intento a seguire il passo marziale delle due.

— Oh cazzo — si lasciò sfuggire Trent.

Flo girò la testa proprio in quel momento. Il colorito del suo viso si accese improvvisamente, di fatto tendeva al bordeaux. Girò di nuovo la testa verso i suoi amici, e per fortuna incontrò lo sguardo sorridente e rassicurante di Anuragh che, dondolando leggermente la testa verso la spalla destra e poi verso la sinistra, in un gesto tipico indiano, le faceva segno di buttarsi alle spalle tristezze e rancori.

Flo guardò di nuovo il trio malefico.

Poi riguardò Anuragh. E Maya. E Trent.

E poi si alzò, e si diresse verso il tavolo dove Phoebe, sua madre e John si stavano per sedere.

Maya la vide avvicinarsi ai tre, tendere la mano alla madre di Phoebe, chinarsi sulla ragazza, squadrare John. Poi decise di alzarsi e di andare a sostenere l'amica.

— Ciao, Phoebe. John.

— Maya...

Il ragazzo era pallidissimo, in evidente stato di disagio ansioso.

— Phoebe si può sapere perché non hai più risposto ai nostri messaggi? Non ti abbiamo più vista da...

— Da quella brutta notte in cui, per un eccesso di stress, è stata ricoverata in ospedale...

— Mamma piantala, lo sanno benissimo che ho abortito.

— Non vedo il motivo di gettare ai quattro venti la tua vergogna.

— Uff — sbuffò Phoebe. — Scusa Maya, spiegavo anche a Flo, è che...

— È che voi due, vigliacchi ex amici, siete imbarazzati assai, vero?

— No, Flo, non è come pensi.

— Ah no, John? E com'è che penso?

— Signorina, ma le sembra il caso di venire a fare una piazzata al mio tavolo?

— Non sto facendo nessunissima piazzata, SIGNO-

RA GRANT. Sto solo dicendo la verità. E sto tentando di dire che...

Lo sguardo di Flo si ammorbidì per un attimo.

— Non fa niente Phoebe, tu non c'entri. Non ti sentire in colpa con me. Hai attraversato un momentaccio. E forse noi... noi non ti siamo state così vicine.

— Flo ha ragione. Forse dovremmo chiederti scusa. È che la storia di Yukiko ci ha sconvolto tutti.

Phoebe alzò gli occhi su Maya. Per la prima volta dalla nottataccia si sentiva di nuovo accolta dai suoi amici. Flo le prese una mano, le accostò il palmo al suo e strinse forte. Un gesto che le costava moltissimo, Maya lo sapeva.

— Per sempre insieme, Phoebe. Tu no, lurido verme. Tu sei una pustola, un vigliacco, un ratto di fogna. Tu, meglio che mi stai lontano. Ancora per un po'.

John divenne paonazzo, abbassò lo sguardo e sperò solo di diventare piccolo, ma così piccolo, da rendersi trasparente.

— Sono strani, questi tuoi amici.

La futura lady Welsh appoggiò sul tavolo gli occhiali da sole, che portava anche con la nebbia, prese la lista, fece scorrere gli occhi in su. E in giù. Poi di nuovo in su.

— Non capisco perché abbiate tanto insistito per venire in questo postaccio. Guarda da che gente è frequentato. Sono decisamente strani questi ragazzi. Sicura che sia un bene frequentarli?

CAPITOLO 64

La gradinata del British Museum quel giorno era gremita di gente. Trent e Maya però non fecero caso alla folla. Persi uno negli occhi dell'altra, salivano veloci le scale. Per fortuna, Anuragh aveva "rapito" Flo e Frank aveva altri impegni. Così loro due non avevano dovuto spiegare perché avevano così fretta di lasciare il ristorante. Oltrepassarono la maestosa facciata del museo ed entrarono nella modernissima hall. Si diressero subito verso la sala precisa che avevano in mente. Sezione "Culture del mondo", il ragazzo procedeva deciso: in fondo alla grande hall, piano terra, sala 24.

Trent teneva Maya per mano e la trascinava con passo veloce. Era impaziente.

Quando finalmente raggiunsero la sala, Maya intravide un enorme statua di un dio azteco che li sovrastava. Il ragazzo le chiese di chiudere gli occhi. Lei ubbidì. Pochi passi, attenta a non inciampare. Poi lui le sfiorò con un bacio leggero gli occhi chiusi.

Quando Maya li aprì, fu abbagliata dalla luce che proveniva da una teca super protetta da spessi vetri anti proiettile.

— Sai che cos'è?

Lo sguardo di Trent era attento.

— Fammi indovinare. Civiltà Maya?

— Esatto. È uno dei 13 teschi di cristallo. Ti dicono niente?

— Il film di Spielberg!

— Certo, Spielberg si è ispirato a una storia vera. Ma...

— Ma?

— Ma questa storia è incredibile, Maya. E adesso te la devo raccontare.

Trent si avvicinò alla teca. Sfiorò con un dito leggero il cristallo spesso che proteggeva il prezioso reperto. Si soffermò a guardarlo. Erano giorni che si recava in quella sala, eppure l'effetto che quel teschio gli faceva era sempre lo stesso: ansia, ma fortissima attrazione. La sua, del resto, era una reazione non molto diversa da quella delle migliaia di visitatori che ogni anno vi si accostavano. Trent si abbassò, fino a portare gli occhi sulla traiettoria delle orbite del teschio. Incredibile, pensò tra sé, la perfezione e la lucentezza. Un unico pezzo di cristallo, perfettamente levigato, che emanava bagliori sinistri. Due grandi orbite, una sorta di sorriso crudele, disegnato sulla mandibola cesellata dai denti. Trent si rialzò. E si voltò. Dietro di lui, Maya era come ipnotizzata. Aveva posato la borsa a terra, e stava schizzando su un foglio di carta delle linee. Trent si sporse per vedere.

Maya stava disegnando dei teschi identici a quello della teca. Era così concentrata che non si accorse nemmeno di lui. Quando alzò lo sguardo sembrò non vederlo. Le pupille erano dilatate, il respiro affannoso.

— Maya, tutto bene? Vuoi che ce ne andiamo?

La ragazza non gli rispose e riprese a disegnare veloce, la mano lanciata sul foglio, come impazzita. Poi il pezzo di carta le cadde di mano e Maya iniziò a tremare leggermente. Trent si guardò intorno. Li avrebbero sbattuti fuori a calci, se Maya avesse dato di matto lì dentro. La prese per un braccio e la trascinò fuori da quella sala, la fece svoltare a destra, poi a sinistra, su per le scale. Il ragazzo procedeva sicuro, la ragazza iniziava a sbattere gli occhi. Le pupille si andavano restringendo.

Dieci minuti dopo, seduti al bar del museo, Trent sbottò: — Maya, cazzo. Mi hai fatto prendere un altro spavento pazzesco.

— Trent, scusami. È stato come se avessi sentito qualcosa di particolare, non lo so dire, una specie di energia estranea che mi entrava dentro.

— Era come l'altro giorno, fuori dall'ospedale?

— No, non direi. Ma Trent, che cos'era esattamente quel teschio?

— Nessuno lo sa con precisione. È uno dei 13 teschi che si dice siano stati fatti dai Maya, ma la loro origine è incerta. Sono stati scoperti nel 1800. E datati attorno al 1000, 1500 d.C. Ma c'è chi dice che la datazione sia sbagliata. E li fa risalire a molto tempo prima, all'8000 a.C. Oggi sono dispersi in varie parti del mondo, tra musei e collezionisti. Ma ciascuno di loro ha un potere speciale. Ce n'è uno, per esempio, che parrebbe racchiudere al suo interno una sistema complesso di lenti. Si dice che chi vi si accosta, veda scorrere tutta la sua vita. Di fatto, quel teschio non dovrebbe esistere: nessun essere umano può averlo costruito. E... C'è una Profezia Maya, sui teschi. Dice più o meno: "Quando i 13 teschi di cristallo saranno ritrovati e riuniti, inizierà un nuovo ciclo per il genere umano." E... Maya.

— Sì?

— Io, ecco, io ti ho portato questo.

Trent si chinò, aprì lo zaino ed estrasse un foglio spiegazzato. Maya vide subito che si trattava di una fotocopia mal conservata. Il ragazzo aprì il foglio con attenzione, lo spiegò davanti alla ragazza, che si andava facendo sempre più attenta. Le mostrò i disegni su quelle carte, e a Maya parve di cogliere in quei segni qualcosa di familiare, di averli già visti.

— Ecco, si dice che i teschi si riuniranno proprio il 21 dicembre 2012. Come se tutto coincidesse. E questo è tutto ciò che so — disse Trent, poi prese il viso di Maya tra le mani, lo avvicinò al suo e sussurrò: — Niente più misteri. Io e te, oltre ogni limite, ancora più in là. Per sempre.

Maya chiuse gli occhi un attimo. Non parlò, aveva bisogno di riflettere. Si concentrò su un'immagine. Ecco dove aveva già visto quei segni. Gli studi di David, li aveva visti sui suoi diari e anche sul suo sito.

Dall'altra parte del bar, seduto a un tavolino, nascosto da un libricino arancione di pelle, un ragazzo elegante, in jeans e camicia bianca, capelli morbidi sulle spalle, occhi grigi penetranti, non smetteva di guardare nella direzione di Maya.

Trent, vedendo che Maya cominciava ad assentarsi di nuovo, si alzò, la prese per mano e la condusse fuori.

Uscendo, ripassarono davanti alla sala 24. E Maya notò la strana scultura che sovrastava il teschio. Appesi al soffitto, quattro scheletri, i Quattro Cavalieri dell'Apocalisse, roteavano creando uno strano effetto: al centro, la morte, seduta a cavalcioni sul mondo.

CAPITOLO 65

Le camionette della polizia correvano veloci, ma silenziose. Il tenente Lawrence Garret era stato categorico: niente sirene, non dobbiamo allarmarlo. Megan viaggiava a bordo di un'auto senza insegne, con Garret. Avevano messo sotto sopra l'intera Scientifica, ma alla fine ce l'avevano fatta. Il cartellino arancione che appariva sfuocato su una delle immagini postate da Michael Gacy, aveva parlato: Lamb Walk, numero 17, una piccola traversa di Bermondsey Street.

Attraversarono il Tower Bridge, Megan mordeva il freno. Il traffico dell'ora di punta li stava inesorabilmente ritardando.

Garret si spazientì, allungò una mano ad aprire il cassettino davanti al posto del passeggero, ne estrasse la sirena, la allungò sul tettuccio della macchina. E la accese. Dietro lo imitarono e il convoglio si fece strada ululando. All'altezza di Tooley Street Garret avvisò la pattuglia di spegnere le sirene, si stavano avvicinando alla zona dove supponevano potesse nascondersi Michael Gacy.

E finalmente Lamb Walk. I poliziotti delle unità speciali anticrimine di Scotland Yard stesero un cordone protettivo, chiudendo la strada al traffico. Garret, nervoso, dava ordini secchi. Dietro di lui, Megan procedeva decisa.

Il portoncino di ferro cedette facilmente sotto i loro colpi. Nessun rumore.

Fu la porta successiva, quella che immetteva nel vano scale, che dette qualche problema. Due poliziotti la forzarono e, protetto dalle armi spianate dagli agenti, fu Garret, per primo, a mettere piede nella tana del killer. Dovette strizzare gli occhi, perché nella stanza regnava una strana penombra. Quando il tenente riuscì a mettere a fuoco, gli mancò il fiato. Si voltò, abbracciò Meg e le sussurrò: — Sei sicura? Non devi per forza vederlo.

Ma Megan Fox Moore non poteva fuggire a quel confronto. E adesso era finalmente faccia a faccia con Michael Gacy. Lo stava osservando con un misto di orrore e di pietà. Riverso per terra, gli occhi vitrei, un filo di bava che pendeva dalla bocca, il corpo irrigidito dal *rigor mortis*.

— Garret.

— Meg. È andata.

La dottoressa Fox si chinò sulle ginocchia. Si avvicinò al volto di Gacy, quegli occhi avevano una strana espressione di terrore, notò la profiler.

— Secondo te da quanto è morto?

Saremo più precisi dopo l'autopsia, ma la rigidità del cadavere sopravviene dopo circa 12 ore e dura per 36, prima che inizino i processi di decomposizione.

— Ieri, dunque. Se solo avessimo visto prima quella dannata foto. Questo figlio di puttana si è portato dietro tutti i suoi segreti.

Garret dava ordini secchi, ma evitava di guardare le vasche. Sì, le aveva viste in foto. Ma dal vivo, era tutt'altra cosa. La dottoressa Fox si alzò e si diresse verso le ragazze uccise.

— Meg, devi proprio?

— Sì.

— Pensi che l'abbiano ucciso?

Garret, guanti di plastica infilati, stava esaminando il cadavere.

— Lo dirà solo l'autopsia. Dal punto di vista psichiatrico, ci sta anche un suicidio.

— Tenente.

La voce di un agente interruppe il dialogo tra i due.

— Venga un po' qui a vedere.

Garret si avvicinò all'armadietto che il poliziotto teneva aperto. Uno sguardo gli bastò per capire.

— Era un fottuto tossico, Meg. Si è fregato da solo!

Ma Megan Fox non lo ascoltava più. In silenzio, aveva preso la porta, era risalita in fretta per le scale buie e fredde, si era tirata su il bavero ed era tornata verso casa, lontano da quell'orrore.

Dentro, gli agenti ne avrebbero avuto per un bel pezzo. Sotto la regia di Lawrence Garret avevano iniziato a spruzzare sulle vasche il cianoacrilato, una sostanza che, allo stato gassoso, rende visibili le impronte. Il composto creava una sottile pellicola, che gli agenti iniziarono, con attenzione, a staccare dalle pareti lisce delle bare di vetro.

CAPITOLO 66

— Camomilla e torta di carote fatta da me?

— Mamma? Stai bene?

— Prossima domanda, prego.

— Mamma, sono le 10 di sera, di solito dormi davanti alla tv o ti chiudi nel tuo studio a lavorare...

— Sì, be', diciamo che ho avuto una giornata... pesante. Quindi, torta e camomilla.

Megan era ferma sulla porta della camera di Maya, pigiama oversize, zoccoli di gomma e un vassoio in mano.

— E poi, ti dirò un segreto.

— ???

— Ho iniziato il programma considera-la-mamma-baby.

Maya sorrise.

— Tanto non funziona, lo sai.

Madre e figlia si sedettero sul lettone di Maya. Megan mise la torta su due piattini e servì la camomilla bollente.

— Maya...

— Mmm. Buona, la torta. Brava, mamma. Mi dai la ricetta?

— Quando vuoi. Non sapevo che ti piacesse cucinare.

— Tu non sai un sacco di cose di me...

— Ok, allora facciamo la lista.

— Dai, mamma, scherzavo...

— Tesoro, è che anche tu non sai molto di me. Aspetta. Ti faccio vedere una cosa.

Megan si alzò dal letto. Tornò dopo due minuti, reggendo in mano uno strano volume in pelle rossa, con dei fregi d'oro sulla copertina. Ma la cosa più strana era il polverosissimo, orribile foulard di flanella a fiori gialli e blu che lo avvolgeva. Maya guardò sua madre con aria interrogativa.

— *I Ching*!

— *I* che?

— *I Ching*, vecchio oracolo cinese.

— No, mà, tu mi vuoi stupire stanotte. Non dirmi che tu...

— O sì, la tua seria mamma era una delle più grandi tiratrici di monete di Londra negli anni Settanta. Dunque, vuoi provare?

Maya annuì. La madre liberò il libro dal brutto foulard e lo aprì. Sulla prima pagina, erano posate tre monete dorate con degli ideogrammi incisi.

— Guarda, queste sono le monete che devi tirare.

— Sì? E mi predici il futuro?

— Ti racconto la tua anima, mia misteriosa.

— Mmm, è un trucco?

— Prova, e vedrai. L'*I Ching* è un oracolo, quindi risponde alle domande che gli poni. I responsi li ottieni lanciando tre monete per sei volte. A una faccia della moneta devi assegnare il valore 2, all'altra il valore 3. Ecco, fai la domanda al libro e comincia a lanciare. Così, brava. Metti la mano destra sul libro e con la sinistra tieni le monete e intanto pensa a una domanda. Ma attenta, il bello di questo oracolo è che non dà risposte sul futuro, ma consigli su come procedere e quindi su come mutare la situazione a tuo vantaggio. Perché, secondo questo oracolo, tu puoi cambiare il tuo destino, diciamo così.

— Seeee. Fosse così facile.

— Chi può dirlo, magari lo è. Ma adesso tira.

Divertita e scettica, Maya tirò le monete. Megan scrisse veloce e tradusse i numeri in segni.

— Mmm, il segno è il 14. Si chiama "Il possesso grande." Senti, te lo leggo. "Il possesso grande, sublime riuscita. Forza e chiarezza si uniscono. Il possesso grande è determinato dal destino."

Megan sollevò un sopracciglio.

— Fammi indovinare che cosa gli hai chiesto... — Poi andò avanti a leggere. — "Ma il destino non sempre è benevolo. Tuttavia, non si può fuggire."

Maya guardò sua madre con aria interrogativa.

— Be', vanno interpretati.

Megan guardò la sua bambina con ansia e tenerezza. Avrebbe voluto abbracciarla e tenerla stretta per tutta la notte. Troppe volte, dentro di sé lo sapeva anche se non l'avrebbe mai ammesso, l'aveva lasciata da sola. Megan ricacciò indietro l'inutile senso di colpa. E si rivolse di nuovo alla figlia. Ma stavolta il tono era cambiato.

— A proposito, Maya. Mi dici che cavolo è questo test sulle droghe?

— Scusa?

— Massì, quello che fate su Facebook. "Quale droga psichedelica ti si addice di più."

— Ma di che parli?

— Non fare l'ingenua con me. So anche il tuo risultato. LSD, 75%, MDMA 15%. Dico, Maya, non fare scemenze.

— Mamma, mi spii?

— Ma che dici?

— Mamma, ti ripeto la domanda. Tu mi spii?

— Ma no, è che... a volte mi preoccupo. Sei così silenziosa, non capisco mai che cosa hai in testa.

— Mamma, perché devi sempre rovinare tutto?

Maya si alzò, andò in bagno e sbatté la porta.

Solo quando la madre fu uscita dalla sua stanza, Maya vi fece ritorno. Possibile che sua madre dovesse sempre rovinare tutto con le sue dannate ansie? Dio, perché quella donna non si fidava un po'? Perché non voleva lasciarla crescere? Maya si sedette sul letto, si concentrò, iniziò a respirare. E a recitare il mantra segreto di Maestro Chan. Niente. La rabbia che aveva dentro le impediva di rilassarsi. E di aprire le porte a David, il suo papà.

CAPITOLO 67

— Allora, avete qualche risultato?

— Parziali.

— Lawrence, santiddio, sono passati otto giorni e non avete ancora il referto dell'autopsia?

— Gacy è morto per asfissia.

— Ok...

— È compatibile, mi dice l'anatomopatologo, con l'overdose da ketamina.

— Ok...

— Anche se abbiamo rilevato leggerissime tracce di un altro farmaco, la tubocurarina.

— Sai in che percentuali?

— Minime.

— E?

— Il medico che ha fatto l'autopsia sostiene che il dato è irrilevante. Gacy potrebbe essersi sottoposto a una qualsiasi piccola operazione chirurgica: le tracce del farmaco sono troppo lievi per essere significative.

— Già, se non ricordo male dai miei studi universitari, la tubocurarina viene usata per paralizzare i muscoli durante l'anestesia.

— Esatto.

— Ma ha un'emivita di sole due ore, mi sembra.

— Esatto.

— Quindi?

— Quindi forse Gacy si è fatto operare di qualche accidente pochi giorni fa. E il suo organismo, compromesso dalla droga, non ha smaltito del tutto l'anestesia.

— Quindi?

— Secondo me è morto per overdose.

— E se?

— Niente se, dottoressa Fox. Abbiamo setacciato tutta la scena. Non ci sono altre impronte al di fuori di quelle di Gacy, non c'è uno straccio di segno di lotta. Niente di niente. Gacy era solo, quando è morto, ci metto una mano sul fuoco.

CAPITOLO 68

"*Because maybe You're gonna be the one who saves me? And after all You're my wonderwall."*

— *O yes, babe,* Oasis. Robetta. "*When routine bites hard, and ambitions are low, and resentment rides high, but emotions won't grow, and we're changing our ways, taking different roads."*

— Joy Division...

— Ok, stacco. Cheppalle... Studio...

— Trent? Per te sono pazza?

— La pazzia è solo un'altra forma di normalità. Scialla, Maya, rilassati. E dormi sogni d'oro.

— Io e te, per sempre...

—... oltre la linea d'ombra.

Maya si staccò da Skype, si infilò le cuffie dell'iPod e ascoltò per un'ultima volta *Wonderwall,* poi spense iPod e computer e si ficcò sotto al piumone. Riaccese la luce. Non si sentiva tanto bene. Aveva un fastidioso senso di nausea. E le girava un po' la testa.

Prese il taccuino che teneva sul comodino e iniziò a disegnare. Provò a schizzare una mini Maya innamorata. Poi l'avrebbe inviata a Trent. Piccolo-messaggio-dibuona-dolcenotte. Ma la mano le tremava leggermente. Spense di nuovo la luce, si girò su un fianco e chiuse gli occhi. La nausea salì e la testa iniziò a girarle ancora più forte. Riaccese, si alzò, respirò a fondo e fece due o tre passi nella stanza. Poi tornò a sedersi sul letto.

Niente, la testa continuava a girare. Non aveva voglia di scendere in cucina e Megan non poteva salire con una fetta di torta e una tazza di camomilla bollente perché non era ancora ritornata dall'ufficio. Si distese, prese un libro e iniziò a sfogliarlo. Ma lo richiuse subito. Gli occhi non riuscivano a mettere a fuoco le parole.

Ma che cosa...

Si rimise a sedere, adesso le sembrava di essere su un ottovolante: intorno a lei, girava tutto. Tentò di alzarsi, ma cadde a terra. Le gambe non la reggevano più.

Maya iniziò a spaventarsi. Il suo cervello cominciò a elaborare dati alla velocità della luce, mentre il suo corpo la stava abbandonando.

Nausea forte + vertigini + perdita-della-vista = N O N È D A V I D. Forse-sto-male-forse-virus-forse-cibo-avariato-forse-aiuto-dove-ho-messo-il-cell-mamma-aiuto-Trent-mi-senti?-Qualcuno-mi-ascolta?

Stesa a terra, si accorse di uno strano formicolio alle gambe. Come piccole punturine di aghi che salivano, lasciando dietro di loro la brutta sensazione di non poter più muovere alcun muscolo.

Un angolo del cervello di Maya continuava a pensare freddamente, il resto di lei però era invaso dalla paura.

Adesso era stesa a terra, completamente paralizzata, poteva muovere solo gli occhi. Maya aveva smesso di interrogarsi. Sentiva che le forze la stavano abbandonando e che il respiro si faceva sempre più difficile. Pensò a sua madre, a come l'avrebbe trovata. E in quell'angolo del suo cervello che ancora continuava a funzionare, Maya urlò.

— N O O O O O O O O O O!

Con uno sforzo violento, e con solo la volontà della sua mente, iniziò a recitare il mantra di Maestro Chan. Forse, avrebbe potuto cacciare le tenebre, e non solo evocarle. Era la sua unica speranza. Il respiro si faceva sempre più difficile, il corpo era completamente paralizzato. Maya chiuse gli occhi e non si arrese. Piano, sentì che la forza positiva del mantra si stava diffondendo dentro di lei. Si accorse di stare muovendo il mignolo della mano destra. Poi, le dita del piede sinistro. A poco a poco riprese il controllo del suo corpo. E l'aria tornò a circolare nei suoi polmoni esausti. Maya lasciò passare qualche minuto, poi, con cautela, si appoggiò al bordo del letto e si tirò su a sedere. Fece ancora due o tre respiri profondi. Ma non era finita.

Un conato di vomito iniziò a scuoterle le viscere. La ragazza sboccò sul pavimento, il liquido che usciva era verdastro, cattivo. Maya si tirò su, esausta. Prese con una mano tremante il bicchiere d'acqua sul suo comodino e tentò di bere. Ma le sue viscere ricominciarono a rivoltarsi.

David, dove cazzo sei papà? si chiese.

Maya era arrabbiata. Fece un altro respiro, ma la nausea ricominciò a salire. Solo a quel punto si rese conto che uno *shining* si era davvero impossessato di lei, ma non si trattava di suo padre questa volta. La voce che iniziò a parlarle era acuta, spaventosa.

"David non c'è. Sorpresa! Ci sono io. Ce ne hai messo di tempo ad accogliermi, eh? Ma finalmente ti sei arresa. Ah, ah, ah. Mi riconosci, sgorbietta?"

La voce stridula si irradiava dal plesso solare di Maya, invadendola. La nausea lasciò il posto a una sensazione di gelo profondo.

"Fuochino. Sì sì sì. Sono proprio io. E David, dov'è, eh Maya? Oh, non è venuto. Ti lasciano sempre sola, povera piccola."

— Tu, tu. Io non ti voglio.

"Ah ah, giovane Maya. Mi spiace, non mi puoi rifiutare. E poi, vuoi perderti la possibilità di parlare coi morti? Chissà se lo rivedrai il tuo papi-oh-David. Chissà. Io l'ho rivisto sai, da questa parte?"

— Che cosa vuoi?

"Solo parlare, sgorbietto. In fondo, io e te abbiamo lasciato un discorso a metà, ricordi, Mayaaaa."

Ma lei non rispose. Si concentrò di nuovo sul mantra di Maestro Chan e iniziò a recitarlo a voce sempre più alta.

"Piccola Maaayaaa, è inutile che ti sforzi. Non me ne vado. Sto qui con te. Vedi, io e te siamo uniti dallo stesso destino, ci ho pensato a lungo. Noi siamo soli. E destinati a grandi sofferenze. Io, la mia quota l'ho già avuta."

— Io non ho nessun destino simile al tuo.

"Attenta, piccola Maaaayaaaa, ti sto offrendo il mio aiuto. Se no, da chi lo puoi ricevere? Da quella tua madre che pensa solo al suo lavoro e a farsi fare dal suo tenentino?"

— ...

"Piccola rivelazione, dolcezza. Massì, mammina ha un amante, non lo sapevi, eh? La gente non è mai come si crede. Come il Prof. Dio, che delusione. Mi ha fottuto, quel cane bastardo. Ma non è ancora detta l'ultima parola. Ah, un piccolo aiutino, per quel che serve, scema come sei. Doomsday Project, informati bella. Oddio, bella..."

CAPITOLO 69

— Maya, ci sei?

Megan accese la luce alla base delle scale e gettò cappotto e borsa sulla poltrona all'ingresso. Era disfatta e frustrata. Un'altra inutile giornata a tentare di raccapezzarsi della morte di Gacy. Andò in cucina, aprì il frigorifero e ne tirò fuori un pezzo di formaggio e uno yogurt. Guardò sconsolata la sua cena.

— Maya, hai cenato?

La casa era avvolta nel silenzio. Megan si sedette, accese la tv e si versò un bicchiere di vino bianco, una piccola concessione dopo tutto questo sfinimento, si disse. Aveva perso il notiziario della sera. Premette i tasti del telecomando, sempre più nervosa. Guardò l'ora, le 9.10. Tra cinque minuti, pensò, ci saranno i flash. Iniziò a consumare la sua frugale cena con calma, piccoli bocconi, come le aveva insegnato sua nonna. La sigla del notiziario interruppe i suoi pensieri.

— Buonasera. Ancora mistero sul killer trovato morto nella zona di Bermondsey. Si tratta di Michael Gacy, già condannato per la morte di un valente astrofisico, il professor David Fox, e sospettato dell'uccisione di sette ragazze minorenni. La polizia non ha ancora voluto rendere noti i particolari del ritrovamento, che fonti anonime definiscono raccapricciant. Massimo riserbo sulle cause della morte, che però pare sia avvenuta per *overdose* di droga.

— Mamma, non è vero.

Megan sollevò lo sguardo dal televisore. La voce grave di sua figlia la sorprese.

— Maya...?

— Michael Gacy è stato ucciso, io lo so.

Occhiaie profonde e scurissime, un pallore spettrale, i capelli bagnati di sudore appiccicati alla fronte. Megan rimase con la forchetta a mezz'aria. La posò e andò incontro a sua figlia.

— Tesoro, che c'è? Non ti senti bene? Hai la febbre? Dovevi chiamarmi.

— Mamma, lo hanno ucciso.

— Vieni, siediti, ti faccio una camomilla.

— Hai sentito quello che ho detto?

— Sì, sì, dopo mi spieghi. Ma che hai fatto?

— Mamma, io l'ho visto.

— Chi hai visto? Tu non stai bene, tesoro.

— Ho visto Michael Gacy.

— Oh, Maya ti prego. Non con questa storia, non stasera.

— Mamma, cazzo, l'ho visto. Mi ha detto: «Mi ha fottuto, quel cane bastardo. Ma non è ancora detta l'ultima parola.» Mi ha voluto dare un messaggio.

— Sì, ma adesso tu non stai bene. Non è che per caso hai preso qualche strana sostanza, eh?

— Mamma, B A S T A! E ascoltami.

Maya avvicinò la sua sedia a quella della madre, le prese le mani tra le sue e iniziò a parlare. Per una volta voleva fidarsi di lei, non aveva scelta.

Le raccontò di come Gacy era entrato nella sua mente, le spiegò come lei stava tentando di controllare i suoi poteri e le disse che il killer le aveva fatto intendere che c'era un piano, una sorta di grande progetto sotto il suo omicidio. E quello di David. E che i giochi erano appena iniziati.

— Ok, Maya. Adesso però andiamo a letto. E ci proviamo la febbre.

Dopo aver messo a dormire la figlia, Megan si attaccò al telefono.

— Dottoressa Morton, sono Megan Fox Moore. Mi scuso per l'ora.

— Megan che succede?

La vecchia prof di Megan, una delle più note psicologhe d'Inghilterra, sapeva che la sua ex allieva non l'avrebbe mai disturbata se non in caso di bisogno.

— Si tratta di mia figlia, di Maya. Penso che stia molto male. E che non abbia mai superato la morte del padre. Sostiene di vederlo, di percepirne la presenza. Mi aiuti dottoressa. Non so più che fare con lei.

— Vieni a trovarmi domani. Affronteremo il problema.

Megan chiuse la telefonata con la voce rotta da un singhiozzo. Poi si riprese. Riafferrò il telefono e premette il tasto di selezione automatica.

— Lawrence, sono io. Riesci a verificarmi due o tre cose? Che ne sappiamo del Doomsday Project?

CAPITOLO 70

Megan si fermò solo un secondo a guardare la casa dal di fuori. Sospirò. Le era sempre sembrata folle. L'ennesima stranezza di David.

38, Rosslyn Hill, nel tranquillo quartiere di Hampstead. Facciata in legno dipinta di giallo e blu. Quattro piani, una stanza per piano.

All'ultimo, sotto il lucernario che occupava tutto il soffitto a mansarda, David aveva piazzato il suo telescopio. Suo marito amava quel rifugio, dove ritirarsi a scrivere e lavorare.

Da quel giorno terribile di quattro anni prima, Megan ci aveva messo piede solo in un paio di occasioni. E perché costretta.

Prese la chiave dalla borsa, maledisse la serratura difettosa che il marito le aveva sempre promesso di aggiustare, e alla fine entrò. La polvere copriva le librerie, le scrivanie, e gli armadietti a vetro pieni di mappe astronomiche e di strumenti. Megan si diresse verso la scala bianca scrostata e malandata e, titubante, iniziò a salire. Fino al terzo piano, la stanza delle carte segrete, come la chiamava David.

Una leggera vibrazione nella borsa la avvisò della telefonata in arrivo.

— Dove sei?

— A Rosslyn Hill.

— Meg, ti prego. Lascia stare, stiamo controllando, ma non ne veniamo a capo. Temo siano fantasie di Maya.

— No Lawrence, glielo devo. Almeno un tentativo, devo farlo.

— Ok, allora arrivo.

La donna scacciò il fastidio e si sedette alla scrivania del marito. Guardò con gli occhi del rimpianto il ritratto di loro tre che, in una cornice d'argento, campeggiava sulla scrivania: lei, David e Maya piccolina. Accarezzò con lo sguardo il disordine del marito, quello in cui solo lui riusciva a raccapezzarsi. Prese in mano gli occhiali di tartaruga, soffiò via la polvere, sospirò e si guardò intorno. Aprì il primo cassetto della scrivania. Lo richiuse sconsolata. Non sapeva neanche lei che cosa cercare. La polizia, anni prima, aveva ispezionato la casa in ogni angolo, per poi abbandonarla al proprio disordine. Si alzò e si diresse alla libreria alle sue spalle. Anche quella era tutta storta. Prese un libro, lo sfogliò. *Teoria del Big Bang e buchi neri.* Lo ripose sullo scaffale, inserendolo a caso: quella libreria, scosse la testa, non aveva alcun ordine logico. Lesse gli altri titoli della fila.

Buchi neri, comunicazione, energia; Il futuro della teoria delle stringhe; Gravitazione e cosmologia.

Fece scorrere lo sguardo sugli altri scaffali. E si soffermò su uno, in particolare.

Gli imperatori del tempo; Libro del calendario Maya; Precessione degli equinozi: il cielo secondo i Maya; Cosmogonia dei popoli mesoamericani.

Un libro, tra quelli, era diverso dagli altri: pareva molto più consunto, come se fosse stato preso in mano infinite volte. La sovracoperta era semi strappata e, sotto, si intravvedeva una copertina rigida di cartone ingiallito dal tempo. Megan prese il libro. *Codice di Dresda e sistema solare.* Incuriosita, iniziò a sfogliarlo. Le pagine erano molto rovinate. Megan diede un'occhiata veloce: capiva poco delle "manie" di suo marito. Stava per riporre il libro, quando un foglio scivolò a terra. Megan si chinò a raccoglierlo. E i suoi occhi iniziarono a riempirsi di lacrime.

"Mia dolce Meg, perché sei tu, vero? Tu sola puoi andare a ficcare il naso nella mia libreria. E a storcerlo, il tuo bel nasino, per il mio "incomprensibile disordine". Amore mio, sapessi che disordine ho in testa in questi giorni. Non te ne ho parlato, non ho voluto tirarti in mezzo. Ma sono preoccupato. Ho scoperto qualcosa di terribile. E non so come difendermene, come difendere te e Maya. Fortuna che la stella di casa ci aiuterà. Ti amo. Per sempre. D."

Megan si asciugò le lacrime. E girò il foglio. Faticò a interpretare la scrittura del marito, intervallata da troppe cancellature. Ma si sforzò.

"Egregio dotto... la s... richiesta è inaccettabile. Se anche fossi a conoscenza di ciò che lei mi chiede, non condividerei la mia scoperta con lei e la sua accozzaglia di inquietanti seguaci. Il Codice di... nessun segreto è... E la data non è affatto... Dicembre 20... E lei sta mentendo ai suoi contemporanei. Mai, e le ribadisco, mai io sottometterò il mio sapere e le mie conoscenze ai suoi perversi scopi. Professor David Fox."

Megan rilesse la lettera per la seconda volta: non ne capiva il senso.

— Meg, posso entrare?

Immersa nella tristezza e nel dubbio, la donna fu sollevata da quella voce amica.

— Sono al terzo piano, Garret. Entra.

Il soprabito beige faceva risaltare gli occhi verdi del tenente. Megan si fermò a guardarlo. Lui le sorrise, lei gli tese la lettera.

— L'ho trovata per caso, in un libro di David.

— A chi può essere diretta?

— Non ne ho idea.

— È molto strana, Meg. Sembra quasi un messaggio.

Garret prese uno sgabello sgangherato, si sedette e si rigirò il foglio tra le mani. Sospirò.

— Era minacciato, mi sembra evidente. E preoccupato.

— E io non mi ero accorta di niente...

— Megan, ti prego, smetti con i sensi di colpa. Tu non c'entri. Lui ha voluto tenerti all'oscuro, per proteggerti.

Il tenente le sfiorò il viso con una carezza gentile.

— Quello più strano è il messaggio per te.

— Ah-ah.

— Sembra quasi che nasconda un'indicazione.

— In che senso?

— Sembrerebbe criptato. Pensaci: da una parte scrive una lettera incomprensibile, forse una bozza di quella che poi ha realmente inviato. E dall'altra, c'è uno scritto che ha tutta l'aria di un messaggio lasciato da qualcuno che teme di morire. Ti sta dicendo qualcosa Meg.

— Parla di seguaci. E di perversi scopi. Sembra quasi che parli di una setta.

— Già. E io credo che nel messaggio indichi un luogo, dove forse ha nascosto qualcosa. Qualcosa di importante. Se davvero era minacciato, è pensabile che abbia cercato di lasciare dietro di sé la traccia dei suoi studi, tentando di criptarla e di affidarla a mani sicure.

— Sì, ma...?

— Con calma, Meg. «Tu sola puoi andare a ficcare il naso nella mia libreria.» Dove hai trovato questo libro?

Megan indicò il punto esatto al tenente. Il quale si alzò e iniziò a ispezionare lo scaffale del libro e quelli vicini. Apparentemente, non c'era nulla. Fece cenno a Megan di aiutarlo e iniziò a controllare libro per libro. Un lavoro inutile. La libreria non aveva alcun segreto.

Garret riprese in mano il foglio.

"Ho scoperto qualcosa di terribile. E non so come difendermene, come difendere te e Maya. Fortuna che la stella di casa ci aiuterà. Chi era la stella di casa, Meg?"

— Maya. Tra i mille nomignoli che David aveva coniato per lei, uno era "la mia stellina".

— Maya ha mai avuto accesso alle carte di David?

— Non che io sappia.

Lo sguardo di Garret si aggirava nervoso per la stanza, sorvolando sulle numerose mappe stellari appese qua e là. I suoi occhi furono catturati da una cartina delle Pleiadi, un ammasso stellare della costellazione del Toro. Al tenente ronzava qualcosa in testa. In silenzio, si avvicinò di nuovo alla libreria di David, ne estrasse un volume sulla conformazione dell'universo, andò alla pagina che ricordava di aver letto da qualche parte.

— Sai come si chiama una delle stelle al centro della costellazione delle Pleiadi? Maia, Meg. Si chiama Maia. Ti dice qualcosa?

— Certo che sì, forse so che cosa voleva dirci David.

Megan scattò verso la scala e, seguita da Garret, arrivò all'ultimo piano, dove era custodito il grande telescopio del marito, ancora puntato verso il cielo. Indicò al tenente il pavimento. Il telescopio poggiava su un tappeto blu intenso: al suo centro, un ammasso di stelle luminose. Le Pleiadi.

— David ci teneva tantissimo. Glielo avevo fatto fare io, era il mio regalo per i suoi quarant'anni.

Garret iniziò a esaminare ogni centimetro del tappeto. Era sicuro che qualcosa gli stesse sfuggendo, che qualcosa fosse sfuggito anche alla polizia che anni prima aveva cercato ogni indizio in quello studio, forse con un eccesso di fretta per la voglia di chiudere rapidamente il caso. Provò a sollevare un lembo del tappeto, ma non c'era nulla. Nessun segno sospetto. Fece cenno a Megan di aiutarlo. Alzarono il telescopio, che Megan ricordava essere sempre rimasto in quel luogo, e spostarono il polveroso tappeto.

Niente. Solo normalissime assi di parquet. Megan sospirò lasciandosi cadere sul pavimento. Ma, Garret ne era sicuro, David Fox aveva cercato di mandare un messaggio e ora non potevano abbandonarlo. Il tenente cominciò a passare una mano sulle assi, tamburellando leggermente le dita.

— Bingo — esclamò a un tratto raggiante, alzando gli occhi su una Meg che lo guardava con aria interrogativa. — Senti, suona a vuoto. Guarda, a occhio mi sembra proprio il punto che combacia con il disegno delle Pleiadi. Forza, dammi una mano, proviamo ad alzarla.

A fatica riuscirono a far leva su un angolo e a sollevare l'asse. Sotto, nel piccolo spazio polveroso, c'era una scatola di latta.

Meg sorrise. La ricordava alla perfezione. L'avevano comprata in un mercatino dell'usato in Maine, durante il loro viaggio di nozze. Il tenente estrasse con attenzione la scatola. Poi vi soffiò sopra per levare la polvere. E finalmente la aprì. Davanti agli occhi preoccupati e attenti dei due investigatori, si aprì il mondo dei segreti di David, quelli che molto probabilmente lo avevano portato alla morte. Garret allungò una mano verso Megan, gliela strinse forte e la tirò a sé.

— Coraggio, andiamo a fondo di questa storia.

— Garret, sai cosa penso?

— ???

— Forse Gacy cercava esattamente questi documenti quando è venuto a uccidere David.

Il tenente non rispose. Gli occhi concentrati su un'antichissima pergamena, che aveva paura a tenere in mano, talmente la filigrana della carta pareva fragile.

Delle Profezie sugli ultimi tempi, era il titolo. Era in spagnolo, Garret tentò di tradurre. Intuì che era stata scritta da uno dei *conquistadores* dell'America latina. E intuì che vi si parlava di un'antica Profezia Maya. Garret scorse rapidamente l'antico scritto, ma le sue conoscenze di spagnolo erano limitate. Lo passò a Megan. Che, sicura, iniziò a leggere.

"Alla fine dei tempi la salvezza arriverà dalle ombre. Ma altre ombre si opporranno. Uomini malvagi tenteranno di impossessarsi del potere della conoscenza. La lotta sarà violenta. Grande pericolo per l'umanità intera deriverà dagli uomini malvagi. Solo la Predestinata avrà il potere di sconfiggere le tenebre. Ma il suo sacrificio sarà grande."

CAPITOLO 71

"Gli adepti si sottopongono a un rigoroso percorso iniziatico, disposti a sacrificare le loro esistenze, a volte persino la vita, in nome del raggiungimento del bene promulgato dalla setta."

Chiusa nel suo studio a casa, la luce della lampada puntata sull'antica pergamena, Megan tentava di dare un senso alle parole che continuava a leggere e rileggere. Ma di una cosa era sicura: si stava parlando di una setta. Con una matita fra i denti, la profiler scorreva il suo vecchio testo di criminologia.

"Il termine setta, in latino *secta*, deriva dal verbo *sector*, che significa seguire. Ma l'etimologia della parola nasconde un altro, inquietante significato. *Sector* infatti può significare anche tagliare. Le sette in effetti tendono a tagliare le vite dei propri adepti, a spezzarne le radici e i legami, per poterli controllare al meglio."

Megan accese il suo laptop e cliccò "Setta" su Wikipedia.

Apparve un lungo elenco di società segrete che avevano più o meno affascinato e avvelenato l'umanità nei secoli: dai Rosacroce, agli Illuminati, dal Priorato di Sion fino alla famigerata Società Thule, fondata dai nazisti.

Niente che c'entrasse con i Maya. O con il Doomsday Project. Caparbia, tornò alla pergamena, quando sentì sbattere la porta d'ingresso.

— Maya, sei tu?

Nessuna risposta. Megan si alzò e si diresse verso l'ingresso. Appena in tempo per vedere sua figlia che si infilava sulle scale.

— Maya perché non mi rispondi?

— Sono stanca.

La donna seguì la ragazza, la prese per una spalla e la costrinse a voltarsi. Due occhi pesti, cerchiati di occhiaie nerissime, con al centro due pupille troppo dilatate, colpirono Megan come un pugno nello stomaco.

— Maya, ma che cosa combini?

— ...

— Questa è... Questa è droga, Maya io lo so. Io la vedo tutti i giorni, io ci lavoro, Maya, ti prego se ci sono problemi parliamone. Ma non scappare. No eh, non è da te. Non è da noi. E, ancora una cosa, c'entra lui vero? Quel dannato ragazzo, io lo sapevo che non lo dovevi frequentare.

Maya guardò la madre senza parlare. Nei suoi occhi, solo odio. Si voltò e salì in camera sua.

Megan tornò nel suo studio, sbattendo la porta. Ma lo scontro con la figlia ne aveva compromesso la concentrazione. Si alzò e andò a farsi un tè.

— Parliamo.

Megan si voltò. Maya era ancora scurissima in volto, ma i suoi tratti erano leggermente più distesi.

— N O N M I D R O G O. E questo te lo dico una volta per tutte. Sono stanca, molto stanca. Per questo ho gli occhi pesti, come dici tu.

— Come faccio a crederti?

— Puoi credere in ciò che vuoi. Ma questa è la verità.

E io non ho nessuna intenzione di farmi accusare come fai con la gente al commissariato. Ora, se vuoi, possiamo andare avanti a parlare.

— Ti ascolto.

— A che cosa stai lavorando?

Megan si lasciò andare. Quella ragazza, quella perfida adolescente aveva il potere di farle perdere la testa. E di fargliela ritrovare con un battito di ciglia. Megan parlò a Maya della visita che lei e Garret avevano fatto nello studio di David, le disse che sospettava di aver scoperto l'esistenza di una setta e che probabilmente quella setta era collegata con gli studi di David sul 2012.

Maya si avvicinò alla madre e la guardò negli occhi per alcuni lunghi secondi. Poi si sollevò la maglietta sulla pancia, mostrò alla madre il suo segreto, si sedette. E iniziò a raccontare.

CAPITOLO 72

— Giovane ragazza, sei di nuovo qui.

Maya aveva appena suonato al numero 16 di Queensberry Place, quartiere di Kensington. Ma Sheila Cooper sembrava sempre sapere le cose in anticipo.

— Aspetta, oggi parlerai direttamente con Joanna. Anche lei ti aspettava.

La direttrice del College of Psychic Studies fece il suo ingresso con grande eleganza. Quel pomeriggio indossava una tunica di fattura indiana, bianca immacolata, sopra un paio di pantaloni stretti alle caviglie, sempre bianchi.

— Bentornata, Maya.

La mano che la ragazza strinse era calda e accogliente. Lei, in effetti, si trovava bene in quel posto.

La direttrice condusse Maya nella stanza affacciata sul giardino e la fece sedere sul divanetto a fiori.

— Ho bisogno di un'informazione.

La direttrice sorrise.

— Lei mi sa dire qualcosa sul Quadrato Magico?

— Certamente, è un segno mistico.

— ...

— La sua origine è senza dubbio divina. Nasconde una croce.

Maya assentì con la testa.

— Il messaggio è criptico, ma ormai è stato rivelato.

— ???

— Il quadrato indica dei luoghi. Fu posizionato in tempi antichi su chiese, monasteri, luoghi sacri, pietre. Gli storici hanno sempre pensato che il segno fosse appannaggio di qualche setta. Niente di più falso.

— Niente di più falso — fece eco Sheila Cooper, a mani giunte.

— Il segno è stato messo da iniziati, esseri umani che avevano avuto accesso a livelli superiori di conoscenza, solo in luoghi con una particolare carica energetica.

— Luoghi dove la comunicazione tra dimensioni è più facile.

— Non capisco.

— Capirai, a suo tempo.

— Studia. L'Italia. È lì che tutto ha avuto inizio. La storia del quadrato, intendo.

— Devo andare in Italia?

— Non esiste il verbo devo nel nostro vocabolario. Esiste il voglio. Tu sola puoi decidere. Ma è scritto. Verrà il tempo in cui i segni si sposeranno. Lì, il cielo e la terra si uniranno.

— È scritto — confermò Sheila Cooper.

CAPITOLO 73

PHIPHI: Maya, insomma, la festa?

MAYA91: Tutti venerdì a cena da me. Ql sarà la festa.

PHIPHI: Solo?

MAYA91: No. Il mio regalo sarà un viaggio in Italia, ho deciso. CHI MI ACCOMPAGNA?

FLOG: Bah.

T: Io e te, per sempre.

FLOG: Oltre ogni limiteeee.

PHIPHI: Maya, hai cuore?

MAYA91: Solo cn la q.

PHIPHI: Venerdì vengo cn J?

FLOG: Grrrrrrr.

ANUBI: "La compassione è qualcosa di simile a un sentimento di altruismo" disse il Dalai Lama.

T: Amen.

FLOG: Ok.

PHIPHI: Ok?

FLOG: Ok.

JOHN: Un vero uomo NN è Ql ke nn caDe Mai ma Ql ke qnd cade si rialza subito.

CAPITOLO 74

— Ce l'hai fatta?
— Lei mi pressa, tenente.
— Silenzio, Fitzpatrick. E muoviti.

L'hacker in prestito forzato alla polizia era chiusa nel suo stanzino da due giorni. E ormai conosceva a memoria il computer di Michael Gacy. Ne aveva esplorato ogni singolo circuito, aveva messo a nudo documenti, link, ne aveva settacciato l'hard disc. Ma adesso si trovava di fronte al compito più difficile. Però c'era quasi.

Sullo schermo azzurrino, i dati scorrevano alla velocità della luce. Solo gli occhi allenati di Janet riuscivano a seguire la massa di informazioni che si portavano appresso. La Fitzpatrick si morse un labbro, afferrò la lattina di birra che aveva preteso per quel supplemento di lavoro e ne trangugiò un sorso. Fece un rumoroso rutto in faccia a Garret, e gli annunciò: — Tenente, prego. Ecco le chiavi di Samarcanda la splendida.

Garret alzò un sopracciglio.

— Ok, ecco il suo fottuto server. Lo abbiamo beccato. Ora, che vuole che faccia?

Garret inarcò un sopracciglio.

— Cercami Doomsday Project.

— L'ho già fatto. Viene fuori un gioco della Sony e il portale di un gruppo di pazzi che vuole distruggere Marte.

— Ti ho detto, cercami Doomsday Project nel server di Gacy.

— Fffff...

Il sibilo che la Fitzpatrick emetteva quando era a disagio, aveva una sgradevole caratteristica: aumentava d'intensità a ogni nota.

— Basta, Janet.

— Ok, ok. Ecco. D-o-o-m-s-d-a-y-p-r-o-j-e-c-t.

La ragazza batteva con lentezza esasperante sui tasti del suo computer.

— Porca puzzola, tenente. Maccheccazzo...

— Che hai fatto, Janet? Cosa hai trovato? Fa vedere.

Garret corse dietro alla scrivania della hacker. E rimase senza parole.

Il tenente prese il telefono dalla tasca e selezionò il primo numero sulla lista delle chiamate.

— Pronto, Meg. È... è pazzesco!

CAPITOLO 75

— Mamma, sei a casa?

— Sì, siamo nello studio. Vieni su.

"Siamo?" Maya salì curiosa le scale. Sua madre era china sul computer, gli occhi incollati allo schermo. Di fianco a lei, Lawrence Garret le dettava qualcosa, tenendo in mano alcuni fogli.

— Oh, eccoti.

Il sorriso aperto del tenente la accolse. Quell'uomo, in fondo, non le dispiaceva.

— Siediti, Maya. Penso che tu debba ascoltare.

Maya si sedette sul divanetto di design di sua madre, le gambe accavallate, il pizzo del vestito che sporgeva dalla redingote che non si era ancora tolta.

— Dunque, Maya. Forse ci siamo.

— ???

— Lawrence intende dire che abbiamo scoperto qualcosa. Non è molto, per ora. Ma siamo riusciti a entrare nel server di Gacy.

— Avete fatto gli hacker.

— Abbiamo fatto gli investigatori. Comunque, il Doomsday Project esiste, in effetti.

— Ma dai? Non sono allucinazioni della tua figlia tossica?

— In effetti, Maya, tua madre ha ragione. Quel progetto esiste. E ha una finalità spaventosa.

— ???

— Si tratta di una vera e propria setta, da quel che abbiamo intuito. È in possesso di documenti segreti antichissimi, tutti collegati con la Profezia dei Maya a proposito del dicembre 2012.

— E?

— Pare che lo scopo della setta sia di trovare una sorta di portale in grado di mettere in comunicazione più dimensioni, una chiave per una conoscenza superiore.

— Non sappiamo se sono le farneticazioni di una massa di pazzi. O una furba operazione per fregare persone facilmente manipolabili.

— ... e non sappiamo chi ne sia il capo, dove sia la base della setta, quanti adepti abbia.

— Insomma, non sapete niente di niente.

CAPITOLO 76

Finalmente il 6 febbraio era arrivato: Maya era pronta a festeggiare i suoi diciott'anni. Gli amici erano già quasi tutti arrivati e si stavano avventando sul buffet di pizzette, focacce, salatini e le immancabili sofisticherie italiane che Phoebe aveva ordinato direttamente da Princi, a Soho. Harry aveva tentato di infiltrarsi, ma era stato rispedito via. Stacy e Liz, le più antipatiche della scuola, erano antiquariato da dimenticare. Ma gli altri della classe c'erano tutti. E poi, naturalmente, gli amici storici, più Frank e Anuragh.

— Ok, Maya, rompiamo gli indugi. Ecco, questo è il mio regalo. Buon compleanno!

Flo le tendeva un voluminoso pacco di carta rigorosamente riciclata, accompagnato da una foto delle due amiche abbracciate, lavorata di photoshop come fosse un disegno pop. Maya guardò con affetto l'amica, era davvero un'artista. Scartò con attenzione il pacco, per non rovinare l'elaborata confezione e sorrise a se stessa. Anche stavolta, Flo ci aveva azzeccato. Se c'era qualcosa su cui poteva fare affidamento, quella era la capacità di Florence Crumble di sintonizzarsi sui suoi gusti. Ripose la carta in un angolo ed estrasse un corpetto stringato rosa e nero, proprio quello che avevano adocchiato insieme qualche giorno prima a Camden. Accanto, un cilindro rosa abbellito da un lungo pizzo nero. Maya si mise il cappello in testa e volò a provarsi il nuovo corpetto, strizzando l'occhio all'amica.

— E questo è il mio regalo.

Phoebe estrasse dalla borsa rosa pitonata una scatola a forma di cuore, a righe pastellose e zuccherose. Maya aprì il regalo, lo guardò rassegnata, alzò gli occhi, e in quel momento si sentì sfilare il pacco dalle mani.

— *Et voilà*, signori. Lady Maya della notte...

Con gesti da consumato *entertainer*, Trent iniziò a sfilare dalla scatola di Phoebe perizoma microscopici "abbelliti" di piume e strass, reggiseno a balconcino dorato, culotte di pizzo, calze di seta.

— Dio, Phoebe — scosse la testa Flo.

Uff, Phoebe, pensò Maya.

— E questo è il mio, di regalo.

Trent le allungò una scatola di velluto azzurro, avvolta in un nastro di seta bianco. Maya lo squadrò. Phoebe sbatté le ciglia, golosa. Maya ripose la scatolina e si avviò verso l'iPod montato sulle casse che Megan le aveva appena regalato. Selezionò la *playlist*, poi i brani, poi ci ripensò. Cercò un'altra *playlist*.

— Insomma, Maya. Vuoi proprio farci soffrire! E apri 'sto regalo.

Phoebe non resisteva al richiamo della confezione che palesemente arrivava da una gioielleria.

— Sì, Maya, dai, siamo tutti curiosi.

Maya era super infastidita. Lanciò a Trent uno sguardo furente e si decise ad aprire. Ma in una frazione di secondo passò dall'ira al sorriso.

— Che cos'è? Eh? È una collana? Un bracciale? — tutti gli occhi erano puntati sul regalo.

Maya sorrideva. Trent sorrideva. Poi lei gli buttò le braccia al collo e lo coprì di piccoli baci sventolando, con la mano libera, il suo trofeo. Un biglietto aereo! Per due. Destinazione, lo avrebbero deciso insieme.

Phoebe non si trattenne dal mostrare la sua delusione e sbuffando sintonizzò l'iPod sull'unica canzone che in quel momento aveva voglia di sentire, per smielarsi un po'. The Calling, *Wherever You will Go.*

La musica a palla, i ragazzi iniziarono a cantare, mentre si sparpagliavano per la casa dividendosi in gruppetti festosi.

— Tu sei triste dentro.

— Ma no Anuragh, giuro.

La serata era andata benissimo. Solo un velo era sceso sugli occhi di Maya al momento del brindisi finale.

— È che...

— È che saranno fatti suoi.

— E tu sei rompi dentro, Flo.

— Okkio, John. La riabilitazione non è ancora finita!

— No, è che... ogni tanto mi viene in mente Yukiko.

— Maya ha ragione, anche a me. Ed è... è tremendo e basta.

Anuragh si allungò a prendere una mano di Flo tra le sue. La ragazza si distese e appoggiò il capo sulla spalla del suo nuovo amico.

— Tu sei molto più dolce di quel che vuoi mostrare — le disse in un soffio.

Flo trattenne a stento il rossore, ma non si scansò quando Anuragh avvicinò le labbra alle sue e le sfiorò la bocca con il più dolce dei baci.

Maya era stanca, aveva voglia di stare un po' da sola. Ora che avevano brindato e ballato e soffiato le candeline, tutta quella gente la affaticava. Si alzò e si avviò verso la sua stanza, prendendo per mano Trent. Lasciò che gli altri continuassero la festa e decidessero da soli quando andarsene. E si rifugiò al piano di sopra.

Maya e Trent si chiusero in camera e si lasciarono andare sul letto a baldacchino, le mani intrecciate e i visi vicini.

— Dove mi porterai?

— Oltre ogni confine. E ritorno.

— Dai, Trent. Dove?

— Dove vuoi tu.

— Italia?

Perché no? Anche se avrei preferito Amsterdam.

Maya sospirò e si accoccolò sul petto di Trent che con una mano la stringeva a sé e con l'altra le accarezzava i capelli.

— Maya...

— Mmm...

— L'hai rivisto?

— No.

— Come fai?

— A fare che?

— A difenderti. Qui, nella nostra vita intendo, ci sono io. E ci sarò per sempre. Ma non posso aiutarti con loro. Con le ombre...

— Sì che puoi.

— Come?

— Con il tuo amore. Mi dai forza.

Trent prese una mano di Maya tra le sue e la strinse. Poi cominciò ad accarezzarle il viso. Quella ragazza lo faceva impazzire. Non riusciva a tenere a bada il desiderio che provava per lei.

Le sue mani volavano leggere sul corpo di Maya, le sue labbra lo sfioravano spogliandola lentamente. Avrebbe voluto che il tempo si fermasse in quel momento, avvolto dal calore della ragazza, perso nei suoi occhi chiusi e nell'oscurità della sua bocca.

— Trent.

— Mmm?

— Mi passi una sigaretta?

— Ehi, avevi smesso, no?

— Dai, Trent, mi sembri mia mamma...

— Mmm?

— Secondo te Flo e Anu?

— Sono ok.

— Sì, lo credo anch'io.

— Ti ci vedi noi tra vent'anni?

— Con dei piccoli rompiballe attorno, spesa-da-fine-settimana-villetta-fuori-Londra-lavoro-ben-impostato-bridge-una-volta-alla-settimana. Bleahhh!

— Noi siamo diversi.

— Sì, lo siamo.

Maya allungò una mano e con le dita iniziò ad arricciare piano i morbidi capelli di Trent. Poi fece scendere la mano a segnare i contorni delle sue labbra. E delle sue orecchie. Adorava la perfezione di quel viso. Si tirò su a guardarlo meglio. I suoi occhi brillavano nel buio. Il petto forte, il torace che si restringeva all'altezza del bacino. Le gambe muscolose. Adorava quel ragazzo, anche se una parte di sé continuava a non fidarsi. Ma aveva deciso di rischiare.

CAPITOLO 77

— Trent, perché ti rivesti?

— Perché è ora di andare, su muoviti.

— Ma sono le tre di notte. Dove andiamo?

— I vecchi dormono, è ora di vivere. Dai, andiamo. Ti mostro Londra, stanotte.

Uscirono in punta di piedi. Trent si era fatto prestare un vecchio Maggiolino Volkswagen da un amico. Accese il motore, le sfiorò il viso con una carezza e un sorriso, e partì.

Londra era quasi deserta, qualche buttafuori stazionava ancora all'ingresso ormai blindato dei club più noti di Shoreditch. Un tappeto di lattine vuote formava l'arredo urbano del venerdì sera. Old Street, e le vie strette e tristi della vecchia City. Nessuno. Maya si stiracchiò e accese la radio. Iniziò a premere i tasti a caso per trovare una canzone decente, ma a Trent le sue scelte non piacevano. Niente da fare, non riuscivano a trovare una colonna sonora che li mettesse d'accordo.

— Ok, le tre *songs* più belle di sempre.

— Mmm, Nirvana, *Smells Like Teen Spirit*.

— Buuuh. The Smiths, *I Know It's Over*.

— Eminem, *Fuck off*.

— Ma noo. Joy Division, *Closer*.

— Joy Division, *Love Will Tear Us Apart*

— Ti straccio. The Cure, *Friday I'm In Love*.

— Ok, *mi amor*. Un punto a testa.

— E, Trent, le tre cose che più detesti?

— La Saunders, gli amici di mia madre, Harry.

— Il prof di ginnastica, i post-it di mia madre, Stacy e Liz.

— E la menzogna.

— E la vigliaccheria.

— E l'arroganza.

— E la paura.

Trent fermò l'auto in un piazzale davanti a un grande giardino che, si intuiva, si allungava nell'ombra dietro a un cancello in ferro.

— Fox, vediamo se sei allenata.

Le aprì la portiera e, con gesto galante, le porse una mano per aiutarla a scendere, con un ironico inchino. Poi le indicò il pesante cancello alle loro spalle.

Maya fece un cenno di assenso e lo seguì. Scavalcarono il cancello e si ritrovarono immersi nell'oscurità lattiginosa e tranquilla del parco di Greenwich. Cercarono di orientarsi nel buio, illuminato da qualche lampione.

Trent prese Maya per mano e la condusse su un prato: la ghiaia dei viali scricchiolava sotto le loro scarpe, producendo un rumore fastidioso che spezzava il silenzio della notte. Trent alzò lo sguardo e fece un cenno a Maya. Su una piccola collina, proprio di fronte a loro, si ergeva la sagoma arrotondata e antica del Royal Observatory di Greenwich, probabilmente l'Osservatorio astronomico più famoso del mondo, quello attraverso cui passava il meridiano zero, che fissava il tempo sulla Terra.

Trent le posò un braccio sulla spalla, la avvicinò a sé e la fece distendere sull'erba soffiandole un bacio in un orecchio. Poi sollevò lo sguardo. Il cielo si era fatto limpido e sopra di loro si stendeva la più bella notte stellata che la ragazza avesse mai visto. Si accomodò tra le braccia di Trent, gli prese il dito indice tra le mani e iniziò a indicare stelle e costellazioni, passando in rassegna i ricordi che David le aveva lasciato.

— Lo sapevi che le stelle visibili a occhio nudo sono circa 4800?

Trent le sfiorò il collo con un bacio.

— Guarda. Cassiopea. Orsa maggiore. Ecco, vai a Nord. Così. Quella è la stella polare, vedi?

Trent le sfiorò la bocca con un bacio.

— Ecco, la cintura di Orione. Quelle tre stelle che sembrano chiudere al centro una specie di X. Sembra proprio una cintura.

Trent le chiuse gli occhi con un bacio.

— Ma mi stai a sentire? Guarda, ignorante. Guarda le Pleiadi, laggiù. Lo sai che quella stella, quella sì, la più piccola, si chiama Maia?

Un rumore davanti a loro, come di un ramo spezzato li fece sobbalzare.

Trent le strinse la mano, le fece segno di fare silenzio e si mise, cauto, in ginocchio cercando di allungare lo sguardo. Il rumore si fece più insistente, qualcosa stava venendo verso di loro. Poi si bloccò. E da dietro il cespuglio di fronte, un cervo maschio con due grandi corna li osservò, curioso e preoccupato. I ragazzi si alzarono senza fare rumore, e si allontanarono per non disturbare gli animali.

Intorno a loro, solo buio e silenzio. Davanti a loro, il grande orologio che segnava il tempo sulla Terra e, a terra, la lunga linea che tracciava il confine tra Est e Ovest del mondo: il meridiano zero. Trent fece un salto al di là della linea.

— Dolce Maya io sono a Est. Mi raggiungerai o ci perderemo?

— Resto a Ovest, mi amor.

Trent fece un balzo e le piombò addosso.

— Per te, attraverso ogni confine.

— Oltre ogni limite.

— Oltre le linee d'ombra. Ora e sempre.

La voce del ragazzo si incrinò. Ma fu questione di un attimo. E a Maya sembrò di essersi sbagliata.

CAPITOLO 78

— Trent, dove ti trovi? Sono le 6.00 del mattino e stanotte non sei rientrato. Vuoi farmi morire di paura?

— Sto tornando, non ti agitare.

— E poi Kyle ti sta cercando. Ieri sera avrà chiamato almeno tre volte. Oh Trent, mi farai impazzire. Ma io non posso perdere la testa, per non dire di peggio, per colpa tua.

Trent chiuse il cellulare con uno scatto.

— Chi era?

— Nessuno. Ora ti riporto a casa.

CAPITOLO 79

La Bentley grigia era posteggiata poco lontano, la zona era chiusa al traffico, il motore acceso, l'autista al posto di guida. Voleva rientrare al più presto a Londra e doveva sbrigarsi. Il giovane scosse la testa leggermente, facendo ondeggiare i suoi lunghi, biondissimi capelli, un gesto abituale quando era teso. Procedeva con fatica, facendosi largo tra una massa informe di magliette colorate, macchine fotografiche, comitive vocianti.

— Turisti! — imprecò.

Si avvicinò alla vecchia chiesa e ne ammirò la maestosità. Conosceva quel luogo a memoria, ce lo aveva portato suo padre quando lui aveva appena quattro anni e, da allora, ci era tornato regolarmente. Lo avevano colpito le altissime navate, le finestre a ogiva che lasciavano filtrare la luce e il mistero di alcuni affreschi, che il padre faceva risalire ad antichi maestri di alchimia.

Il giovane si avvicinò, cercando di evitare i turisti. Fece il giro da dietro, sapeva dove cercare: perimetro esterno, fiancata di sinistra, inciso su una pietra a circa due metri da terra.

Lo sapevo, si compiacque.

Si fermò solo un istante. Conosceva quell'incisione, di certo ormai sapeva tutto del suo significato.

SATOR
AREPO
TENET
OPERA
ROTAS

Poi girò sui tacchi e tornò sui suoi passi. Era talmente di buon umore, che sorrise persino all'autista che gli teneva aperta la portiera dell'auto.

— Il suo aereo la sta aspettando, Duca.

— Bene, Adelmo. Aspetterà. Dobbiamo passare da mio padre, a Firenze. Ho bisogno di fare una visita alla sua biblioteca.

In quel momento, a 1600 chilometri di distanza, un uomo dai capelli brizzolati e curatissimi si stava arrabbiando parecchio.

Il laptop argentato che campeggiava sul tavolo del suo studio segreto gli stava dando dei problemi. Gli aveva ingoiato uno dei files più preziosi che vi erano custoditi: la scannerizzazione di una mappa antichissima, dal valore incalcolabile, che non era possibile consultare troppe volte senza esporla al rischio della distruzione. Vi erano riportati antichi segreti. Uno, in particolare. Segnalava il luogo che avrebbe significato una svolta epocale per l'umanità. Bastava attendere tre anni. E ora quel documento era sparito.

Il Prof spinse con rabbia il bordo esterno del tavolo. Un cassetto, piccolo e nascosto, si aprì. L'uomo estrasse un piccolo contenitore di vetro che custodiva e proteggeva la pergamena consunta. Tirò un sospiro di sollievo. Almeno l'originale era salvo, per fortuna.

Il Prof riaccese il computer e continuò a cercare.

"12-21-12, port." Non si apre.

"12-21-12, pred." Non si apre, maledizione!

"12-21-12, Doomsday." E neanche questo, macchec-cazzz...

Il Prof chiuse con rabbia il computer, una leggera ansia si stava impadronendo di lui. E se non fosse stato colpa di un guasto?

Preoccupato, digitò un numero. Nessuno lo conosceva, oltre a lui. Il *passepartout* per entrare in uno dei siti più protetti del mondo. Attese qualche istante. Il ronzio del motore di ricerca indicava che la strada si stava aprendo. Aguzzò la vista, mentre lo schermo si faceva azzurrino e una serie di numeri iniziarono a comparire, uno dopo l'altro.

Sì, sorrise tra sé. La mappa stellare era salva. Guardò con soddisfazione la cartina che si apriva sotto i suoi occhi. Sì, si disse, l'accesso al *database* criptato della Nasa era ancora garantito. Così come i segreti delle mappe stellari della costellazione di Orione.

CAPITOLO 80

L'iPod gli sparava in testa tutta la sua rabbia.

"What you want? Bucky done gun.What you want now? Fire done burn." M.I.A., *Bucky Done Gun*.

Si ficcò sotto la doccia, lasciando l'iPod collegato alle casse, il mondo doveva lasciarlo in pace, quella mattina. Si lavò velocemente, l'acqua era troppo fredda, lo scaldabagno era ancora rotto. Poi si avvolse un asciugamano attorno ai fianchi e si buttò sul letto sfatto. Per fortuna la grande stronza non era in casa. Si alzò, si trascinò in cucina. Aprì un armadietto dopo l'altro, sbuffando. Prese un biscotto, lo addentò, faceva schifo. Quella donna... neanche la spesa sapeva fare. Lasciò il biscotto smangiucchiato sul tavolo e aprì il frigo. L'odore di rancido dei cibi unti che sua madre prediligeva gli colpì le narici. Storse il naso, prese un vasetto di maionese, uno di cetriolini e un pacco di pane semi ammuffito.

Lei e i suoi cazzo di morti, pensò, e non è nemmeno capace di resistere a quello stronzo!

Spalmò la maionese su una fetta di pane, ci posizionò sopra una dose abbondante di sottaceti e addentò. Aveva fame. Ma quel cibo faceva schifo. Lasciò la fetta addentata sul tavolo e se ne tornò in camera. Era sfinito, questo doveva ammetterlo. La notte in bianco e la telefonata della stronza lo avevano prosciugato. Si buttò sul letto, solo un attimo.

Quando si risvegliò, la casa era avvolta nel buio. Trent guardò l'orologio: le 6 del pomeriggio. Il display del cellulare segnalava quattro chiamate: due della stronza, una di Maya. La quarta era un numero privato. Odiava ricevere telefonate da numeri nascosti.

— Cazzo di vigliacchi — sbuffò.

Dentro di sé, intuiva chi lo aveva cercato. Si avvicinò allo specchio scheggiato del bagno. Lo aveva rotto lui, con un pugno, un giorno che aveva litigato con sua madre. Nessuno riparava le cose, in quella casa. Neanche i sentimenti fatti a pezzi, sospirò. Per fortuna c'era Maya.

Maya.

Doveva difenderla.

Lei non poteva essere sfiorata dal sudiciume di cui sua madre si circondava. Si osservò le occhiaie, sempre più violacee. Si sorprese a sorridere di fronte a un leggero livido che gli era rimasto sul collo, a ricordo della notte appena passata. Si sistemò i capelli, afferrò il giubbotto di pelle nera e uscì.

Quando arrivò davanti all'elegante palazzo, dopo un'interminabile viaggio in metropolitana, esitò un attimo. Gli pesava da morire salire quei gradini. Ma sapeva che doveva farlo. Per Maya. Inspirò a fondo, si tirò su il bavero del giubbotto e suonò. La telecamera a protezione dell'edificio superblindato si accese. A Trent sembrò di sentire un leggero sghignazzare, ma scosse le spalle: era solo la sua insofferenza, non c'era dubbio. La porta si aprì, in silenzio. E Trent fu risucchiato nel regno di Kyle Zafth.

— Guarda chi c'è, ti sei deciso finalmente.

Il sorriso falso del Prof lo accolse insieme a una zaffata del suo orribile profumo, prodotto in esclusiva per lui e pochi altri privilegiati da una piccola officina fiorentina. Trent si fece aria con le mani.

— Entra ragazzo, ti ho cercato, te l'hanno detto, vero?

— Sì, che cazzo vuoi da me?

— Che modi, giovane Trent. Qualcuno dovrebbe insegnarti l'educazione. Ma già, la tua povera madre non è in grado.

— Lasciala in pace — gli ringhiò in faccia Trent.

— Se no? Mi vuoi far paura, ragazzo?

— E tu? Che cosa cerchi tu da me? Informazioni? Mi vuoi manipolare come stai facendo con lei? O mi vuoi usare e poi scaricare come un vecchio straccio come hai fatto con quel povero demente di un killer? Perché io so, caro Prof, attento. So che sei un assassino.

— Piano con le parole, ragazzo. Se solo tu avessi voluto ascoltarmi. Ma sei più cocciuto di un mulo. Tu non capisci, non hai mai capito, che noi siamo dei privilegiati, che il compito che ci attende è superiore.

Kyle Zafth sospirò, si alzò dalla poltrona di pelle e si avvicinò a uno scrittoio antico in un angolo. Trent non lo lasciava con lo sguardo: non si fidava di quell'uomo. Il Prof aprì un cassetto, vi frugò dentro e tirò fuori una busta. La posò sul piano dello scrittoio, poi prese un piccolo ed elegante astuccio di cuoio e ne estrasse un sigaro. Si voltò, tagliò il sigaro in due, lasciò cadere a terra una cartina bianca, rossa e verde e fece cenno al ragazzo reggendo il coltellino e il sigaro monco.

— Non te lo offro. Fa male fumare.

Un odioso sorriso maligno accompagnò le parole del Prof. Trent conosceva quel dannato ghigno fin troppo bene. Il Prof aspirò con voluttà una boccata, poi si diresse verso un vano nel muro. Aprì due antine di legno istoriato, prese uno dei bicchieri di cristallo posati su una mensola di vetro.

I suoi gesti, calmi e misurati, stavano esasperando il ragazzo.

Ma il Prof non aveva fretta.

Si voltò e si rivolse a Trent.

— Whisky? — gli chiese alzando un bicchiere verso di lui. — Ormai hai l'età per potertelo permettere.

Ancora quel ghigno. Trent alzò le spalle.

— Allora? Non sono qui per fare salotto. Mi vuoi dire che cazzo vuoi da me?

Il Prof si diresse verso lo scrittoio e prese la busta. La posò sulla scrivania, poi si sedette di nuovo sulla poltrona di cuoio e si portò il bicchiere di whisky alle labbra. Gli occhi grigi, gelidi, fissi su quelli di Trent. La sua lentezza era esaperante. Posò il bicchiere sul bracciolo e aspirò una boccata di sigaro.

— Vuoi davvero saperlo?

— Finiscila con i tuoi giochetti. Io non so cosa mi trattenga dal denunciarti alla polizia.

— E per che cosa, scusa?

— Per le tue dannate manovre da folle psicopatico. E perché sei un assassino.

— Ti ripeti, ragazzo. Ma non hai prove. In compenso, forse tua madre ci andrebbe di mezzo. Custodisco, come dire, qualche suo segretuccio.

— Maledetto!

— Piano con le parole, te lo ridico.

Il Prof si riportò il bicchiere alle labbra, poi si alzò e si avvicinò alla scrivania. Prese la busta, la aprì, ne estrasse alcune foto e con un gesto improvviso e violento le sbatté in faccia a Trent.

Il ragazzo sobbalzò, colpito. Poi si chinò a raccogliere le immagini. Aveva paura di guardarle, ma si fece forza. Le passò veloci, le mani scosse da un leggero tremore, gli occhi che si stavano offuscando per la disperazione.

Riconosceva il luogo: era la sua scuola.

E riconosceva la situazione: l'ora di ginnastica femminile.

E riconosceva i soggetti fotografati, anche se non avrebbe mai voluto vedere ciò che aveva davanti.

Quando alzò lo sguardo, il Prof era come trasfigurato. Rosso in viso, due vene bluastre a gonfiargli il collo, gli occhi grigi che saettavano. Lo squadrava, senza parlare.

— Dunque, adesso che hai da dire?

Trent abbassò lo sguardo e ricacciò le lacrime in gola, non voleva farsi vedere debole.

— Non piangere, sei proprio un bamboccio! Lo sapevi, eh? Tu sapevi tutto. E non hai parlato!

Il Prof si diresse verso Trent, la sua voce sembrava una lama affilata. Strappò le foto di mano al ragazzo, si chinò su di lui e gliele sventolò sotto il naso.

— Come la mettiamo con il tuo bello sgorbietto? Lo sapevi eh, che è lei la Predestinata che stiamo cercando da anni?

Il Prof gettò le foto a terra.

Trent vi posò lo sguardo un'ultima volta: quell'immagine della pancia nuda di Maya, che rivelava i suoi orribili nei, lo annichiliva.

— La Predestinata...

Il tono del Prof pareva tornato normale.

— Peccato, ragazzo. Ti sei perso la possibilità di entrare nella storia. E ora dovremo pensare a che cosa fare con te. Cosa faremo con lei, è già deciso. Dobbiamo solo trovare il luogo.

Trent alzò uno sguardo disperato.

— Ti do un'ultima possibilità — ringhiò il Prof. — Forse puoi ancora aspirare all'eternità. E alla salvezza. La devi convincere. La devi condurre in un luogo che ti diremo. Ci manca poco a individuarlo, ormai è questione di giorni.

Il Prof piantò i suoi occhi allucinati su Trent.

— Scegli, ragazzo. E ricordati che tua madre è sola al mondo. Dovresti proteggerla. E mettersi contro di me può non essere piacevole, non te lo scordare. Per lei, soprattutto.

Gli occhi di Trent non vedevano più il Prof, le sue orecchie non lo ascoltavano più. Solo i suoi muscoli erano concentrati. Il ragazzo si alzò di scatto, rovesciò il bicchiere e, senza voltarsi, infilò di corsa la porta dello studio.

Uscendo, andò a sbattere contro un giovane che stava entrando proprio in quel momento. Trent non lo vide, ma un angolo del suo cervello ne memorizzò l'aspetto: biondo, capelli lunghi, azzimato. Un signorino, registrò con disgusto.

CAPITOLO 81

MAYA91: Crumble, delle volte mi esasperi. Hai conosciuto un tipo perfetto x te! Lasciati andare!!!

FLOG: Dici?

MAYA91: Yes!

FLOG: Davvero?

MAYA91: Sì. Anuragh è ok x te. Il mix giusto di dolcezza, carattere, indipendenza di pensiero. E poi è un intellettuale...

FLOG: In effetti, John difettava da qs punto di vista. Trovi ke sia carino?

MAYA91: Bello-attento-spiritoso-gli-piace-il-curry-e-il-sushi... INSOMMA, è IL TIPO X TE!

FLOG: In effetti. Hai visto come mi ha baciata?

MAYA91: Appunto.

FLOG: Ma tu dici ke dovrei?

MAYA91: Flo, chepppallle, stacci-provaci-smettila-di-rompere.

FLOG: La ns vita è fatta di parole, ma le più grandi parole sono i silenzi dove la mente nn pensa ma dv parla il cuore.

MAYA91: Ecco, appunto.

FLOG: Già. E tu, Maya?
MAYA91: Io... be'. Io ho avuto una notte stupenda...

Maya uscì da Facebook e ripensò alle parole di Joanna Sen, la medium.

«Studia. L'Italia. È lì che la strada si dirige.»

Si arrabbiò con se stessa. Ancora una volta si era lasciata distrarre. La scuola, i guai di Flo. E soprattutto, Trent.

Cercò di concentrarsi e aprì il sito di Wikipedia.

"Una studiosa italiana, attraverso una approfondita analisi dei luoghi in cui sono state rinvenute tracce del Quadrato Sator, sostiene che dietro alla diffusione del misterioso sigillo ci siano i Cavalieri Templari."

I cavalieri delle Crociate, si disse Maya, rimestando nella memoria dalle lezioni di storia.

"Di datazione incerta e di origini misteriose, il Quadrato Magico contiene al suo interno una croce greca dissimulata, costituita dall'incrocio, al centro del quadrato, delle due parole TENET. Inoltre è stato osservato che lo stesso carattere T era utilizzato dai primi cristiani per indicare la croce."

Maya si stava annoiando.

Digitò ancora a caso, curiosando tra tutti i siti che parlavano del Quadrato Sator. Ma il web non le diede risposte capaci ti interessarla.

Prese il telefono e cercò di mettersi in contatto con la signorina Sen. Le rispose la segreteria telefonica. Si sedette, sbuffando, e cercò di concentrarsi. Uno, due respiri, la mente andava snebbiandosi. Un altro respiro profondo, adesso sapeva che cosa doveva fare.

Prese il suo tappetino per gli esercizi di *shaolin*, lo distese per terra, vi si sedette sopra a gambe incrociate e riprese la respirazione. Poi, con la voce della mente, iniziò a recitare il mantra segreto di Maestro Chan e tenne i suoi pensieri inchiodati a quel mantra. Cercò di mantenere il respiro il più regolare possibile.

Fino a quando la porta si aprì. E un calore buono tornò a invaderla.

"Ciao bacinibelli. Ormai sei un'esperta."

— Ciao papà, ho bisogno del tuo aiuto.

"Piccolo fiore di loto cosa c'è?"

— Non capisco nulla di questo Quadrato Sator, non ne vengo a capo. Mi puoi aiutare?

"Pensi di essere pronta?"

— Devo, voglio essere pronta.

"Cerca nel mio sito. Qualcosa accadrà."

Maya sentì ancora un calore fortissimo sulla testa, la carezza protettiva di suo padre la fece stare meglio.

Si alzò, e prese di nuovo in mano il computer. Digitò l'indirizzo che ormai usciva automatico dalle sue dita. www.daveandthestars.com/maya.

Era il loro piccolo segreto, una porta criptata a cui solo lei aveva accesso.

La home che si aprì sotto i suoi occhi non la stupì. Una grande "Tau" riempiva la schermata.

Ma quello che lesse la lasciò senza fiato. Era la rivelazione della sua essenza, del suo compito nel mondo.

"L'ultima lettera dell'alfabeto ebraico rappresenta l'intera parola rivelata di Dio. Questa lettera è il Tau. Veniva scritta in più modi: non è solo una lettera, è un simbolo, un segno portato dai testimoni del divino. Il Signore disse: 'Passa in mezzo alla città, in mezzo a Gerusalemme e segna un Tau sulla fronte degli uomini che sospirano e piangono...' Il Tau fu adottato dai cristiani perché, come ultima lettera dell'alfabeto ebraico, era una Profezia dell'ultimo giorno e aveva la stessa funzione della lettera greca Omega. Il Tau, sul cui modello fu creata anche la croce, è perciò un sigillo, che indica gli eletti alla fine dei tempi. Per gli antichi Maya la croce era il simbolo del dio Ah-Can-Tzicnal, il 'signore dei quattro angoli del mondo'. Tutte le storie accompagnano a una sola porta."

Maya distolse gli occhi dallo schermo. Non capiva. Sapeva poco di religione e non se n'era mai interessata granché. E ora non riusciva a decifrare il significato di quelle frasi. Ma ne era attratta, come ipnotizzata. Riprese a leggere.

"Tra le antiche rovine Maya troviamo moltissimi Tau: per esempio a Palenque, in Messico, le finestre dei palazzi dei sacerdoti erano fatte a Tau. Per i Maya il Tau simboleggiava l'albero sacro al centro dell'universo, una sorta di portale capace di condurre verso il Grande Spirito, attraverso il quale il soffio vitale ci viene trasmesso."

Maya si fece più attenta.

"Gli astronomi Maya avevano osservato che in un certo periodo dell'anno, all'inizio del mese di maggio, la Croce del Sud appare perfettamente perpendicolare sopra alla linea dell'orizzonte, creando un allineamento divino. Il mese di maggio deriva il suo nome dalla dea Maya, la madre di tutti gli dei. Non è un caso che il nome della dea di una popolazione mesoamericana sia lo stesso della madre del Buddha, lo stesso della dea indù che dà vita a tutti i fenomeni, e infine lo stesso della dea greca della primavera e della divinità romana della terra e della crescita. Maya, Maya, Maya, sempre lei."

La ragazza si alzò. Inquieta cercò il suo blocco degli schizzi, provò a tracciare qualche linea ma poi lasciò perdere. Fece ritorno allo schermo, e faticò a sintonizzarsi su ciò che stava vedendo. La schermata precedente aveva lasciato il posto a una fila di parole che si andavano componendo sotto i suoi occhi, senza che lei toccasse alcun tasto. Il computer sembrava impazzito, le stava scrivendo.

B A C I N I B E L L I D I S E G N A I L T U O S I M B O L O.

Maya tentò un respiro profondo, ma ormai la concentrazione aveva lasciato il posto all'inquietudine. Prese di nuovo il suo taccuino e una matita. Si osservò la pancia e, con gran fatica, si sollevò un lembo della maglietta.

Scrutò le odiate linee. E provò a tracciare alcune congiunzioni. Sapeva che doveva farlo. Ma i primi tentativi vennero malissimo. Maya provò ancora. Niente. Riguardò affranta lo schermo. La scritta continuava a pulsare.

Allora provò a rigirare il foglio. E si illuminò.

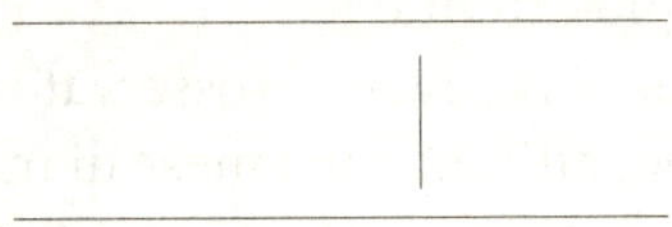

La sua mano adesso scorreva veloce, dimentica che stava disegnando il destino della sua vita, concentrata solo sulle linee che andava scoprendo. E sul loro significato antico.

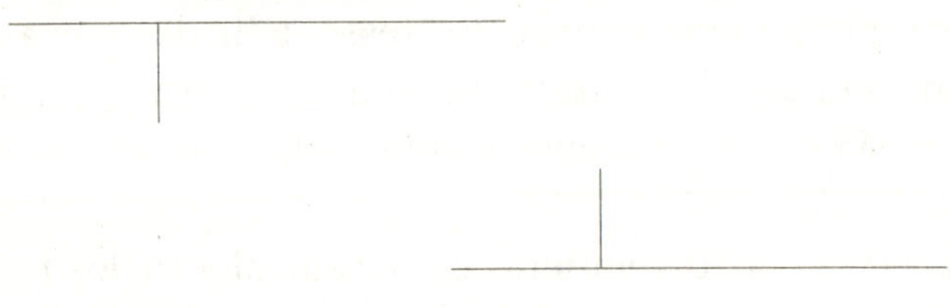

Due Tau sovrapposte. Adesso il significato era chiarissimo. Riportò gli occhi sullo schermo.

È I L S E G N O D E I G U A R D I A N I E L E T T I. Q U E S T O N A S C O N D E I L Q U A D R A T O M A G I C O.

A Maya pareva di sentire la voce entusiasta e curiosa di David, quando spiegava qualcosa che lo appassionava. Lo schermo continuava a pulsare, non era finita. Un pennello invisibile stava tracciando delle linee geometriche perfette. Rette, linee, triangoli che si rincorrevano a formare una pianta a croce in un parallelepido perfetto.

I L L U O G O.

Maya non capiva. Era stanca. Gettò un'ultima occhiata. Altre linee, lo schermo sembrava impazzito.

Maya si voltò, sapeva che era inutile tentare di spegnere il computer. Salutò suo padre col pensiero e uscì dalla stanza. Non fece in tempo a leggere l'ultima frase che si stava componendo sullo schermo.

"Vidi poi un altro angelo che saliva dall'Oriente e aveva il sigillo del Dio vivente, il Tau, e gridò a gran voce ai quattro angeli ai quali era stato concesso il potere di devastare la terra e il mare: 'Non devastate né la terra, né il mare, né le piante, finché non abbiamo impresso il sigillo del nostro Dio sulla fronte dei suoi servi.' (Apocalisse 7, 2)."

Poi lo schermo si spense.

CAPITOLO 82

— Entra e chiudi la porta.
— Finalmente sei arrivato.

— Sono appena tornato.

— Hai ascoltato?

— No, stavo entrando quando l'ho visto uscire sconvolto. Credo di aver intuito però.

— Bene, allora avrai capito che dobbiamo muoverci. Anche perché qualcuno ha violato il nostro server, ne sono certo. Ho fatto ripristinare le impostazioni di sicurezza. Ma resta il fatto che qualcuno è riuscito a entrarci.

Il ragazzo non rispose, ma tese all'uomo alcune foto: riprese proprio quella mattina, davanti a una chiesa in Toscana. Il volto dell'uomo si illuminò. Andò alla scrivania, aprì un cassetto e ne trasse una lente di ingrandimento.

— È lui.

Il giovane fece cenno di sì.

— E tu, credi...

— Tiri fuori la mappa, Prof.

Il vecchio aprì la porta che immetteva nel suo studio segreto, armeggiò con la serratura del cassetto del tavolo di legno ed estrasse l'antica mappa vergata dal popolo dei Maya. La distese sul tavolo e si chinò a esaminarla.

— Non possiamo esserne certi.

— No, qui si parla di un segno che attraversa i tempi e le culture.

— In effetti, il quadrato lo è.

— Ma non basta.

— No. Ehi, un momento. Legga qui.

Il Prof posizionò la lente sul punto che il giovane gli stava indicando.

— Vede? È una croce, con una data e degli altri numeri.

— 21/12/12.

— È la data. E poi ci sono altre cifre. Ma i Maya non usavano i numeri arabi. Come mai questa mappa li riporta?

— Non li riporta infatti. Siamo noi che ci leggiamo dei numeri ma sono solo dei segni. Segni che seguono la simbologia del 4.

— E che conducono al quadrato.

— Già.

— 44, 4, 4. 11, 16, 16.

— Accenda il computer, Prof. Ho idea che questi numeri abbiano a che fare con delle posizioni.

Gli occhi del Prof luccicavano dall'eccitazione. Hector Parravicini de' Giorgi si avvicinò al computer e iniziò a digitare veloce una serie di cifre.

— Eccolo. Italia, Toscana.

— Che intendi dire?

— Sono misure di longitudine e latitudine, Prof. Latitudine: 44°, 4^{I} e 4^{II}. Longitudine: 11° (44 : 4), 16^{I} e 16^{II}. Toscana, provincia di Firenze. La culla del Rinascimento italiano e delle chiese più belle del mondo. Come questa.

Il giovane posò di nuovo sotto gli occhi esaltati del Prof le foto scattate al mattino.

— Latitudine e longitudine corrispondono?

— Non esattamente. Ma la zona è quella, e un margine di approssimazione è scontato.

— Allora direi che ci siamo. Il luogo è in Italia. Toscana.

— Non corra, Prof. Apra per cortesia il database segreto della Nasa.

— ???

— Lo faccia, grazie.

Il vecchio digitò il codice. E la pagina si aprì sulla schermata che aveva visto poche ore prima.

Il giovane inserì le coordinate usate per la mappatura terrestre. Guardò rapito la sequenza di numeri che si rincorrevano. Poi si voltò ed eccitato si rivolse al Prof.

— Le vede? Sono le sequenze di identificazione di una costellazione, quella che corrisponde alle nostre coordinate.

— Fammi indovinare.

— Prego.

— Orione.

— Già: "... ma la Sesta tra esse pende sull'orlo dell'Abisso."

Hector Parravicini mormorava tra sé le parole dell'antica Profezia del *Libro dei Morti* egizio.

Hector si rigirava le sue foto tra le mani, soddisfatto.

— Ancora una cosa, Prof.

— Ti ascolto.

— Come riusciremo a convincere la ragazza a venire lì?

— Indovina...

CAPITOLO 83

— Allora, Meg, guarda.

La dottoressa Megan Fox Moore aveva dormito pochissimo quella notte. La sera prima era stata alzata fino a tardi, preoccupata per Maya, che, chiusa in camera sua, non si decideva a staccarsi da quel maledetto Facebook. E poi aveva lavorato. Alla ricerca di qualche indizio in più sulla setta che da qualche giorno occupava i suoi pensieri.

Il tenente Garret reggeva in una mano l'ennesima tazza di caffè della mattinata e con l'altra le stava porgendo una specie di mappa.

— Ecco, ho segnato le date e i luoghi che sin qui siamo riusciti a ricostruire.

Megan si infilò gli occhiali, e si chinò sulla scrivania disordinata di Lawrence Garret a esaminare quella confusissima piantina.

— Mmm, ok. Abbiamo la data: 21 dicembre 2012. E abbiamo dei numeri: 1991, innanzitutto.

— No, quello lo scarterei. È la data di nascita delle ragazze che Gacy andava a cercare. Ma sono convinto che fosse una sua deviazione.

— Però Gacy faceva parte della setta.

— Sì, Maya tuttavia sostiene che a capo della setta c'è un professionista molto noto e insospettabile. E che la setta opera in tutto il mondo.

— Mmm. Sappiamo però che l'ossessione per i simboli sacri e per i numeri è reale. Ricordi? Il Rapporto Aureo, la sequenza di Fibonacci.

— Sì, anche se non riesco ancora a connettere questi dati con l'antica Profezia Maya. Io però sono andato avanti. Mi sono concentrato sul disegno dei nei sulla pancia di Maya.

— Ma quelle sono solo sue fantasie, alimentate da quel perverso del figlio della medium. Io lo detesto!

— Frena, Meg. E ascolta.

— Io ascolto. Ma quel ragazzo deve sparire dalla vita di mia figlia! È un pericolo per lei, ti dico. Giuro che se non se ne libera, la mando a studiare lontano da Londra!

Va bene, ma adesso ascolta. In effetti quei segni fanno parte di antichi codici. Ho controllato. E ho parlato a lungo con il professor McArthur, uno dei più insigni studiosi dei Maya dell'Università di Cambridge. Pare che il loro significato sia antichissimo, che abbiano a che fare con un passaggio, inteso come un passaggio di dimensioni. Ma il professore mi ha fatto notare un'altra cosa. Il disegno riproduce un quadrato, una figura a suo modo magica per i Maya.

Davanti a una stupefatta Megan, Lawrence Garret iniziò a raccontare. Ricostruì il significato del numero 4. E la simbologia che si portava dietro. Spiegò i dettagli della Profezia, e le sue connessioni con le credenze di diversi popoli in diverse ere. Infine, spiegò che c'erano alcuni segni piuttosto inquietanti, uno dei quali era stato ritrovato anche nel sito correlato al Doomsday Project, una sorta di gioco, che chiedeva di decifrare un enigmatico Quadrato Magico.

— Ora — concluse — a noi il compito più difficile. Sappiamo che i componenti della setta agiranno a breve per prepararsi alla data fatidica. Ma manca ancora un pezzo. Tutte le profezie spiegano che è necessario ci sia un messaggero a indicare la strada.

— E noi non sappiamo chi sia questo messaggero.

— Né se la setta l'abbia già contattato.

— Né dove agiranno.

— Né quando.

— Lawrence, riusciremo mai a incastrarli? Non sappiamo neanche come realmente è morto Gacy!

— Sì, te lo prometto. Ce la faremo.

— Maya è convinta di essere lei il messaggero.

— Francamente, Meg, mi sembra improbabile. Stai tranquilla.

— Già. E... Lawrence... cosa farà la setta al messaggero?

— Non lo sappiamo. Ma i Maya erano famosi per i sacrifici umani.

Megan deglutì, percorsa da un brivido gelato.

— Non è lei, concluse.

— Ah, Meg. C'è dell'altro.

— Ancora?

— Ho voluto mettere sotto controllo alcune persone che potrebbero essere coinvolte in questa storia. E la sai la cosa strana?

— Garret ti prego, non farla lunga.

— Da un account sono partiti negli ultimi dieci giorni un centinaio di ricerche tutte sullo stesso soggetto: il Quadrato Magico e il Doomsday Project. E indovina...

— Chi è?

— Deborah Grave.

— Maya non vedrà MAI PIU' quel dannato ragazzo! Te lo giuro.

CAPITOLO 84

Trent era sdraiato ancora vestito sul letto irrimediabilmente sfatto. Gli occhi sbarrati, il respiro corto. E non c'entrava il pacchetto di sigarette che si era fumato nelle ultime tre ore. La notte, l'aveva passata così. Senza dormire. Era furioso. E disperato. Si sentiva in trappola. E adesso aspettava di parlare con chi in quella trappola ce l'aveva ficcato a forza.

Sentì la porta d'ingresso che cigolava, chiudendosi: continuava a girare male sui cardini.

— Nessun saluto, ma a quello era abituato.

Si alzò a fatica. Con passo grave aprì la porta di camera sua e si diresse in cucina, al piano terra. Deborah Grave era lì, con il suo volgare tailleur giallo canarino e i capelli finto biondo cotonati. E i suoi occhi troppo truccati. Dio, non sopportava di vederla così.

— Trent, tesoro, sei a casa...

Con un gesto veloce, la donna tentò di nascondere qualcosa dietro alla schiena.

— È inutile, mamma. Scolati pure il tuo whisky, credi che non sappia?

La donna chinò lo sguardo e portò il bicchiere alle labbra.

— Massì, scolatelo tutto. Anzi, guarda, te ne verso ancora un po'. Ne avrai bisogno.

La donna guardò suo figlio con aria spaventata.

— Mamma, perché mi hai tradito?

Gli occhi di Deborah si guardavano intorno inquieti. Quel suo figlio le faceva proprio paura.

— Te lo richiedo con calma. Mamma, perché mi hai fregato? Eh, perché? Che tu sia una dannata ubriacona, passi. Che tu ti guadagni la vita spacciando agli scemi le tue fantasie, passi. Ma stai attenta. STAI FUORI DALLA MIA VITA, è chiaro? Non te lo dirò mai più. Io ora infilerò quella porta e noi non ci vedremo più. Questo è il prezzo del tuo tradimento. E della tua "amicizia" con quel bastardo del Prof.

— Trent, per l'amordiddio, ma che è successo?

La donna guardava il figlio senza vederlo, gli occhi già velati di lacrime, il mento che pendeva tremulo.

— Dovresti saperlo.

— Trent, lo giuro. Non so nulla.

— No? Non te l'ha detto stanotte il tuo Prof? Non ti ha detto che vuole vedermi morto?

— Trent, tesoro, ma che dici? Lui è solo un po'... un po'...

— LUI DEVE LASCIARMI IN PACE E TENERE GIÙ LE MANI DA MAYA. È chiaro, mamma? Ti riterrò responsabile di qualsiasi cosa accada alla mia ragazza.

— Trent, ti prego non fare così. Perché? Perché?

— Perché?

La voce tagliente del ragazzo stava lacerando il cuore di sua madre.

— Perché tu hai detto a Zafth dei nei di Maya. Perché tu hai consegnato a quell'invasato la mia ragazza, l'unica che mi può rendere felice, dopo che tu hai fatto di tutto per fare a pezzi la mia vita. Te lo ridico, giù le vostre luride mani da lei!

— Trent, io... io...

La donna non riuscì a terminare la frase: scossa da un terremoto di singhiozzi, il respiro che si faceva sempre più corto, le mani che le tremavano.

Trent la guardò freddamente. Non ci sarebbe cascato, non stavolta.

— Trent, io... Io non volevo farti del male. Neanche a Maya, lo giuro.

— NON PRONUNCIARE IL SUO NOME. MAI!

— Scusa, amore, scusa. Non... non volevo. Io... oh Trent, se tu sapessi.

— Che cosa dovrei sapere? Che lui ti ricatta? Che lui ha minacciato di ucciderti e di uccidermi se non gli porto Maya? Ma che cazzo di madre fottuta sei tu, eh?

— Trent, tu non sai...

Il ragazzo guardò la madre. Quella donna disfatta in fondo gli faceva pena. E in un angolo del suo cuore, l'aveva già perdonata.

— Che cosa dovrei sapere? Parla, questo è il momento.

— Io...

La donna si accasciò su una sedia sgualcita. E, con gli occhi bassi, iniziò a raccontare. Gli spiegò che quando lui era molto piccolo, e suo padre se n'era andato abbandonandoli senza un soldo, lei aveva dovuto arrangiarsi in qualche modo. Il padre del ragazzo, che non aveva mai voluto sposarla, le aveva portato via i pochissimi risparmi che lei aveva accumulato dopo anni di lavoro da modesta impiegata. Aveva dovuto andare a vivere in un ricovero per poveri, con il bambino, e con il terrore che glielo portassero via. Il suo vecchio datore di lavoro, appena lei era rimasta incinta, l'aveva lasciata a casa. E lei, per tentare di tirar su qualche sterlina, si era inventata un nuovo mestiere: la medium a pagamento. Era entrata in un giro di "professioniste", sedicenti maghe che truffavano la gente. Ma aveva qualche dote. E pian piano era diventata molto richiesta nel suo giro, tanto che aveva potuto, nel tempo, trasferirsi con il bambino in un mini appartamento, mandarlo all'asilo, e riprendersi in mano la sua vita. Fino a quando, un giorno, non era capitato nello "studio" dove riceveva Kyle Zafth. Non aveva mai capito perché uno come lui si fosse abbassato a frequentare un luogo di tale squallore. In ogni caso, Zafth l'aveva convinta che il suo talento era sprecato in quell'ambiente di cialtroni e le aveva aperto uno studio tutto suo, inviandole clienti facoltosi e famosi. Lei li truffava, certo, e qualche volta ne approfittava, mentre faceva finta di essere in trance, per alleggerirli di qualche sterlina. Non si era mai accorta che Zafth filmava tutte le sue "sedute". E a un certo punto aveva iniziato a ricattarla.

La storia andava avanti da allora.

— Solo che... — Deborah abbassò gli occhi, tirò su col naso e si asciugò le lacrime. — Solo che io, i morti, ho iniziato a vederli davvero a un certo punto.

Trent taceva, era la prima volta che assisteva a una confessione di sua madre.

— Lui se n'è accorto. E ha aumentato la pressione, convinto di poter sfruttare le mie doti per i suoi scopi perversi.

— Perché non l'hai mai denunciato?

— Perché lui aveva le registrazioni dei miei "furtarelli". E perché minacciava te. Mi ha sempre detto che ti avrebbe fatto mettere in collegio, facendoti dichiarare adottabile, se io non avessi fatto ciò che mi chiedeva. E lui è così potente. Oh, Trent mi perdonerai mai?

— Continua.

— E poi ha iniziato con questa storia della setta.

— E?

— Trent, io non ti ho tradito.

La donna si stava ricomponendo. Si asciugò le ultime lacrime, si schiarì la voce e guardò per la prima volta in quella mattina suo figlio negli occhi.

— Io... io l'ho fatto apposta.

— Cosa?

— Io ho detto apposta a Kyle di... della tua ragazza.

— Ma perché la odi?

— Io non la odio. Anzi, mi piace parecchio. E so che ha delle doti vere. E so anche che potrebbe davvero renderti felice. Ma...

— Parla, mamma. Cazzo, mi fai diventare matto.

— Ma io ti devo e la devo proteggere. Perché io so.

— Che cosa, che cosa sai?

— So che Maya si può fare male, molto male per causa tua. No, non mi fraintendere: non sarà intenzionale.

— Che cazzo stai dicendo? Mamma, guarda che sei tu che hai rovinato tutto. Io ho cercato di starle lontano, perché ero sicuro che seguendo me Kyle l'avrebbe trovata. Ma sei stata tu a metterla nelle sue mani. Mi hai tradito, gliel'hai consegnata. Ora cosa può capitare? Non ha più senso che io le stia lontano. L'unica cosa che posso fare è starle vicino e proteggerla.

— No Trent, no...

— Mamma!

— La verità che mi è stata rivelata, amore mio... Dio, non avrei mai voluto dirtelo. Avrei preferito passare per la madre stronza che pensavi di avere, ma questo peso non avrei mai voluto consegnarlo al tuo cuore.

— Ti ripeto. Che cazzo stai dicendo?

— Se stai con lei, il prezzo sarebbe altissimo.

— Ma io... Io la amo.

— Lo so, è scritto. Ed è scritto anche che tu potrai essere la sua rovina.

Gli occhi di Deborah ricominciarono a luccicare. La donna prese il fazzoletto e si soffiò rumorosamente il naso. Trent la guardò, attonito.

— Chi te l'ha detto?

— Trent, tesoro, fidati.

— No che non mi fido di una fattucchiera bastarda.

— Trent, amore, ti giuro. Ci sono segreti che non possono essere rivelati se non a tempo debito.

— Ma io devo sapere!

Deborah sospirò, chiuse gli occhi, inspirò tre volte e iniziò a modulare la voce con un lungo sibilo.

Gli occhi semichiusi, le pupille dilatate, era chiaro che non stava osservando ciò che presumibilmente non vedeva. Trent era a disagio. Sua madre stava andando in trance in sua presenza. Poi la donna iniziò a scrivere, veloce, da destra a sinistra. Vergava delle lettere in rapida successione. Trent faticava a leggere al contrario, ma si sforzava.

E R O M A O U S L I E R A V L A S R E P A R I R
O M A E D A L LE D E M O N L I A T R O P E H
C E O N A TN O L A D E N E I V E H C A Z Z A
G A R A L I P M E T I E D E N I F A L L A.

Trent spalancò gli occhi e deglutì. La testa prese a girargli e dovette aggrapparsi al bordo del tavolo per non cadere. Mentre sua madre cominciava il viaggio di ritorno, lui si fece forza, si alzò e si diresse a fatica in camera sua.

Seduto sul letto, il ragazzo si prese la testa tra le mani. Poi afferrò il cellulare e premette forte sui tasti, come a martellarli. Gli faceva male lo stomaco dalla disperazione. Iniziò a piangere. Così forte, che tutto il suo corpo ne fu scosso. Poi si riprese, si asciugò a fatica gli occhi umidi. Guardò per un'ultima volta le foto di lui e Maya sul display del cellulare, prima di cancellarle, e la salutò:

— Addio amore. Ti amerò per sempre. Io e te. Oltre ogni...

Non finì la frase. Sapeva che non sarebbero più andati oltre nessun confine.

E in quel momento il suo cellulare squillò. Trent lo riprese in mano svogliatamente. Guardò il display. Riconobbe il numero. E schiacciò il tasto di occupato.

CAPITOLO 85

Sotto lo sguardo severo di Maestro Chan, Maya stava sudando come un montone che scala una montagna. Quell'esercizio proprio non le piaceva.

— Prego prestare più attenzione. Prego essere più flessibile.

— Non ci riesco, Maestro, cavolo sono stanca.

— Cavolo non è bella parola. E tua non è bella posizione.

— Ma sono a pezzi!

— Ma, non esiste. No riesco, non esiste. Esiste la volontà. Che cambia il mondo.

— Maestro Chan, abbia pietà.

Il vecchio monaco scosse la testa, infilò le braccia nelle capaci maniche della sua tunica e si avviò verso l'uscita della palestra.

Maya si tirò in piedi, facendo forza sui polpacci e sui glutei, senza appoggiarsi con le mani. Poi raccattò il suo tappetino e si avviò verso lo spogliatoio. Quel giorno era troppo stanca per cimentarsi in un nuovo esercizio, come il Maestro di *shaolin* avrebbe preteso. Un attimo prima di uscire dalla stanza però buttò l'occhio in fondo alla palestra. Un ragazzo stava eseguendo un esercizio alquanto complicato con agilità ed eleganza. Capelli biondi lunghi, corpo esile ma ben modellato, occhi di ghiaccio. Maya si fermò per una frazione di secondo, rapita dalla grazia dei movimenti di quel giovane, che respirava in modo lento e profondo, e si muoveva flessuoso, sottoponendo il suo corpo a un'incredibile serie di evoluzioni.

Uscita dallo spogliatoio, lo incontrò in corridoio.

— Buongiorno — le si rivolse lui con un sorriso.

Maya fu colpita dalla cordialità altezzosa di quel viso.

— Buongiorno, ti ho visto in palestra, mentre facevi quello strano esercizio.

— Lo so. Si chiama "mossa del serpente".

— Sei molto allenato.

— Mi piace fare le cose per bene.

— Be', io sono Maya.

— Io sono Hector.

CAPITOLO 86

Un'ora di coda fuori dal club, una folla stipata all'interno, una vera guerra per prendersi un divanetto. E adesso quella musica. *I Kissed a Girl*, Katy Perry. Maya e Flo guardarono disgustate John. Era colpa sua, se si trovavano in quel postaccio: l'On the Rocks di Hoxton non era esattamente il tipo di locale che poteva far felici le due ragazze.

Anuragh intercettò lo sguardo arrabbiato di quella che ormai era la sua ragazza e le soffiò un bacio sulla guancia. Maya si alzò, inquieta. Trent aveva più di mezz'ora di ritardo. Era riuscita a strappare quell'appuntamento dopo più di una settimana di rincorse a vuoto. Lui era tornato sfuggente. E Maya non capiva. Ma iniziava ad arrabbiarsi.

Si alzò e si diresse verso l'uscita. Flo la bloccò, prendendola per un braccio.

— Maya... aspetta.

— Lasciami perdere, Flo. Vado a vedere fuori. Neanche risponde al cellulare!

Si fece largo a fatica tra la massa colorata che premeva per entrare in uno dei club più gettonati di Londra. All'ingresso, un buttafuori gentile le stampò sul guanto il pass che le avrebbe garantito la possibilità di rientrare. Diede uno sguardo alla massa di gente in fila sul marciapiede. Lui non c'era. Riprovò a chiamarlo. Il suo cellulare era spento.

Con un moto di stizza, fece dietrofront e si rituffò nell'antro buio e afoso. Si diresse al bar, non aveva voglia di tornare subito a sedersi al tavolo. Le solite chiacchiere. Le solite frecciate di Flo contro John, di John contro Anuragh, di Phoebe contro tutti, di tutti contro Phoebe. Cheppalle, pensò Maya.

Attese paziente il suo turno, anche lì c'era da aspettare.

Che serata da schifo! si disse, maledicendo la sua idea di uscire.

E finalmente arrivò al bancone, dove due barman acrobati facevano roteare bottiglie e bicchieri. Allungò una mano, prese il suo Margarita e fece per voltarsi, quando una mano da dietro le afferrò la spalla scuotendola forte.

— Ma che...

Il bicchiere di Margarita le si rovesciò addosso, rovinando sul corpetto rosa, regalo di Flo, che Maya indossava per la prima volta. La ragazza imprecò, voltandosi furente.

— Oddio, Maya. Scusa scusa scusa scusa. Ma, ecco, devi correre. John sta prendendo a brutto Harry.

Maya piantò gli occhi addosso a Phoebe. Le bastò un attimo per mettere a fuoco la sua insofferenza. E per farsela passare.

— Ma che...

— Ti prego, fai presto. Sta venendo fuori un casino.

Le due ragazze si diressero a fatica verso il loro tavolo. Harry e John, uno di fronte all'altro, sembravano due leoni pronti a scattare. Intorno a loro, Flo, Anuragh e Frank stavano facendo di tutto per separarli. Dietro di loro, in disparte, Stacy e Liz ridacchiavano, sorseggiando due cocktail coloratissimi e velenosissimi e guardando di sottecchi Maya e Phoebe in avvicinamento.

John diede uno spintone a Harry. Harry, a sua volta, protese il petto in avanti e sfidò il rivale.

— Ma che fate? Siete impazziti?

L'urlo di Maya bloccò i due per un attimo. John la guardò, gli occhi torbidi di rabbia.

— Mi ha insultato. Ha insultato Phoebe.

Maya non aveva mai visto John in quello stato. Il mite, ironico John si stava trasformando in un vero macho sotto i suoi occhi. Sorrise, dentro di sé. Ma conservò il suo aspetto severo.

— Eddai, non è un buon motivo per prendersi brutto così.

— Sì che lo è.

— Non ho insultato nessuno, ho solo chiesto a Phoebe-mammina se non avesse nostalgia del pargolo.

— Lo vedi che stronzo?

— E perché, scusa tanto, se mi interesso a lei?

— Fuck Harry, forse dovevi interessartene un po' prima.

— O scusa tanto, buon samaritano.

In un angolo, dietro di loro, Phoebe avrebbe voluto farsi piccolissima. Si rintanò dietro a una poltrona, aspettando solo l'occasione per svignarsela.

— Perché ti nascondi?

La voce nasale di Stacy la investì come una palla da biliardo lanciata in pieno petto. Phoebe si rialzò dalla sua postazione, si ricompose e cercò di darsi un contegno di fronte alle due *mean girls*.

— Lascia perdere, piccola Phoebe. La tua aria da straccionа non riesci a levartela di dosso.

Stacy guardò Phoebe con aria sprezzante, si voltò nella magnificenza del suo semplicissimo e costosissimo Marc

Jacobs e, seguita dalla schiava Liz, se ne andò. Phoebe si riaccucciò, non voleva più vedere né sentire.

Maya la vide in difficoltà, ma non riuscì a soccorrerla. Aveva altre priorità. Perché John e Harry non smettevano di attaccarsi.

— Io da te le scuse non le accetto proprio — stava dicendo John.

— E infatti. Manco te le faccio. Di che cosa mi dovrei scusare?

— Di aver fatto lo stronzo con Phoebe, per esempio.

— O scusa tanto, paparino. Le difendi sempre tutte così o solo quelle che si fanno mettere incinte chissà da chi?

Flo si tappò le orecchie, e Maya vide, al rallentatore, il pugno di John che partiva diretto alla faccia perfettina di Harry. L'altro si smarcò, ma il segnale era stato lanciato. I due ragazzi si lanciarono uno sull'altro e rotolarono a terra. Anuragh e Frank gli furono addosso, nel tentativo, inutile, di separarli. Flo si lanciò verso Phoebe, ormai in lacrime. E Maya si fermò. Osservava la scena con distacco e disgusto. Poi si voltò, mentre due buttafuori del locale piombarono sui ragazzi che stavano lottando a terra, li sollevarono di peso e li "accompagnarono" a spinte e calci fuori dal locale.

— Ecco fatto, serata rovinata.

Flo era furente. Phoebe continuava a singhiozzare, mentre le urla intorno a loro annunciavano finalmente l'arrivo di Hanna Holland e Mama Shimone, due delle DJ più amate dai ragazzi cool di Londra. "Con... una sorpresa" stava declamando dal palco la presentatrice della serata.

Maya e Flo fecero sedere Phoebe sul divanetto e tentarono di consolarla. Le ragazze parlavano fitto, senza sentire il rumore che attorno a loro stava montando, le note che si scaldavano, la gente che iniziava a dimenarsi nel ballo. Poi Maya alzò gli occhi. Di fronte a loro, un ragazzo dai tratti eleganti le stava osservando. Anzi, stava osservando lei.

— Ciao. Ci siamo già conosciuti. Maya, se non sbaglio.

Il ragazzo portava jeans appena sdruciti e una camicia bianca. I lunghi capelli, fini e biondissimi, erano legati in un codino tenuto insieme da un laccio di cuoio. Due occhi blu, freddi ma intensi e un bicchiere in mano. Il ragazzo fece cenno alla poltroncina di fronte a loro.

— Posso sedermi?

Flo e Phoebe alzarono gli occhi e guardarono Maya con aria interrogativa. La ragazza non sapeva che rispondere. Quel tipo la inquietava un po'.

— Ciao, mi chiamo Hector. Ho visto che siete reduci da un po' di casino. Posso aiutarvi? Vado a prendervi qualcosa da bere.

Il ragazzo si presentò alle due amiche di Maya. Poi si voltò e si diresse verso il bar.

— Maya, ma chi è?

— Diommio, Maya è bellissimo. Hai visto com'è fine?

— Phoebe, evita. E piano con le fantasie. L'ho conosciuto in palestra. Non ho idea di chi sia.

— Sono un astrofisico. O almeno ci provo.

Il giovane aveva fatto ritorno senza che loro se ne accorgessero, reggendo in mano tre bicchieri per le ragazze. E trascinando dietro di sé una riottosa cameriera, che portava una bottiglia di champagne.

— Un po' di bollicine, per tirarvi su il morale.

Maya si stupì del tono imperioso di quel giovane. I suoi modi decisi, lo si capiva subito, erano abituati a ricevere consenso e obbedienza.

Il ragazzo sorrise e riempì i bicchieri di tutti. Sul palco e in sala, l'atmosfera si stava surriscaldando. Un urlo annunciò l'arrivo di un'ospite speciale: Beth Ditto. La pista esplose in un boato. Mentre la rocker lesbica, oversize e arrabbiata afferrò il microfono e, con la solita voglia di stupire, iniziò il suo repertorio con un lento smielatissimo. *I Will Ways Love You*, una cover di... Dolly Parton!

— Grandissima — si entusiasmò Flo.

Hector tese la mano a Maya, invitandola a ballare. Lei abbassò lo sguardo, ma Phoebe le diede uno strattone e la ragazza si alzò a seguire il suo cavaliere. Hector si fece largo tra la folla, tese le mani verso di lei e la tirò a sé, con una stretta discreta ed educata.

Tra quelle braccia, Maya si ritrovò a non pensare.

Sul palco, la Ditto iniziava a dimenarsi, fasciata nel suo vestito viola di seta lucidissima che ne esaltava le forme decisamente abbondanti. In sala, la gente seguiva la musica con una ola. In pista, le coppie iniziavano a baciarsi, trasportate dalle note *soft country*.

Hector strinse leggermente Maya a sé. Il ragazzo aveva un buon profumo, notò lei.

— Dunque, tu sei Maya — le sussurrò.

— Già — rispose la ragazza imbarazzata.

— Ho sentito molto parlare di te.

— Ah.

Il disagio cresceva.

— E, scusa, inavvertitamente ho visto la tua scheda sul tavolo dello Shaolin Center, la dovevi ancora firmare. Ti chiami Fox? Maya Fox?

— Sì — rispose lei sempre più a disagio.

— Tuo padre si chiamava David?

— Sì...

La ragazza si staccò da lui. Adesso si stava decisamente irritando. Le sembrava che quello sconosciuto le avesse già fatto il quinto grado e sapesse tutto di lei.

— Scusami, io sono... ero un suo fan. Sono stato un suo studente.

Maya lo guardò con stupore. Poi si avvicinò di nuovo e si lasciò condurre. Lui la strinse ancora un po'. Si muoveva lento, sinuoso. Le mani la cingevano appena, il suo respiro leggero e impercettibile. E quel profumo. Niente era fuori posto, in quel giovane. Maya chiuse gli occhi, cercando di scacciare le cattive sensazioni di quella sera.

Ma una spinta la fece sobbalzare. Sentì la stretta di Hector allentarsi. Aprì gli occhi e restò di sasso. In piedi, in mezzo alla pista, due occhi di fuoco puntati su di loro: Trent.

Maya si scansò, bloccata dall'odio che leggeva negli occhi del suo ragazzo. Appena in tempo per evitare un pugno che si abbatté sul viso levigato di Hector. Il giovane barcollò, si mise una mano sull'occhio colpito.

— Ma che...

— Levati di torno. Lasciala in pace. NON TI AVVICINARE A LEI!

— Ma che... chi sei?

— Trent, sei impazzito? Stavo solo ballando. E poi sono giorni che mi eviti. Ma che hai?

Maya detestava la violenza e non era disposta a sopportare un'altra stranezza di Trent. Ma lui non le rispose. Con due occhi che saettavano rabbia e disperazione, la trascinò via, urlando all'altro: — Ti ho riconosciuto, figlio di puttana. LONTANO DA LEI, ricordalo!

L'aria ancora fredda della notte londinese non riuscì a chiarire le idee a Maya.

— Ma si può sapere?

Le sue domande però erano destinate a restare senza risposta. Trent la guardò, con gli occhi che gli si riempivano di lacrime. Le prese il viso tra le mani e le disse d'un fiato:

— Stammi alla larga, Fox. Ma stai attenta, ti prego!

CAPITOLO 87

— Maya sei tu? Maya, non sbattere la porta.

Dio mio mamma, taci per una volta, pensò senza rispondere. Doveva metabolizzare gli avvenimenti della serata. E aveva un solo modo per cercare di capire che cosa le stava succedendo intorno.

Fece le scale di corsa, si chiuse la porta della stanza alle spalle, buttò gonna e corpetto a terra, lanciò le scarpe oltre il divanetto e restò in mutande e top. Seminuda, si sentiva meglio. Non riusciva a non pensare a Trent, alle sue fughe, al suo sottrarsi da lei e alla furia di quella sera. Ma non riusciva neanche a dimenticare le sue lacrime.

Sospirò, aprì l'armadio e srotolò il tappetino. Aveva bisogno di chiarezza. E forse David l'avrebbe aiutata. E poi era curiosa. Davvero quel giovane appena conosciuto era stato un suo allievo?

Si sedette a terra, posizionò le mani sulle ginocchia, indice e pollice a toccarsi. Uno, due, tre respiri profondi. E il mantra che iniziava a girarle in testa. E scendeva giù, giù dentro di lei.

"Ucci ucci, eccomi qui."

Maya sobbalzò. Aveva riconosciuto immediatamente

la voce. Ma era stupita. Nessun dolore aveva annunciato la visita di quello schifoso. Sorrise tra sé. Sì, stava diventando brava.

"Mayaaaaaa. Sono tornatooooo."

— Piantala Gacy, non mi fai più paura.

"Ouff, guarda cosa tocca fare a un povero killer fatto fuori da dei porci bastardi."

— Vattene, Gacy. Devo parlare con mio padre.

"Non c'è. Ucci ucci che peccatucci. Ci sono io, non mi vuoiiiii, dolce Mayaaaaaa."

— E smettila.

"Dimmi, sgorbietto. La mammina sta bene?"

— Uff.

"Dovresti trattarla un po' meglio, sgorbio. Lei si fa in quattro per te."

— Grazie tante, signora educatrice. Gacy, mi fai la predica dall'oltretomba?

"Eeeh, ma che sei diventata sgorbio? Non ti si può neanche parlare!"

— Lasciami perdere, Gacy. Non è giornata.

"Non dirlo a me. Mi tocca anche parlare con te. E darti retta. Cazzo, ma guarda come sono caduto in basso. Mentre quello schifoso, il Prof, lui sì che se la sta godendo. A un passo dalla rivelazione finale. E dal successo. E chi gliel'ha preparato il suo successo, eh, chi? Chi?"

— Uff.

"Certo, sbuffa, sgorbietto. Io, gliel'ho preparato. Il grande, incompreso Michael Gacy. Che vita schifosa ho fatto. Non ci fossi stato io, non sarebbe mai arrivato a te, 'sto idiota. Con quell'altro damerino."

— Uff.

— Uff un bel niente. E a proposito, occhio a te dolce Mayaaaaa. Stai in guardia. Non scherzo.

— Sì, ok.

"Maya dammi retta, anche se sono solo un povero killer sfigato. Non andare in Italia. A nessun costo. Mi hai capito?"

Maya aprì gli occhi di colpo. Un rumore insistente di colpi alla porta l'aveva riportata troppo velocemente fuori dal suo *shining* e ora il cuore le batteva all'impazzata.

— Maya, apri la porta! Si può sapere che stai facendo?

La ragazza si alzò lentamente, fece due respiri profondi e tentò di ignorare le urla di sua madre. Doveva prima calmarsi. Ripose il tappetino nell'armadio, fece altri due respiri e finalmente aprì la porta.

— Ma cosa combini?

— Secondo te?

— Sei strana, Maya. Stai tramando qualcosa?

— Sì, in effetti, parto, alla fine della scuola.

— Ah, e per dove?

— Italia. Mi faccio il regalo di compleanno.

— Be', questo si vedrà.

— Non credo proprio. Ho deciso. E sono maggiorenne.

— Tu sei ancora in questa casa, e finché sarai sotto la mia giurisdizione, io deciderò quel che è meglio per te, chiaro?

— No.

— Tu in Italia non ci vai. Né lì né altrove. Non quest'anno. Chiuso l'argomento.

— Vedremo.

— Vedremo? Vedremo sì, signorina. È quel tuo Trent, eh? È lui che ti sobilla?

— Ho chiuso con Trent, sarai contenta — disse Maya sostenendo con calma lo sguardo esaperato di sua madre.

— Meglio. Perché te lo devo proprio dire, lo abbiamo beccato con le mani nel sacco. Indovina, Miss so tutto...

— Ma che stai dicendo?

— Sua madre, quella medium da strapazzo, è implicata nella setta. Nel Doomsday Project, per essere chiari. Capito?

Megan puntò un indice accusatore sotto al naso della figlia.

— Spero che tu abbia chiuso per sempre, con lui.

La donna si voltò, e fece per uscire dalla stanza di sua figlia, chiudendosi la porta alle spalle. Ma la ragazza la fermò, la prese per una spalla e la costrinse a girarsi.

— Adesso mi stai a sentire tu, mammina cara.

— Cosa?

— IO VADO IN ITALIA. Non ci andrò con Trent, ok. Ma tu, nella mia vita, non c'entri. Non più. E per favore, adesso esci.

Megan guardò sua figlia con gli occhi che le si riempivano di lacrime. Si voltò e scappò fuori. Si rifugiò nel suo studio, davanti allo schermo del computer: il lavoro, l'unica sua consolazione.

Una mail le segnalò un messaggio in arrivo da Facebook. Detestava quel sito, ma aveva dovuto riconoscerne l'utilità: uno dei pochissimi modi per seguire la vita della figlia, potendosi collegare al suo profilo.

Digitò il dominio del sito e il suo account. Poi si collegò alla sezione "Posta".

Gli occhi che si facevano umidi, lesse: "Mamma cattiva... ti voglio bene... nonostante tutto. M"

CAPITOLO 88

FLOG: Lady Fox, che piacere averla tra noi...
MAYA91: Lasciami perdere, Flo.
FLOG: Dovresti essere felice: diventerai una lady...
MAYA91: Non ti piace, eh?
FLOG: Sincera?
MAYA91: Sincera!
FLOG: Non tanto.
MAYA91: Ma è così dolceeeee e attento-premuroso-colto-ricco-intrigante-intelligente.
FLOG: Vecchio...
MAYA91: Maddai, ha solo venticinque anni.
FLOG: Non chiedermi più di lui. Nn ne parliamo più.
MAYA91: Ma ke hai? Guarda, sei pessima. Sono 3mesi3 che mi ignora. Sparito, puff, svanito.
FLOG: Dimentika!
MAYA91: Un cazzo. Sono a pezzi. Tu ne sai niente?
FLOG: No.
MAYA91: John l'ha più visto?
FLOG: L'ha cercato, quando si è ritirato da scuola.
MAYA91: E?
FLOG: E. Lo sai com'è Trent. Quando sparisce, sparisce.

CAPITOLO 89

La Saunders si levò gli occhiali, li posò sulla cattedra. Squadrò la classe e scosse la testa. Poi si rinfilò gli occhiali. E iniziò a parlare.

— Questo è il vostro ultimo anno. Tra poco, inizierete gli esami di *A Level* per accedere all'università. È una cosa seria, smettetela di sghignazzare. Tu, Crumble, hai deciso che materie sceglierai?

— Matematica e biologia.

— Molto bene, ti si addicono. Peccato per inglese. Agli altri, non chiedo. Siete un branco di bestioline. Vi auguro buona fortuna. E vi prego di prepararvi al meglio. È stato un anno duro. Durissimo.

La Saunders raccolse i libri dalla cattedra e scomparve nel corridoio. Il golfino lilla posato sulle spalle, solo l'ultimo bottone allacciato sotto il collo.

In classe, subito, si scatenò l'inferno. L'ultimo giorno di scuola. Ok, per chi voleva andare all'università, la maggior parte di loro, c'erano ancora gli *A Level* da sostenere. Si facevano direttamente nelle università prescelte. Di lì a un mese. Adesso però c'era il tempo per riposarsi. Almeno un po'.

Maya si guardò intorno, non le sembrava vero che quello sarebbe stato il suo ultimo giorno di liceo. E che non avrebbe più rivisto la Saunders. Né il prof di ginnastica. Né si sarebbe più nascosta dietro ai cespugli del giardino. Prese sotto braccio Flo e uscirono ridendo dalla classe.

Fuori da scuola, la festa era appena iniziata. John e Phoebe se ne stavano in un angolo, per proteggersi dai gavettoni di acqua che i ragazzi delle altre classi avevano iniziato a tirarsi addosso. Le *mean girls*, seguite da Harry, erano scatenate. Ma la felicità era palpabile in tutti i ragazzi. Flo e Maya guadagnarono l'uscita, cercando di proteggersi dalla battaglia in corso. Dall'altra parte del marciapiede, una Vespa rossa aspettava Maya. Appoggiato al sellino, sorridente, occhiali Rayban a goccia, Hector la stava osservando. Da poco avevano iniziato a vedersi e Maya non sapeva ancora che nome dare a quel loro rapporto. Flo si incupì e salutò l'amica. Phoebe invece le volò incontro.

— Lo porti fuori con noi stasera? È così figo...

In effetti, notò Maya con la coda dell'occhio, il motorino di Hector era circondato: pareva che tutte le ragazze della scuola si fossero date appuntamento lì e che non volessero togliere gli occhi di dosso al bellissimo sconosciuto. Maya si fermò a guardare Hector da lontano. Il profilo austero, il naso fine, l'incarnato pallido, ravvivato da due occhi blu ghiaccio, e da quei magnifici capelli biondi lunghi fino alle spalle. Infine, la bocca, l'unica nota stonata, notò Maya. Troppo stretta. Hector aveva decisamente i tratti nobiliari che il suo DNA protetto da generazioni di lusso gli garantiva. Non amava parlare di sé, e Maya non sapeva molto di lui. Ma certamente, rifletté, doveva essere stato pieno di donne. Maya, in effetti, non capiva che cosa ci trovasse lui in lei. Si scrollò i dubbi di dosso e per una volta si concesse il divertimento di essere la più invidiata della scuola.

— Ciao.

— Eccoti. Finita?

Hector le andò incontro con un sorriso. La circondò con un abbraccio e le stampò un bacio sulla bocca. Maya si guardò intorno, con la coda dell'occhio, a cogliere l'invidia delle ragazze della sua ormai ex scuola. Poi lui accese la Vespa, lei salì e partirono. Le piaceva andare in motorino con lui, era sicuro e spericolato. Per Maya, Hector aveva rinunciato alla Bentley con autista, glielo aveva chiesto lei: si vergognava a girare su quel macchinone.

Attraversarono tutto l'East End di Londra e finalmente giunsero davanti a casa di Maya.

La ragazza scese e gli fece cenno di entrare.

— Sicura? — chiese lui titubante.

— Sì, è meglio se lo incontri subito mastino-Megan.

Il ragazzo fece finta di preoccuparsi. Posteggiò la moto e seguì Maya.

— Mamma?

— Sono in camera, vieni su.

— No scendi, ti devo presentare una persona.

Megan era appena uscita dalla doccia, ma la curiosità la spinse a vestirsi velocemente, pettinarsi al volo, ritruccarsi appena. Quando finalmente scese le scale e arrivò nel piccolo soggiorno di casa sua, capì che aveva fatto bene a darsi una rapida sistemata. Maya, la sua Maya, era seduta sul divano, abbracciata a un giovane: di grandissima classe, si sorprese a pensare Megan.

Hector si alzò, come la vide, le andò incontro con un sorriso cordiale e le tese una mano decisa.

— Dottoressa Fox, sono onorato di fare la sua conoscenza. Mi chiamo Hector Parravicini de' Giorgi e... be'.

Frequento sua figlia, la sua deliziosa figlia, da qualche tempo. Spero non le dispiaccia.

Megan lasciò che la sua mano prendesse confidenza con quella di quello strano tipo.

Incredibile, pensò. È la prima persona civile che Maya mi porta in casa.

La donna si sedette di fronte ai due giovani. E notò un'altra stranezza. Sua figlia non aveva ancora fiatato, ma la stava squadrando con aria compiaciuta.

— Mi ha detto Parra…

— Parravicini de' Giorgi, mio padre è italiano.

— Ma lei parla un inglese perfetto.

— Sì — sorrise educato. — Mia madre è inglese. Si chiama Henrietta Ashley Brown.

— Oddio, non sarà mica…

Il volto di Megan si illuminò. Maya sprofondò nel divano. E Hector sorrise, fingendo stupore.

— Non sarà mica la famosissima arredatrice?

— Mia madre, in effetti, ha uno studio di design e arredamento. Con un discreto successo, direi di sì, in effetti.

— Dio, adoroooo il suo stile.

Maya sprofondò ancora un po' nel divano. Detestava sua madre in veste mondano-cafona.

— Sono sicuro che mia madre adorerebbe poterla conoscere, una delle più note profiler del Regno, o sbaglio dottoressa Fox?

Megan si schermì. E passò sopra alla leggera inquietudine materna per l'età del giovane.

— E, mi dica, lei studia?

— Mammaaaa…

— No Maya, tua madre ha ragione. Mi fa piacere raccontarle. Sì dottoressa, studio. Ho deciso di non seguire le orme famigliari, ma di provare a dar corpo alla mia passione: lo studio del cielo. Studio Astrofisica a Cambridge.

— Dio santissimo! Ma è dove ha studiato David... eehm, mio marito.

— Lo spiegavo a Maya. Ho assistito a un paio di sue lezioni. Suo marito era un grandissimo studioso, dottoressa. E un ottimo insegnante. Ci ha lasciato un grande vuoto.

Megan piegò la testa, rattristata dal ricordo. Ma si riprese subito.

— E quando conta di laurearsi?

— Il prossimo anno. Lo so, sembro in ritardo. Ma, vede, questa è una seconda laurea.

— La prima è in lettere classiche: latino e greco — intervenne Maya.

Megan non profuse parola, ma traspariva da ogni poro della sua pelle il suo compiacimento.

— Bene, se hai finito con l'interrogatorio, ce ne possiamo andare?

— Ma certo ragazzi, scusate. Hector, spero di rivederla.

— Ci conti, dottoressa. Ah, volevo chiederle il permesso di portare Maya con me quest'estate. Un breve viaggio nella tenuta di mio padre. Mi piacerebbe mostrare a sua figlia la Toscana.

— Toscana... Ma sì, può essere un'idea.

— Naturalmente, se lei volesse seguirci, sarebbe la benvenuta. Sono convinto che mio padre apprezzerebbe enormemente la sua compagnia.

— Be', grazie, ma credo che Maya non abbia voglia di avere la sua mamma anche in vacanza, dico bene?

Megan salutò e tornò in camera sua, ancora stupita da quell'incontro. Al piano di sotto, Maya stava facendo i conti con la sua irritazione per il voltafaccia materno.

CAPITOLO 90

Maya suonò il campanello della grande casa che affacciava sul magnifico parco del Museo di Storia Naturale. Era in leggero ritardo e si sentiva a disagio. Non era abituata a frequentare i quartieri alti. Quella casa, poi, la intimidiva. La porta nera, le colonne bianche, una cancellata nera e dorata a proteggere la privacy dei suoi abitanti. Difesa, anche, da una miriade di telecamere che in quel momento stavano occhieggiando sulla ragazza.

La porta si aprì e un maggiordomo in guanti bianchi e livrea la accolse, alzando leggermente un sopracciglio, segno di lievissima riprovazione del suo look.

— Cerco Hector — disse Maya sbrigativa.

— Prego, signorina, il duca la attende nel suo studio. Le faccio strada.

Preceduta dall'impassibile maggiordomo, Maya attraversò una serie infinita di sale e saloni. Si stupì di fronte al giardino che si apriva su una corte interna, punteggiato di limoni e di fiori di pesco, e ammirò le pareti antiche ricoperte di libri e di arazzi. Camminò su soffici tappeti persiani e attraversò una lunga fila di piccole stanze che si incastravano una nell'altra, ciascuna dedicata a un pittore del passato. Maya era rapita da ciò che stava vedendo: quella casa era un museo, più che un'abitazione. Fu catturata, in particolare, da una piccola sala la cui vetrata dava sul bersò del giardino, ornato di glicine e di rose. Il tripudio di colori all'esterno contrastava con il rigore e la semplicità della sala interna. Un solo quadro, un disegno in bianco e nero, campeggiava sulla parete davanti alla grande finestra. Di fronte, un divano rosso cupo.

— Lo so, è la mia stanza preferita.

Seguito da un solerte segretario che reggeva in mano una miriade di fogli in attesa di essere firmati, Hector si avvicinò sorridendo a Maya. La ragazza lo squadrò. Lì, nel suo ambiente, sembrava meno perfetto. I capelli sciolti che lambivano le spalle, dei bermuda stinti, l'immancabile camicia bianca e il tatuaggio a forma di serpente che si intravvedeva sull'avambraccio abbronzato, sotto le maniche rimboccate della camicia.

— Ma quel quadro è...?

Maya indicò l'incisione sulla parete. L'illuminazione era stata studiata alla perfezione e nonostante la luce naturale che entrava dalla grande vetrata, il quadro appariva in tutta la sua bellezza, con i dettagli ben evidenziati.

— È di Dürer, il grande pittore tedesco. L'ha dipinto nel 1514, subito dopo la morte della madre e mentre la peste stava flagellando l'Europa. Si chiama *Melencolia I,* ed è uno dei quadri più misteriosi dell'intera storia dell'arte.

— Davvero? Ma è...

Il giovane sorrise rilassato e si sedette sul divanetto, facendo cenno a Maya di seguirlo. Il segretario si ritirò, silenzioso, e dietro di lui apparve, senza alcun rumore, una cameriera che reggeva un vassoio con un bricco del tè, e una miriade di mini pasticcini dall'aria decisamente invitante. Hector non si prese il disturbo di ringraziare, ma con un cenno leggero della mano liquidò la donna.

— Sì, è l'originale.

— Come è possibile? Non dovrebbe stare in un museo?

— Diciamo che la mia è una famiglia molto nota. E che i miei avi erano grandi banchieri, che hanno distribuito diversi favori. E naturalmente erano anche grandi amanti dell'arte.

A Maya non dispiaceva ascoltare Hector. Il ragazzo era decisamente colto, e aveva un bel modo di raccontarle le cose.

— Questo quadro è uno di quelli che amo di più. Mi affascinano il suo simbolismo e i suoi misteri. Guarda...

Maya si sporse, seguendo la linea che l'indice di Hector andava indicando.

— Ecco, lì sulla destra, sotto la campana. Vedi? Quello è un Quadrato Magico. — Maya drizzò le orecchie. — Uno dei più riusciti. Vedi? Se sommi i numeri su ogni riga, ogni colonna e ogni diagonale, ottieni sempre 34. Ma non è tutto. — Maya ascoltava, non capiva dove il ragazzo la stesse conducendo. — A sinistra, ecco lì. Una sfera, un cane che dorme, e soprattutto un fornello acceso. Non c'è dubbio, sono simboli alchemici. Probabilmente Dürer era un vero alchimista. E in effetti l'umor nero, il sentimento che lui ha voluto rappresentare con l'angelo pensoso, per gli alchimisti è il primo passo verso la pietra filosofale. Cioè verso la scoperta del'immortalità.

Il ragazzo pronunciò quest'ultima frase accostando il suo viso a quello di Maya. Lei sobbalzò lievemente e si scostò: negli occhi di lui, un guizzo indecifrabile. Hector si ricompose e le offrì una tazza di tè. Poi, piano, iniziò ad accarezzarle i capelli. Ma la mano non si fermò lì. Scese a posarsi sulle spalle e scivolò, furtiva, sul seno.

La ragazza era a disagio, posò la tazza sul tavolino antico accanto al divano e si appoggiò allo schienale, facendo leva sul braccio di lui. Non aveva voglia che scendesse troppo, con quelle sue mani fredde. E poi c'era qualcosa d'altro. Quella mano non cercava davvero lei.

Maya pensò a Trent, ma fu un attimo.

La mano ricominciò a scendere, molle, sul suo seno e lo tenne per una frazione di secondo. Maya si scostò. Il giovane sembrò trasalire, come si stesse riprendendo da una trance. Accostò il suo viso a quello di lei e cercò la sua bocca, il suo respiro caldo. Maya acconsentì, anche se...

Anche se, doveva essere sincera, la scintilla proprio non scattava. E Hector non la baciava con la passione a cui era stata abituata.

— Tu mi piaci molto, Maya Fox.

— Sì?

— Sì. Chissà, se...

— Se?

— No, niente. Sai, per me è sempre così complicato. Conoscerai i miei, purtroppo non sono persone facili.

— Vuoi dire che non piacerò loro?

— Voglio dire che le tue doti nascoste andranno usate al meglio. Ma di questo mi occuperò io.

Un'altra nota stonata. Ma Maya cacciò le sue fastidiose fantasie. E decise di lasciarsi andare.

— Hector...

— Mmm...

— Spiegami di più del quadrato.

— Ti affascina, eh?

— No, è che... anche mio padre mi parlava spesso del quadrato... — mentì.

— Il Sator! So tutto di quel quadrato.

— E come fai a sapere che si tratta proprio di quello?

— Io conoscevo tuo padre, bambina. Te ne sei dimenticata? E so anche altro, su di lui.

— Cioè?

Hector si alzò, porse la mano a Maya e le fece strada nella lunga fila di stanze che si inseguivano una dietro l'altra. Fino a quando giunsero in una sala che Maya non avrebbe mai potuto ricostruire con l'immaginazione. Più che un salone, era un appartamento, talmente era grande. E interamente foderato di libri. Hector le fece una sorta di inchino.

— Madame, ecco la sala lettura del duca Parravicini.

— Ma è... è...

— Lo so, è incredibile. Ci sono volumi autentici scritti a mano da monaci amanuensi del Medioevo.

Il ragazzo le sfiorò la guancia con un bacio e salì su una delle scale posizionate davanti alla grande libreria. Poi prese la rincorsa e sembrò danzare su quella scala. Maya rise, per la prima volta divertita da Hector.

Il ragazzo arrivò al punto desiderato, afferrò un antico e pesante volume dallo scaffale più alto e scese. Con passo elegante, reggendo il libro con entrambe le mani, ne mostrò il frontespizio a Maya.

— "*Codex Dresdensis*" — lesse la ragazza con aria interrogativa.

— Questa è una copia. È il libro segreto di un'antica civiltà, i Maya, ti dicono qualcosa?

Maya si accasciò a terra, sul prezioso pavimento di legno, gli occhi bassi e il respiro che si faceva difficoltoso.

— Hector, come sai?

— Questo è il libro che parla della famosa Profezia sul 2012.

— Appunto. Come sai?

— Ma di che parli? Tutti, nell'ambiente, sapevamo che tuo padre era ossessionato da quella Profezia. Che tu ci creda o no, era stato qui, pochi giorni prima di morire. Voleva vedere il Codice, la copia del Codice, ovvio.

— Hector, non mi prendi in giro?

— E perché dovrei, piccola? Tuo padre mi ha lasciato addosso una gran curiosità...

— Hector, tu hai voluto conoscermi apposta?

— Bambina, tu credi al destino?

Il giovane guardò Maya negli occhi. E lei sentì di nuovo quella fitta di disagio. Sospirò.

— E va bene, Hector, ti devo dire una cosa. Non so come andremo avanti io e te...

— Chi può dirlo. Ma tu mi piaci, lo sai, piccola.

— Non mi interrompere, è importante.

Maya si avvicinò a lui, gli piantò i suoi occhi neri in viso e, senza abbassare lo sguardo, si alzò leggermente il corpetto rosa. Appena un po', giusto per scoprire una piccola parte di pancia, all'altezza dell'ombelico. Il giovane osservò e la sua bocca stretta si distese in un sorriso tirato. Poi fece un passo verso di lei, le mani tese per abbracciarla.

Maya non fece in tempo a rifiutare quell'abbraccio, perché un'onda calda e appiccicaticcia la invase. Non provava dolore, non sentiva nulla, solo non riusciva a resistere a quell'onda potente, nonostante con la mente stesse disperatamente tentando di concentrarsi.

E poi cadde a terra, priva di sensi.

Quando si risvegliò, si ritrovò su un letto a baldacchino, in una stanza semi buia, con grandi tende tirate a tenere lontana la luce. Hector era accanto a lei: seduto sul letto, le teneva il capo tra le mani e la accarezzava piano.

— Hectoooor...

— Ssst, piccola, riposa.

— Che, che mi è successo?

— Sei svenuta, bambina. Ssst, non ti affaticare.

L'uomo la copriva di carezze leggere. E per la prima volta Maya non percepì in lui nessun tipo di ostilità. Inspirò a fondo. Ed espirò. Inspirò. Ed espirò. E quando riuscì a buttar fuori finalmente tutta l'aria viziata e appiccicaticcia che l'aveva invasa, si mise a sedere sul grande letto. A gambe incrociate, osservò il suo nuovo amico con un sospiro.

— Io lo so che cosa mi è successo.

Maya accostò le sue labbra al volto esangue del giovane e gli sfiorò le palpebre. E poi iniziò a raccontare. E parlò del suo dolore infinito di fronte alla morte del padre. E del suo senso di colpa per non averlo salvato. Gli raccontò del suo primo *shining*, e del terrore, ma anche della grande dolcezza, che aveva provato. Si mise anche a fischiettare le note che suo padre le cantava: *With or Without You*.

Hector la guardava attento, distratto solo da quella leggera aria di distacco a cui Maya si stava abituando. Poi la ragazza gli disse del killer, e di come David l'avesse salvata. E gli parlò della Profezia. E di tutti gli avvisi che aveva ricevuto. E della sua determinazione. Stavolta, gli disse, io voglio sapere.

— Hector...

— Sì?

— Stavolta è stato diverso.

— Ma tu tremi, piccolina. Chiamo qualcuno...

— No, non occorre. Stavolta, dicevo, era diverso. Era come una gelatina, che mi risucchiava. E la voce che mi parlava non era chiara. Anzi, non era nemmeno una voce.

— Vai avanti, Maya.

— Ho visto solo delle immagini. Ma sembrava, sembrava una trasmissione disturbata, come quelle che arrivano da lontano. C'era un grande senso di angoscia, in fondo a tutto.

— Calma bambina, ci sono qui io. E ti credo. Anzi, voglio essere del tutto sincero.

Maya sollevò il capo e guardò Hector negli occhi.

— Io ne so molto di più di quanto non ti abbia raccontato sul 2012 e sulla Profezia.

Maya inclinò il capo, guardandolo di traverso.

— Io... Ecco, io ho lavorato con David nell'ultimo periodo. Sì, Maya, ti devo fare una confessione. Quel leggero imbarazzo che a volte mi assale, e che tu avrai decisamente notato, ecco... — Il ragazzo chinò la testa. — Ecco... è perché non sono stato onesto con te. Non fino in fondo.

— Cioè?

— Conoscevo David molto bene. Ero uno dei suoi assistenti. Ed ero io a fargli le ricerche, supportandolo nei suoi studi. Quando è morto, ho giurato che ti avrei protetto. Ma da un po' di tempo è diventato difficile, hai sempre quello strano ragazzo attorno. Non ti lascia un attimo ed è così... così pericolosamente volgare. Comunque, alla fine ti ho trovato. Tu mi piaci davvero, piccolina. E adesso voglio aiutarti a portare a termine il tuo compito.

Quando ebbe finito, Hector sollevò lo sguardo e investì Maya con tutta la forza dei suoi occhi blu ghiaccio piantati su di lei. Poi si alzò. Andò a un piccolo scrittoio e ne aprì il cassetto. Estrasse alcuni fogli: erano foto, raffiguravano una piazza. Hector ne prese una e la mostrò a Maya: era il dettaglio della parete di una chiesa, si intravvedeva solo un pezzo di muro marmoreo. Con una targa, che si leggeva appena. Maya strizzò gli occhi e riconobbe subito la scritta.

SATOR
AREPO
TENET
OPERA
ROTAS

La ragazza sollevò lo sguardo verso di lui. E fece cenno di sì con la testa.

CAPITOLO 91

Alle 8 di sera a Londra era ancora chiaro. Maya rientrò da sola, Hector aveva un appuntamento urgente e lei aveva rifiutato la Bentley con autista. Prese la District Line, la linea verde della metropolitana. Alcune fermate, non ebbe bisogno di cambiare. Aldgate East, era arrivata. Scese, mischiandosi alla folla. Procedeva a testa bassa, avvolta nei suoi pensieri.

Fece il percorso a passo veloce, aveva voglia di farsi una doccia, per levarsi di dosso il peso appiccicoso di quella gelatinosa giornata. L'ultima svolta. I lampioni, nonostante la luce, erano già accesi. I vicini pakistani erano tutti fuori, a preparare i loro colorati e puzzolenti barbecue estivi. Maya pensò divertita all'asettica ricchezza della casa di South Kensington, che aveva appena lasciato.

Il profumo di casa sua, si diffondeva per tutta la piccola strada: sua madre adorava il gelsomino e aveva letteralmente ricoperto la casa e il giardino del profumato rampicante. Maya aprì il cancello e si bloccò. Sentì, dietro di lei, un soffio. Si voltò, ma non vide nessuno. Richiuse il cancello e si avviò verso il portoncino di casa. Ancora la sensazione di essere seguita. Si voltò di nuovo. Nessuno. Tornò sui suoi passi, riaprì il cancello e si ritrovò in strada. Guardò a destra e a sinistra.

Stava per rientrare, quando intravide un'ombra che svoltava dietro all'angolo di Thrawl Street. Si mise a correre, dentro di lei si stava facendo strada la certezza che non aveva più voglia di subire misteri da parte di nessuno. Il cellulare in tasca iniziò a suonare. Maya lo ignorò, impegnata nell'inseguimento. Il cellulare non smetteva di suonare. Si frugò nella tasca, e diede un'occhiata veloce al display. Sua madre. Maya inserì il tasto di occupato e riprese a correre. Svoltò l'angolo, e si fermò. Paralizzata dalla sorpresa. Di fronte a lei, avvolto nelle sue ombre, c'era Trent. Il ragazzo non disse nulla. E non fece nulla. La guardò per un tempo interminabile, poi si voltò e scappò via. Maya lo lasciò andare. Gli occhi lucidi di lui non le toccarono più il cuore.

Girò sui tacchi e si chiuse in casa.

Salì subito in camera, aprì il rubinetto della doccia, poi ci ripensò. Andò nel bagno della madre e decise di regalarsi un bagno caldo nella vasca modello *oversize* di mastino-Meg. Prese i preziosi sali da bagno della madre, ne versò qualche manciata nella vasca, poi accese le candele e l'incenso al profumo di lavanda che Megan custodiva gelosamente. Fece ritorno in camera, alla ricerca dell'accappatoio e si sedette un attimo sul letto. Accese il computer per controllare i messaggi della giornata.

Ma qualcosa la chiamò.

Qualcuno la chiamò.

Tutta la pratica che aveva fatto in quei mesi, da quando Maestro Chan le aveva insegnato il mantra segreto, non era servita a controllare davvero l'apertura della porta. Pensò, per una frazione di secondo, che la strada da compiere era ancora lunga. Sapeva chiamare le entità dall'aldilà. Poteva rifiutare le entità maligne. Ma come poteva sbarrare la strada alle entità positive quando non si sentiva pronta?

Si arrese all'amore di suo padre.

"Ciao bacinibelli."

— Papà.

"Non posso parlare, oggi. Ho solo un messaggio che ti devo dare."

— Che cosa stai dicendo?

"Il destino si deve compiere, non posso farci niente, amore mio grande. *With or Without You*, io ti adorerò per sempre."

— Quale destino? Di che parli?

"Posso solo metterti in guardia, Maya. Il destino a volte si presenta in forme inaspettate. Ma non si può evitare. C'è un luogo che ti sta chiamando, mio piccolo fiore di loto. Ti voglio bene, amore grande. Apri il mio sito."

Mentre David la lasciava, Maya digitò l'account del padre. E venne invasa da una pioggia di numeri.

CAPITOLO 92

— Le dico che ha riconosciuto l'immagine.

— Non essere ridicolo, quell'immagine è ambigua. È un dettaglio preso da vicino, potrebbe appartenere a qualsiasi luogo.

— E invece no. Uscita dalla trance, ha riconosciuto proprio questa foto. Il luogo è Siena, ne sono certo. E la chiesa è il Duomo, dove appunto è inciso il Sator.

— Non mi convinci. Rifacciamo i calcoli.

— Zafth, lei mi esaspera.

— De' Giorgi, tu mi devi dare retta. Le misure non sono perfette. E in questa storia tutto ha un senso.

— Allora lei ha sbagliato a interpretare la mappa.

— Io non sbaglio. La mappa indicava un luogo nel mondo. A noi scoprire, individuata la zona, dove esattamente. Sappiamo per certo che è la Toscana.

— E Siena è in Toscana. E quella Maya, la Fox, ha riconosciuto le foto. Che cosa vuole di più?

— Va bene. Preparati a partire.

Hector sorrise. E finalmente rispose al cellulare, che stava squillando da un pezzo nella sua tasca.

— Sì?

— Ciao, sono io.

— …

— Sono Maya!

— Ah, certo piccolina. Dimmi, stai meglio?

— Hector, hai da scrivere?

— Ma che dici?

— Fai presto, ti detto dei numeri. E 11° 11^{I}. N 43° 08^{I}.

— Cosa?

— Mio padre mi ha mandato questi numeri, presto, prima che mi spariscano sotto gli occhi. Dai, prendi nota.

— Ci sono. Detta.

Improvvisamente interessato, il giovane fece un cenno perentorio al vecchio professore: doveva passargli carta e penna. SUBITO!

La mano di Hector scriveva veloce. La ragazza dettava, i suoi occhi seguivano le linee e i numeri che il computer dipingeva sullo schermo.

Dall'altra parte del telefono, Hector scriveva, senza capire il significato delle coordinate che si componevano sotto i suoi occhi. Accanto a lui, il Prof si stava gustando il suo sigaro toscano con aria compiaciuta.

— Hai scritto? Qui si è spento tutto.

— Sì.

— Hai idea di che cosa significhi?

— Sono delle coordinate. Di un luogo.

— Sì, fin lì ci ero arrivata anch'io. Ma quale luogo?

— Ti richiamo tra un po'.

Il giovane guardò il Prof. Poi si scosse, gli chiese un computer, si sedette, si stirò le dita e iniziò, con calma e metodo a inserire i dati.

Dopo quaranta minuti di lavoro concentratissimo, Hector si alzò, accese la stampante, attese qualche secondo, poi raccolse i fogli e li osservò soddisfatto.

Li ordinò e li porse a Kyle Zafth, con un mezzo sorriso.

— Aveva ragione lei.

— Ah, ah.

— Longitudine E 11° 11^{I}. Latitudine N 43° 08^{I}. Queste sono le coordinate giuste.

— Gli altri numeri?

Zafth aspirò una boccata di fumo.

— Indicano la posizione del Sole sulla chiesa, in diversi momenti dell'anno e in diverse ore. Vede?

Zafth guardò la sua giovane spalla con aria interrogativa.

— Guardi qui. È chiarissimo. Il momento migliore è il solstizio d'estate. Esattamente tra...

— ... sette giorni.

— Ci vediamo all'Abbazia di San Galgano.

— Ragazzo!

— Sì?

— Sei stato in gamba.

CAPITOLO 93

Da una settimana ormai le sue notti erano diventate un incubo. Si addormentava, poi si svegliava di soprassalto, verso le 3.00 del mattino. E a quel punto si lasciava andare ai ricordi e alla tristezza. La visita a Rosslyn Hill l'aveva scossa, doveva ammetterlo. E le fantasie di Maya le lasciavano uno strato di ansia che non riusciva a sciogliere. Quella ragazza stava male, l'aveva detto anche la sua psicologa, la dottoressa Morton. Ma si rifiutava di farsi aiutare.

Megan si prese il viso tra le mani, poi alzò la testa verso il getto dell'acqua. Neanche la doccia fredda del mattino riusciva a scacciare i brutti pensieri. Uscì dalla doccia, e si diresse verso la cabina armadio. Diede un'occhiata svogliata al suo guardaroba: abiti etnici, pantaloni neri, tuniche di lino colorate, gonne nere, pantaloni larghi alla turca, camicie bianche, camicie nere, sottovesti nere, mutande bianche.

Uscì dalla cabina armadio con i primi pantaloni che le erano capitati sotto mano. Il suo guardaroba era diviso in due, come la sua vita: c'era un prima, fatto di colori, di sapori e di amore. E c'era un dopo. In bianco e nero. C'era il prima con David. E c'era l'adesso delle notti insonni.

Sospirò, pensando a Lawrence Garret. Era davvero affezionata al tenente. Ma la vita con David era stata un'altra cosa. Passò davanti alla stanza di Maya cercando di percepire eventuali rumori. Silenzio, finita la scuola, la ragazza si concedeva interminabili dormite. Le dava fastidio, certo. Ma, d'accordo con la dottoressa Morton, aveva deciso di soprassedere per il momento alle sue rigide regole. E forse qualcosa stava cambiando.

Megan sospirò. Se non altro, quell'orribile ragazzo è sparito dalla circolazione. E quest'altro... Megan alzò le spalle. Staremo a vedere, si disse.

Si fece un caffè e uscì di corsa. L'aria era tersa, faceva ancora freddo la mattina presto, anche se l'estate si stava avvicinando a grandi passi. Megan afferrò il giornale che le lasciavano ogni mattina davanti alla porta e lesse la data. 15 giugno 2009. Il tempo correva troppo veloce.

Salì in macchina.

— Dove sei?

— Nel solito casino di Londra al mattino.

— Muoviti, ci sono novità.

— Non me lo dire così, sai che non reggo l'ansia dopo una notte insonne.

— Meg, forse ci siamo. Ho messo sotto pressione la Fitzpatrick.

Megan maledisse il traffico londinese. Cercò strade alternative. E finalmente bloccò la sua Mini rossa e bianca nel posteggio del commissariato. Si precipitò dentro, scaraventandosi nell'ufficio di Garret. Ma il tenente non c'era. Megan si guardò intorno, e intravide in fondo al corridoio, nella stanzetta ripostiglio, la luce pulsante del monitor dell'hacker.

Si precipitò lì.

— Bingo, dottoressa Fox!

Janet Fitzpatrick era stranamente allegra. Incollata al monitor, l'aria strafottente e indolente aveva lasciato il posto a una luce allegra nei suoi occhi.

— Guardi qui — la ragazza si scostò per fare posto alla profiler.

Megan avvicinò gli occhi allo schermo ma capì poco di quel che vide. Una serie incomprensibile di codici e di parole che si rincorrevano.

— E che significa?

— Sono i miei... amici. Hanno deciso di darci una mano, nella battaglia, dottoressa. Contenta?

— Sì, Meg, gliel'ho chiesto io. Un piccolo strappo alle nostre regole. Diciamo che abbiamo convinto altri hacker a collaborare con Scotland Yard.

— In incognito.

— Ovvio.

— E a pagamento, l'ha promesso.

La Fitzpatrick agitò un dito pieno di anelli sotto il naso di Garret.

— Ok, ok. Adesso spiega alla dottoressa Fox che cosa hai scoperto.

— Semplice, non legge? Li abbiamo beccati.

— Chi?

— Ma loro, gli adepti. Oddio, non proprio gli adepti. Ma la massa di fanatici che ogni setta muove.

— Non capisco...

— Megan c'è del movimento in rete. La setta, lo sappiamo, ha una sorta di cerchia interna segreta e impenetrabile. È, diciamo, il nucleo decisionale: formato dai capi e dai veri adepti. E quelli non li becchiamo. Non per il momento, almeno. Non sappiamo nulla di loro.

— Già. Ma come ogni fottuto clan di paranoici, ha anche una base di fan idioti che vogliono partecipare al gioco.

— È una specie di cerchio esterno, sono dei seguaci. La setta si tiene in contatto con loro, passa alcune informazioni, li attiva quando ha bisogno di "servizi" particolari.

— O loro si attivano quando sentono che qualcosa di grosso si sta muovendo.

Megan guardava il tenente e la strana hacker che dialogavano, rimbalzandosi le informazioni. Era impaziente.

— E?

— E Janet ha deciso di, diciamo così, stimolarli.

— Yeaap. Gli amici mi hanno aiutato.

— Sì, Meg. ti ricordi il Quadrato Magico, no? Non riuscivamo a venirne a capo.

— Certo che sì, sono assonnata, ma non rimbambita.

— Ho chiesto a Janet di postarlo e di farlo circolare in rete.

— *O yes*, abbiamo gettato un amo grande come gli arpioni per balene.

— E?

— E hanno abboccato!

— Sì, guarda è incredibile.

Sotto gli occhi esterrefatti della dottoressa Fox Moore, Janet iniziò a illustrarle i risultati a cui erano giunti. Le spiegò che i suoi amici hacker erano riusciti a contattare il livello esterno della setta. E avevano fatto circolare un semplice messaggio.

SATOR
AREPO
TENET
OPERA
ROTAS

A

P
A
T
E
R
A PATERNOSTER O
O
S
T
E
R

O

— Ma è il quadrato! — esclamò la Fox.

— Già, abbiamo fatto credere loro che fosse un messaggio della setta.

— E?

— E guarda che cosa hanno risposto.

— È una T, e allora?

— È la Tau, il segno della perfezione. Quello che apre le porte al divino, secondo le tradizioni.

— Grazie, professor Garret.

— Di nulla.

— Ecchecc... mi date retta? Adesso viene il bello.

Il tenente e la profiler guardarono l'hacker e tornarono attenti.

— Sì, hanno iniziato a scrivere come pazzi. E a parlare del luogo della rivelazione. Poi qualcosa deve essere successo. Ecco, qui, sono le 3.20 di questa mattina.

La Fitzpatrick mostrò ai due attentissimi detective

quattro cifre. Erano apparse dal nulla, quella mattina. L'account era strano, si firmava "*the snake*". Ma naturalmente era impossibile ricostruire la fonte della trasmissione.

— Perciò noi sospettiamo che l'informazione arrivi direttamente dal cerchio interno della setta, forse risvegliato da tanto fervore sul web. Ecco, questi sono i numeri.

— E 11° 11'. N 43° 08'.

— Cosa?

— Mi ci sono spaccato la testa per tutta la notte — continuò il tenente. — Ho pensato a dei passi della Bibbia. Niente. Poi ho pensato a delle altre profezie, come le centurie di Nostradamus. Niente...

— E poi sono arrivata io...

— Già Janet, tra le sue ehm mille doti, è una velista.

— Sì, accidenti a voi, non capite proprio niente. Quelle sono coordinate spaziali.

— Già, Longitudine E 11° 11'. Latitudine N 43° 08'.

— O mio Dio, che significa?

— Significa che quello è il luogo dove la setta si prepara a riunirsi per compiere il suo sacrificio.

— O mio Dio, e dov'è?

— Italia, Toscana, in provincia di Siena.

Megan deglutì. Ma scacciò come una fastidiosa fantasia il pensiero di Maya in viaggio per l'Italia. Pure coincidenze, pensò.

La Fitzpatrick continuava ad armeggiare con la tastiera, senza staccare gli occhi dal monitor. Poi, soddisfatta, lo girò verso il suo pubblico.

— Ecco qui, questa è la pianta.

Megan vide le immagini di una strana chiesa, immersa nella campagna italiana. Le finestre alte, il profilo gotico, il tetto scoperchiato, conferivano all'insieme un'aria di inquietudine e mistero. Poi, lesse.

"L'abbazia di San Galgano risale al 1218, è una struttura imponente in stile gotico, le cui origini sono incerte. Fu costruita per volere di un santo, Galgano, il cui culto, assai misterioso, si intreccia con radici più antiche. La storia della chiesa stessa è fitta di misteri. C'è chi la collega a riti pagani, chi ne fa uno dei centri dove i cavalieri Templari avrebbero nascosto i loro segreti. Di certo, l'abbazia è in una delle zone più suggestive d'Europa, al centro di una serie di strade che nell'antichità incrociavano pellegrini diretti in Terra Santa e predicatori provenienti dal Nord. La sua pianta, a croce latina, presenta particolarità difficilmente spiegabili con le conoscenze architettoniche dell'epoca. Costruita seguendo i criteri della cosiddetta Geometria Sacra, che si avvale delle regole del Rapporto Aureo, l'abbazia di San Galgano, è una perfetta riproduzione della pianta della piana sacra di Gerusalemme. A ciò si aggiungano altri particolari di incerta origine, come alcuni graffiti che vi sono stati trovati. Tutti riconducibili al numero 4..."

— Garret...

Megan alzò gli occhi verso il tenente.

— E se Maya avesse ragione? Se fosse lei la Predestinata?

CAPITOLO 94

San Galgano nacque a Chiusdino, vicino a Siena, nel 1148. La sua vita è avventurosa e misteriosa insieme."

Maya scorreva veloce le lettere che si inseguivano sul monitor.

"Dopo aver condotto una vita dissoluta, a trentadue anni gli appare in sogno il principe degli angeli, l'arcangelo Michele, che gli ordina di costruire un eremo nella piana di Montesiepi e di rifugiarsi lì. La madre gli impedisce di partire, e Galgano si adegua alla forza delle decisioni materne. Ma un giorno, mentre è nei boschi a caccia, il suo cavallo si impunta, rifiutandosi di proseguire. Così si ferma a dormire in un castello appena fuori dal bosco. Il giorno dopo, la scena si ripete. Galgano si convince che si tratta della chiamata divina e prega l'arcangelo Michele di indicargli la strada. Risale a cavallo e si lascia condurre dal suo animale, che parte al galoppo per fermarsi solo sulla cima del Monte Siepi. Era il 21 dicembre 1180."

Maya sollevò gli occhi: un altro 21 dicembre, pensò.

"Giunto sulla cima del monte, Galgano infila la sua spada nel terreno e si inginocchia per pregare. Solo che invece della morbida terra, ad accogliere la spada è la dura roccia, improvvisamente resa friabile. Quando Galgano fa per estrarre la spada, questa non si muove, bloccata nella pietra tornata durissima. Galgano capisce che si tratta di un segno. Si leva la corazza da soldato e diventa un grande monaco, un uomo di pace, capace nella sua vita di compiere più di 20 miracoli: uno dei grandi messaggeri spirituali, che hanno saputo connettere il divino con l'umano."

Maya alzò un sopracciglio.

"Molti credono che la leggenda di re Artu e della spada nella roccia sia stata ispirata da san Galgano. Di fatto, la spada è ancora lì, di fronte all'eremo di Montesiepi, un luogo misterioso, che molti sostengono custodisca segreti di origine divina: si parla per esempio di una cavità sotterranea, alla quale si accederebbe spostando una pietra del pavimento della chiesa. A poche decine di metri dall'eremo in cui si rifugiò san Galgano, qualche anno dopo, i monaci cistercensi costruirono la famosa abbazia a lui intitolata."

Maya alzò la testa. Era sicura, lei sarebbe andata in Italia.

CAPITOLO 95

— Mamma, adesso hai bisogno dell'angelo custode per affrontarmi?

— Non essere stupida, Maya.

— Io ci vado, non mi puoi bloccare.

— Sono proprio stufa, signorina, delle tue prese di posizione.

— Ci devo andare, mamma. Non mi posso sottrarre. È una decisione che va oltre le nostre possibilità di scelta.

— Ma che cosa stai dicendo? Ma ti ascolti? Certo che possiamo scegliere, tutti noi possiamo farlo! E siamo responsabili delle nostre decisioni, in caso te ne fossi dimenticata.

Megan Fox era paonazza. Non riuscire a far ragionare sua figlia, la mandava letteralmente in bestia. Ma soprattutto, era molto preoccupata. Quella cocciuta ragazza si stava rivelando più forte del previsto. E lei non voleva costringersi ad agire d'autorità, meglio tentare di convincerla. Ma l'impresa si stava rivelando impossibile.

— Mamma, mi dispiace. So di darti un dolore. Ma anche papà, credimi, è stato chiaro.

— Ancora con questa storia!

— Calma, Meg. Tua madre, Maya, sta solo cercando di metterti in guardia. Abbiamo evidenze che la setta si stia muovendo verso l'Italia, la Toscana in particolare. E io non posso proteggerti: in assenza di prove certe, non posso allertare l'Interpol. E non ho giurisdizione sul territorio italiano.

Il tenente Lawrence Garret stava cercando di rendere la discussione il più razionale possibile.

— Grazie Lawrence, apprezzo il tuo aiuto. Ma sono sicura che me la caverò, anche perché non sarò da sola.

Uno squillo leggero alla porta di casa interruppe la discussione.

Il giovane alla porta, camicia bianca elegantemente infilata nei jeans, un maglione leggero legato attorno al collo, entrò con passo sicuro, sorridendo alla ragazza che gli stava tenendo la porta aperta.

— Pronta?

Maya gli fece cenno verso il salottino. Oltre la porta a vetri, Hector intravide la madre di Maya e quell'impiccione del tenente con un'aria da funerale. Si avviò, tendendo la mano alla donna.

— Dottoressa Fox... Tenente...

— Hector, per fortuna sei arrivato. Cerca di far ragionare Maya, forse tu ci puoi riuscire.

— Mia madre non vuole più lasciarmi partire. Hanno scoperto non so che cosa su una certa setta e si sono impanicati...

Le palpebre di Hector furono scosse da un impercettibile tremolio. Poi il giovane si rivolse alla madre di Maya.

— Megan, posso chiamarla per nome? Non so e non voglio sapere che cosa abbiate scoperto. Ma le garantisco che proteggerò sua figlia. Ho dei buoni agganci in Italia, come può immaginare. E la tenuta di mio padre non è proprio nella zona dove vuole andare Maya a tutti i costi. Si fidi di me, d'accordo?

La sicurezza di quel giovane riuscì a placare almeno un po' le ansie di Megan, che rispose in un soffio:

— D'accordo.

— Bene, allora è deciso. Maya è pronta la tua valigia? L'aereo di mio padre ci sta attendendo.

— Solo un attimo. Dammi cinque minuti.

Maya volò in camera sua. La valigia era già chiusa da un pezzo, ma lei aveva dimenticato un'ultima incombenza.

Al piano di sotto, il tenente Garret stava chiamando un suo vecchio amico, il commissario fiorentino Lupo Alderighi. Aveva un favore da chiedergli.

CAPITOLO 96

— Pronto, ci hanno beccati.

— Non dire sciocchezze. È impossibile.

— Le dico che il piano va sospeso. È troppo rischioso.

— Tu sei pazzo. Il destino non si può fermare.

— Proviamo almeno a rimandarlo.

— Impossibile.

— Rifletta: se ci beccano adesso, non faremo più in tempo. E tutto sarà perduto. Mi dia retta.

— Vedremo.

CAPITOLO 97

Maya accese il computer. Era serena, anche se preoccupata. Ma sapeva che aveva intrapreso la strada giusta: niente e nessuno avrebbe potuto fermarla. Stava andando là, dove il destino la chiamava. Non aveva paura, quella l'aveva abbandonata da un pezzo. Da quando aveva imparato ad avere fiducia nella vita.

Scrisse rapidamente una mail a Flo. "Hola, parto! Sono serena-allegra-adoro-la-vita-tranqui Flo. Torno presto."

Fece per spegnere il computer. Era in ritardo e sapeva che Hector detestava le persone poco puntuali. Ci ripensò. Solo un attimo, si disse. Le sue dita scorrevano veloci sulla tastiera. www.daveandthestars.com/maya. Sorrise, guardando le parole sullo schermo.

" Non contare sul mancato arrivo del nemico, ma fai affidamento sulla capacità di affrontarlo; non contare sul mancato attacco del nemico, ma procurati di essere inattaccabile."

"Le ombre si ritirano, di fronte alla chiarezza della determinazione. Il destino si può cambiare, se la volontà è forte e l'amore è grande."

Maya sorrise. Suo padre si era rimesso a citare i saggi

orientali. Una grande pace scese sul suo cuore. Uscendo, si dimenticò di spegnere il computer, ma non si scordò di prendere una lettera che era arrivata quella mattina e che non aveva ancora aperto. Sapeva chi gliel'aveva inviata.

Dietro di lei, lo schermo iniziò a lampeggiare. I tasti si stavano muovendo da soli.

"Se conosci la tua forza e sei cosciente della tua debolezza sei la profondità del mondo."

"Brava, bacinibelli. L'amore che hai dentro ti guiderà verso il tuo cammino. Ti voglio bene, piccolo fiore di loto."

CAPITOLO 98

L'aereo, un Falcon 2000 dalla fusoliera nera, aspettava sulla pista. Hector era scocciato, Maya sapeva di avere accumulato un po' troppo ritardo. Lo guardò, osservandolo da vicino. Forse era solo preoccupato. Maya rinunciò a decifrare i sentimenti di quel giovane. In fondo, non le interessava molto approfondire.

— Mi dai ancora un minuto? Vado in bagno un attimo.

— Maya, siamo già in ritardo!

Il giovane, nervoso, si rassegnò e fece cenno al comandante dell'aereo che li attendeva nella saletta riservata. Maya si infilò nella toilette guardandosi intorno. Il marmo alle pareti e sul pavimento rifletteva il lusso riservato a pochi. In un angolo, due poltroncine e una consolle sulla quale campeggiava un enorme vaso di peonie rosa.

— I fiori preferiti di mamma — sorrise Maya.

Si avvicinò alla porta e la chiuse a chiave, non voleva intrusi. Si sedette su una poltroncina e si mise comoda. Non aveva fretta. Si sfilò la busta bianca dalla tasca posteriore dei jeans e la aprì con gesti attenti. Spiegò il pezzo di carta, un foglio di quaderno strappato e pasticciato.

Tipico suo, pensò.

E si concesse di rimirare la scrittura, aguzza e nervosa, che conosceva bene.

Poi iniziò a leggere.

"Amore mio grande. Dolcissimo amore mio. Tu sei la mia vita. Ho cercato, ho voluto, ho fatto di tutto per starti lontano. Perché, lo sai, un destino cattivo ci vuole tenere separati. Ma io non ce la faccio. Anche se so che sono come il fuoco per te, che rischia di bruciarti. Ma senza di te la mia vita è bruciata lo stesso. Allora, Maya, decidi tu. Io ci sarò sempre per te. Che tu mi voglia o no, io non permetterò che la vita ci separi. Tu hai acceso un amore troppo grande dentro di me. E io non lascerò mai che si spenga. Anche se non potrò più averti e tenerti stretta tra le mie braccia e accostare la mia bocca alla tua. Decidi tu, amore mio. Io ci sarò. Non ti lascio, Maya. Anche se so che te la caverai benissimo da sola, io sarò sempre accanto a te. Anche se non mi vedrai. Perché il nostro amore, così grande, può sconfiggere il destino. Io e te, oltre ogni limite, ancora più in là. Per sempre. Ti amo. Trent."

Maya ripiegò la lettera e la reinfilò nella tasca dei jeans. Si diresse allo specchio, si guardò, cercando di cancellare quel luccichio degli occhi che le parole di Trent le avevano regalato.

Poi uscì, e sorridendo andò incontro a Hector.

— Sono pronta, andiamo.

FONTI

AA.VV., *Il mistero del 2012, cataclismi e sconvolgimenti naturali o l'alba di una nuova umanità?*, Vicenza, Edizioni Il Punto d'Incontro, 2008.

AA.VV., *Enciclopedia della Musica*, Milano, Garzanti, IX ed.

AA.VV *Indipendent London Store Guide*, Issue 1, Monstermedia, 2006.

Arguelles, Jose, *Il fattore Maya, la via al di là della tecnologia*, Bari, Word & Image Processing, 1999.

Barrow, John, *I numeri dell'universo*, Milano, Mondadori, 2003.

Battistini, Matilde, *Astrologia, magia, alchimia*, Milano, Mondadori-Electa, 2004.

Benedict, Gerald, *The Mayan prophecies for 2012*, Londra, Watkins Publishing, 2008.

Braden, Gregg, *Il codice della vita*, Diegaro di Cesena (FC), Macro Edizioni, 2005.

Browne, Sylvia, *La vita nel'aldilà*, Milano, Mondadori, 2002.

Browne, Sylvia e Harrison, Linday, *Profezie*, Milano, Mondadori, 2006.

CAMMILLERI, RINO, *Il quadrato magico*, Milano, Rizzoli, 1999.

CANTELMI, TONINO E CACACE, CRISTINA, *Il libro nero del Satanismo - Abusi, rituali e crimini*, Cinisello Balsamo, San Paolo, 2007.

CATTABIANI, ALFREDO, *Planetario*, Milano, Mondadori, 1998.

CATTABIANI, ALFREDO, *Santi d'Italia*, Milano, Rizzoli, 1993

CIGLIANA, SIMONA, *La seduta spiritica*, Roma, Fazi, 2007.

CONRAD, JOSEPH, *La linea d'ombra*, Torino, Einaudi, 1988.

DROSNIN, MICHAEL, *Codice Genesi*, Milano, Rizzoli, 2003.

ECO, UMBERTO, *Sator, Arepo, eccetera*, Roma, Nottetempo, 2006.

GIACOBBO, ROBERTO, *2012, La fine del mondo?*, Milano, Mondadori, 2009.

GILBERT, ADRIAN G. E COTTERELL, MAURICE M., *Le profezie dei Maya*, Milano, Corbaccio, 1996.

GIORGI, ROSA, *Angeli e demoni*, Milano, Mondadori-Electa, 2003.

GUEDJ, DENIS, *L'impero dei numeri*, Milano, Universale Electa Gallimard, 1997.

HANCOCK, GRAHAM, E BAUVAL, ROBERT, *Custode della Genesi*, Milano, Corbaccio, 1997.

HARDIE, TITANIA, *Pozioni d'Amore*, Milano, Salani, 2002.

IFRAH, GEORGES, *Enciclopedia universale dei numeri*, Milano, Mondadori, 2008.

WILHELM, RICHARD, a cura di, *I Ching, Il libro dei mutamenti*, Milano, Adelphi, 1995.

Ikeda, Daisaku, *La saggezza del Sutra del Loto*, Milano, Mondadori, 2005.

Joseph, Lawrence E., *Apocalisse 2012*, Milano, Corbaccio, 2008.

Livio, Mario, *La sezione aurea, storia di un numero e di un mistero che dura da tremila anni*, Milano, Rizzoli, 2004.

Marinoff, Lou, *Aristotele, Buddha, Confucio*, Casale Monferrato, Piemme, 2007.

Morali, Luigi, a cura di, *I Vangeli gnostici*, Milano, Adelphi, 1984.

Morton, Chris e Thomas, Ceri Louis, *Il mistero delle 13 chiavi*, Milano, Sonzogno, 1999.

Newton, Michael, *Dizionario dei serial killer*, Roma, Newton Compton, 2006.

Owusu, Heike, *I simboli Maya, Inca e Aztechi*, Vicenza, Edizioni Il Punto d'Incontro, 2003.

Pagels, Elaine, *Il Vangelo segreto di Tommaso*, Milano, Mondadori, 2005.

Picozzi, Massimo e Zappalà, Angelo, *Criminal profiling*, Milano, Mc Graw-Hill, 2002.

Poltronieri, Morena, *Londra Magica*, Bologna, Hermatena, 2003.

Stornaiolo, Ugo, a cura di, *Popol Vuh o Libro del Consiglio dei Maya-Quiché*, Bolsena, Massari, 2006.

Sabellicus, Jorg, *Magia dei numeri*, Roma, Edizioni Mediterranee, 1977.

Sciamanna, Enrico, *Il Tau, origine e tradizione francescana*, Assisi, Editrice Minerva, 2004.

Schwartz, Gary E., *Esperimenti sull'Aldilà*, Milano, Mondadori, 2003.

Terzoli, Giorgio, *2012, L'ultimo mistero dei Maya*, Bologna, Minerva Edizioni, 2008.

TSAI, CHI CHUNG, *Dice lo zen,* Milano, Feltrinelli, 2000.
TZU, SUN, *L'arte della guerra,* Milano, Rizzoli, 1997.

www.nicolamenicacci.com/galgano/paolog.htm
www.nostreradici.it/tau_Francesco.htm
www.redicecreations.com/article.php?id=65
http://2012.splinder.com/tag/tau
http://archeoastronomia.altervista.org
History Channel - 2012 and Earth Changes (Video su You Tube)

RINGRAZIAMENTI

A tutti coloro che ci hanno aiutato nella realizzazione di questo libro con consigli, passione e suggerimenti.

Un grazie speciale, il più grande, va ai mitici ragazzi del '91 (e del '90 e del '92...), i fantastici teenager che ci hanno regalato spunti, sentimenti e idee.

Grazie a Francesca (per fortuna che esiste) e a Giulia (anche lei), e a Enrico, Federico, Luca, Ale, Inigo, Francesca, Bianca, Camilla, Michele, Paolo, Uberto, Giuseppe, Bruno, Francesco, Marta, Pietro, Luca, Ilaria, Caterina, Francesca, Luca, Giulio, Vivi, Giorgio, Ambrogio, Pier, Federico, Riccardo, Marco, Giampaolo, Martina, Caterina.

Grazie a Fabio, che conosce la vita.

Grazie a Federica Manzon e Marta Treves, bravissime editor, che hanno lavorato con pazienza, entusiasmo e grandissima competenza.

Grazie a Vicki Satlow, per la passione con cui ha seguito Maya.

Grazie ai medici e agli studiosi che ci hanno suggerito e corretto: Maria Paola Canevini, Gianfranco Bellezza, Luca Valvassori, Anna Lamura, Laura Menichelli, Mauro Ongari.

Grazie agli amici e ai colleghi, fonte preziosa di passione e di sostegno: Alessandra, Cristiana, Guido, Guenda, Lalli, Umbe, Susanna, Rossella, Giovanna, Samanta, Martino, Rita, Simona, Emanuela, Stefania, Marina, Luca, Mario, Antonella.

Grazie ad Antonella Doddi e a Pascal Voggenhuber, che ci hanno aiutato a capire il mondo delle ombre.

E grazie a due persone speciali, i nostri compagni di vita, che ci hanno sopportato e sostenuto: Joanne e Fabrizio.